Maxie Wander

Ein Leben ist nicht genug

Tagebuchaufzeichnungen und Briefe

Herausgegeben und mit einem Vorwort
von Fred Wander

Deutscher Taschenbuch Verlag

Von Maxie Wander
sind im Deutschen Taschenbuch Verlag erschienen:
Guten Morgen, du Schöne (11761)
Leben wär' eine prima Alternative (11877)

Ungekürzte Ausgabe
April 1996
3. Auflage September 1999
Deutscher Taschenbuch Verlag GmbH & Co. KG,
München

Erstveröffentlichung 1990 im Luchterhand
Literaturverlag, Hamburg · Zürich
Die Fotos stammen aus dem Archiv von Fred Wander
Umschlagkonzept: Balk & Brumshagen
Umschlagfoto: © Fred Wander
Gesetzt aus der Stempel Garamond 10/11· (WinWord)
Gesamtherstellung: C. H. Beck'sche Buchdruckerei,
Nördlingen
Gedruckt auf säurefreiem, chlorfrei gebleichtem Papier
Printed in Germany · ISBN 3-423-12159-9

Vorwort

Ende 1977, drei Wochen nachdem Maxie gestorben war, flüchtete ich mit den Kindern und zwei jungen Freunden aus unserem Haus in Kleinmachnow, leise und ohne mich umzudrehen. Wir verließen das gestrandete Schiff. Ein Freund hatte uns ein altes Bauernhaus in einem Dorf in Mecklenburg besorgt, ziemlich weit nördlich von Berlin. Es war ein langgehegter Wunsch von uns beiden, Maxie und mir, gewesen, aufs Land zu ziehen und zwischen Wiese und Scheune mit den Kindern, mit Hund und Katz ein neues Leben zu beginnen. Eine Utopie, was denn sonst. Aber in diesem Moment, nach dem Unglück, das unser Leben vollständig verwandeln sollte, dachte ich, einer Eingebung zu folgen, einer inneren Stimme. Wir leben noch lange mit unseren Toten, und sie reden mit uns, selbst über alltägliche Dinge, der Dialog geht weiter, sogar Streit.

Von den acht Zimmern in dem Haus in Koppelow waren nur zwei bewohnbar. Aber die großen leeren Räume lockten mich, Türen auszuhängen, sie auf Holzböcke zu legen und so auf vielen Tischen alles beschriebene Papier von Maxie auszubreiten, zu ordnen und eine Auswahl für ein kleines Buch zu treffen.

In der gleichen Zeit besorgte ich Werkzeug und Holz, Dachpappe und Ziegelsteine, was ungeheure Mühe, viel Geld und Schlauheit kostete; man mußte für einen Sack Zement über die Dörfer fahren und große Beredsamkeit entwickeln. Unsere Söhne Roberto und Daniel, zusammen mit zwei, drei jungen Leuten, die eigentlich immer da waren, Mädchen und Burschen aus Berlin, begannen Holzbetten zu bauen, Wandverschalungen, Bücherregale und einen großen Küchentisch für die vielen Gäste, an die sie gewöhnt waren und die dann auch kamen. Ich stellte in zwei Monaten aus Tagebüchern und Briefen ein Buch zusammen, und ich kann jedem empfehlen, im

Falle eines ähnlichen großen Unglücks Holz zu Tischen oder Regalen zu verarbeiten, Gemüsebeete anzulegen, einen jungen Hund ins Haus zu nehmen und die Wände zu streichen. Oder ein Buch zu schreiben, und sei es nur für sich selbst!

Nach Erscheinen des Buches ›Leben wär' eine prima Alternative‹ und dem für uns alle unerwartet großen Erfolg sagten wir uns, die Freunde und ich: Ein weiterer Band ist überflüssig. Alles ist bereits gesagt.

Aber da war die allgemeine Neugier und die drängende Frage nach der Art und Wirkung, nach den Ursachen für das anhaltend starke Echo dieser eigentlich simplen und alltäglichen Aufzeichnungen einer jungen Frau über ihr Leben. Über ihr Leben und Sterben.

Viele Hunderte von Leserbriefen trafen ein. Und noch heute bekomme ich Briefe – Zeichen und Signale von Frauen und Männern aus den verschiedensten Ländern.

Und damit zu dem, was ich den Leserinnen und Lesern hier vorlegen möchte. Diesmal arbeitete ich nicht in Mecklenburg, sondern in Wien, in Maxies Heimatstadt. Ich konnte nicht mehr ahnungslos und wie mit der Wünschelrute über das Feld der beschriebenen Blätter gehen. Ich suchte eine Spur, die Spuren einer jungen Frau, die sich selbst und ihre Welt entdeckt.

Im Sommer 1962 waren Maxie und ich zum erstenmal gemeinsam nach Paris gefahren, um Fotos und Material für ein Buch zu sammeln. Wir wohnten in den billigen Hotels, die ich kannte, aus der Zeit der Emigration. Wir hatten nur wenig Geld, aber gute Freunde. Bis Mitte des Jahres 1963, mit einigen Unterbrechungen, durchstreiften wir die Straßen der Stadt. Und Maxie entdeckte Paris, die Menschen, die Häuser, das Licht von Paris. Vor allem die Menschen. »Es geht nicht darum, sie wirklich zu kennen oder sie zu durchschauen«, schreibt sie, »es genügt, die Arme auszustrecken, sie zu betrachten und lebendige Gespräche zu führen. Auf gewisse Fragen, die wir an das Leben stellen, werden wir nie eine Antwort bekommen.

Unterwegs sein ist alles. Je fremder die Menschen um dich herum, um so näher kommst du dir selbst. Man findet sich nicht selbst, ehe man andere Menschen gefunden hat!«

Das Buch fängt mit Maxies Aufzeichnungen aus dem Jahr 1964 an, als sie unsere Parisreise verarbeitete – oft stand sie sechs bis acht Stunden am Tag in der Dunkelkammer –, davon völlig verzaubert war und mit großer Emphase Geschichten schrieb, die in dem wenig bekannten Milieu der kleinen Leute von Paris spielten. Noch war sie voller Selbstzweifel und hin und her gerissen von ihren Erfahrungen und Eindrücken zwischen Wien, Berlin und Paris, zwischen den Möglichkeiten künstlerischer Entfaltung und den Hindernissen eines Alltags, den sie oft als lähmend empfand.

Ich will aber hier noch etwas über unser Leben in Kleinmachnow sagen, wo wir uns mit Hilfe von Freunden Anfang 1959 ansiedelten. Im Herbst 1955 hatte ich eine Einladung zur Teilnahme am ersten Jahrgang des Literaturinstituts Johannes R. Becher in Leipzig bekommen. Es war mein erster Besuch in der DDR, und ich wurde freundlich aufgenommen. Im Winter 1956 kam auch Maxie in die DDR, und wir bezogen ein Zimmer im Arbeitsheim des Schriftstellerverbands in Petzow am Schwielowsee. Dort lernten wir viele Schriftsteller kennen, Theaterleute und Maler, wir diskutierten, stritten, lachten miteinander, wir fühlten uns wohl und wurden angenommen, dort begründeten wir Freundschaften, die bis heute bestehen. In dieser Zeit erschienen meine ersten Bücher in der DDR, und als uns schließlich ein kleines Siedlungshaus in Kleinmachnow zur Miete angeboten wurde, beschlossen wir zu bleiben. So lebten wir als österreichische Gäste in diesem Haus am äußersten Rand von West-Berlin, aber eben doch in der DDR, direkt an der Grenze. Ein Leben, das mir heute, viele Jahre später und aus der Entfernung, phantastisch erscheint.

Dabei war es im Grunde ein sehr einfaches Leben und sogar ärmlich. Manchmal, wenn unerwartete Gäste kamen und wir nichts anzubieten hatten, bereiteten wir Sabbatbrot, wie es andere später nannten, schön gebräuntes, knuspriges Brot, in der Pfanne gebraten und mit Knoblauch bestrichen. Selbst unsere verwöhntesten Freunde zeigten sich begeistert, und wir mußten noch öfter dieses die Lippen und die Zunge ätzende Brot backen, als wir längst genügend Geld hatten, um ordentliche Sachen auf den Tisch zu stellen. Unsere Feste, unsere geselligen Runden verschafften uns bald ein gewisses Renommee, weit über den Wohnort hinaus, wo man möglicherweise unsere Existenz bereits riechen konnte. Dieser Umgang mit Menschen gestaltete sich mit der Zeit immer lebhafter, wurde uns selbst manchmal schwer und zuviel und war für verschiedene Nachbarn ein ständiges Ärgernis, so daß einige von ihnen uns bald nicht mehr grüßten. Das Leben war arm und reich, das gute Leben! Es war auch voller Verrücktheiten und Widersprüche, denn wir lebten außerhalb aller Regeln. Und es war auch tragisch: Hier, in Kleinmachnow, haben wir durch die Unachtsamkeit und Unfähigkeit der verantwortlichen Beamten im Ort unsere Tochter Kitty verloren, sie stürzte in eine Baugrube, die nicht gesichert war. Sie ist nur zehn Jahre alt geworden, und dieses erste große Unglück hat wie ein rollender Stein ein nächstes bewirkt...

Als Maxie ungefähr zwanzig war, legte sie sich eine Mappe mit Zitaten aus der Literatur an, eine Art Lehrbuch über das Leben, das sie jeweils ergänzte. »Das ist meine Fibel«, schreibt sie, »meine Siebentagefibel, in die ich öfter hineinschaue und mich frage: Was macht mich so klein? Und was macht mich größer? Wenn mich jemand anschreit, macht mich das klein. Wenn mir jemand Gemeinheiten ins Gesicht sagt oder mich reinlegen will, dann aber plötzlich verlegen wird, weil ich ganz ruhig und höflich bleibe, und ich bin ja weder ruhig noch höflich, dann schwillt mir der Kamm!« Und fünfzehn Jahre später schreibt sie im gleichen Tonfall: »Und wenn ich nachts nicht schlafen kann, weil ich über die Kinder grüble, was aus ihnen werden soll in dieser beschissenen Welt, weil sie ja von uns nicht dazu erzogen werden zu heucheln, und wenn ich mich dann in Selbstmitleid versinken lasse, was sehr angenehm ist, besonders nachts im Bett, aber gleichzeitig Angst bekomme und Bedeutungen suche in irgendwelchen Zeichen, die mir Unglück prophezeien, dann macht mich das ganz jämmerlich klein. Man sollte nie in Zeichen zu lesen versuchen, sondern sich ganz und gar auf die eigenen Kräfte verlassen und basta!« Hierauf folgt eine lange Aufzählung von Dingen, die sie liebt, und solchen, die sie verabscheut. Sie mag keine Leute, die dasitzen und jammern oder Pläne schmieden, aus denen nie etwas wird. Sie mag jene, die etwas tun. »Was du nicht sofort machst, tust du nie. Mensch, fang irgend etwas an, nimm den Spaten in die Hand und pflaster den Hof!« Das war eines der geflügelten Worte aus unserem Hausgebrauch, für Fremde nicht leicht zu verstehen. Sie liebte Streit und Widerspruch, es war oft gar nicht leicht mit Maxie. Und wenn jemand glaubt, sie sei immer heiter gewesen, anmutig und gütig, dann stimmt das und stimmt auch wieder nicht! Sie konnte jeden Augenblick explodieren. Sie haßte alles Sentimentale, auch an sich selbst. Sie verachtete die verweichlichten, die allzu höflichen »feinen Pinkel«, die süßlichen Begrüßungen der Bürgersfrauen auf der Straße, die verlogene Wohlanständigkeit, und vor allem haßte sie die immer quäkenden, verpimpelten Kinder der »gutsituierten« Bürger und Spießer, die es natürlich auch im Sozialismus gibt. Ganz entschieden haßte sie die modische und gestelzte Sprache gewisser Intellektueller, ihren Wissenschaftsjargon, ihre Besserwisserei und ihr gekünsteltes Psychologisieren. Sie liebte die kleinen Leute.

Ich erinnere mich an einen warmen Samstagnachmittag im Mai. Eine fremde Frau aus Stahnsdorf, dem Nachbarort, kam sich vorstellen, um bei uns, vielleicht dreimal wöchentlich, die grobe Hausarbeit zu verrichten. Jahrelang hatte sich Maxie hartnäckig geweigert, eine andere Frau für sich arbeiten zu lassen. Endlich hatte ich sie umgestimmt, aber noch nicht überzeugt, daß Arbeitsteilung nicht auch Ausbeutung sei.

»Wer braucht meine Geschichten?« sagte Maxie. »Saubere Wäsche dagegen brauchen alle Leute!«

»Deine Geschichten«, antwortete ich, »haben auch etwas mit sauberer Wäsche zu tun!«

Diese Frau also, sie hieß Kalischke, wirkte, obwohl sie viel jünger war, wie fünfundvierzig, ziemlich abgearbeitet und kränklich. Sie kam mit drei von ihren fünf Kindern bei uns an. Die Kinder blieben völlig stumm, reglos und verschüchtert an der Gartentür stehen. Auch ihre Mutter konnte vor Verlegenheit und Scheu nicht reden, sie hatte einen Sprachfehler und außerdem kaum noch Zähne im Mund. Maxie, die selbst ein wenig stotterte, dies aber oft unterdrücken und dann wiederum geschickt einsetzen konnte, begrüßte sie, während ich mich skeptisch in mein Arbeitszimmer zurückzog. Zwei Stunden später, ich denke, es ist alles gelaufen, entdecke ich Maxie mit Frau Kalischke in einem äußerst angeregten Gespräch hinten in unserem Garten an dem reichlich mit Essen und Trinken bestückten Tisch. Frau Kalischke erzählt Maxie bereits ihr ganzes verdammtes Leben. Und ich falle fast um vor Überraschung, denn diese Person redet fließend, voll bitterer Heiterkeit und ziemlich gescheit. Die Kinder spielen unbeschwert und vergnügt mit unseren Kindern im Garten. Unvergessen bleibt mir der Ausdruck von naivem Staunen in dem Gesicht der Frau. Sie staunte wohl über sich selbst, über ihre lange Rede und was da alles aus ihr rauskam, eine ganze Welt! Und daß jemand das interessant fand und ihr begierig zuhörte. Sie hat dann drei Monate lang bei uns gearbeitet, zur Zufriedenheit aller Beteiligten.

Als Maxie einige Jahre später ernsthaft an den Frauenprotokollen zu arbeiten begann, erlebte ich noch mehrmals dieses kleine Wunder einer Verwandlung, ein Vorgang, dessen Maxie sich übrigens niemals deutlich bewußt wurde. Alle diese Frauen, die sie über ihr Leben befragen wollte, darunter Bekannte aus der Nachbarschaft, aber auch völlig Fremde, sträubten sich zunächst: »Aber ich habe überhaupt nichts erlebt, suchen Sie sich doch eine interessantere Person!« Maxie ließ nicht locker, sie brachte jede Frau zum Erzählen. Und wenn der Redefluß stockte, packte sie selber einiges aus ihrem alltäglichen Leben auf den Tisch, völlig offen und ungezwungen. Sie hatte den urwüchsigen Humor und Sarkasmus der Arbeitervorstadt und sagte oft Dinge, die »man« nicht sagt. Im ersten Moment wirkte manches schamlos und schockierte die Frauen, dann aber lockerte es die Zunge, man konnte lachen und weinen zugleich. Und alles zusammen wirkte wie Schafgarbe und Johanniskraut in heißem Wasser gebrüht, ein krampflösendes Mittel.

»Das ist ja der Trick«, schreibt Maxie in ihre Siebentagefibel, »mit dir allein fällt dir meist gar nix ein, und du versinkst in Trübsal. Guckt dir aber jemand offen ins Gesicht und zeigt auch noch Interesse, da klopft dein Puls auf einmal stärker und du entdeckst in dir Abgründe von nicht gelebtem Leben. Du hast ja überhaupt nichts zu melden, fällt dir ein. Und du beginnst Dinge zu erfinden. Oder auch die bittere Wahrheit zu erzählen, je nach dem Wasserstand. Die Hauptsache ist eben, daß du damit anfängst, denn im Reden wird der Mensch warm und wach, und nur das ist der Punkt, worauf es ankommt! Du merkst bald selbst, wie du dich windest und aufzuschneiden beginnst, was du ja eigentlich nicht nötig hast. Und dann schämst du dich heimlich und schwörst dir, tief in deiner schlaffen Brust, daß du das ändern wirst und dich, verflucht soll es sein, ins wahre Leben stürzen! So beginnen Zweifel und Spott unmerklich in uns zu arbeiten, und du entdeckst die wohltätige Beize der Ironie. Sie wird dich reinigen, falls du überhaupt noch zu retten bist!«

Über Verhaltensmuster und Sprechgewohnheiten verschiedenartiger Menschen zu debattieren war eine unserer Lieblingsbeschäftigungen, das gehörte einfach zu unserem Handwerk. Über ihre eigene Art, mit Leuten umzugehen, redeten wir nie, es war nicht nötig. Maxie hatte das einfach in sich, die Sprache und Weltklugheit, die unverfälschte Lebensweise der kleinen Leute aus dem riesigen Gemeindebau in Hernals, dem Außenbezirk von Wien, in dem sie aufgewachsen war. Auch die Sprache der Kriegszeit, wo man bei offenen Türen lebte, zwar auf der Hut vor Nazispitzeln, die es in jedem Haus gab, aber doch einer auf den andern »ums Verrecken« angewiesen. »Auf unserem Gang allein wohnten zehn Kinder«, berichtet Maxie, »da standen uns praktisch alle Türen offen. Wenn meine Mutter Steine klopfen war, bin ich eben in irgendeine andere Wohnung gegangen, wo gerade eine Mutter zu Hause war oder eine Großmutter.« Man redete Klartext, nahm kein Blatt vor den Mund.

Nicht alles, was die Frauen erzählten, durfte in das Buch hinein. Die Befragten legten Bekenntnisse ab, schütteten ihr Herz aus, die eine beim ersten Mal, die andere beim vierten oder fünften Besuch. »Das und das erzähle ich Ihnen ganz ehrlich«, sagte eine von ihnen, »aber drucken dürfen Sie das nicht!« Zwei Tage später berichtete sie über die gleiche Sache in noch schärferem Ton. Und Maxie erwiderte: »Ja, aber das alles hab ich von Ihnen schon gehört, nur, was nützt es mir, wenn ich es nicht verwenden darf?« – »Sie dürfen es verwenden!« – »Ich denke, Sie wollen nicht, daß Ihr Mann erfährt, was Sie über ihn erzählen?« – »Jetzt will ich aber, daß er es erfährt. Ich habe lange darüber nachgedacht. Es wird ihm guttun. Es wird uns allen, der ganzen Familie wird es guttun, wenn er die Wahrheit über sich selber hört und was ich über unsere Ehe denke!«

Fast alle Frauen erzählten Teile ihrer Lebensgeschichte mehrmals. Und jedesmal, wenn sie mit einer neuen Variante kamen, hatten sie tiefer geschürft. Sie hatten nachts nicht geschlafen, hatten alles hin und her gewendet, hatten gestöhnt und gelitten und auf einmal die Sache ganz anders gesehen, in einem anderen Zusammenhang, einem völlig neuen Licht.

»Wissen Sie, ist ja nicht wahr, daß ich ihn geliebt habe. Hab ich mir selber eingeredet. Dieser blöde Stolz. Und er hat auch nicht lange um mich geworben. Man lügt sich ein Leben lang etwas vor, bis man es schließlich glaubt. Meine Mutter hat mich verkuppelt. So war das. ›Das ist der richtige Mann für dich.‹ Na ja, weil er Geld hatte und ein Geschäft! Inzwischen ist vieles anders geworden, das Geld und das Geschäft haben sie verloren, und er geht arbeiten, wie alle anderen auch. Aber das hat mir wiederum die Augen geöffnet, ein schlechter Mann ist das nicht!«

O ja, Erzählen ist eine Kunst und vielleicht die einzige, die uns verwandeln kann. Denn ebenso kunstvoll ist es, den Zuhörer zum Reden zu bringen, so daß er sich öffnet und vielleicht herausfindet aus dem engen Loch, in dem er sich vergraben hat. »Ich liege seit drei Monaten im Krankenhaus«, schreibt eine junge Frau, »nach einer schweren Operation. Mir ging es mies, ich lag den ganzen Tag im Bett, redete kein Wort, meine Haare wurden strähnig und mein Gesicht wie Teig. Ich hatte überhaupt keine Lust mehr aufzustehen. Da brachte mir jemand das Buch von Maxie Wander, und ich hab es in einem Zug gelesen. Am nächsten Morgen bin ich um fünf Uhr früh aufgestanden, hab mir die Haare gewaschen und im Gesicht etwas Puder und Rot aufgelegt. Dann habe ich angefangen, mir die Frauen in den Betten näher anzusehen. Jetzt helfe ich den Schwestern jeden Tag, teile Essen aus und stütze die Frauen, die zu schwach sind, allein auf die Toilette zu gehen. Alles mögliche mache ich. Für eine Mutter schreibe ich die Briefe an ihre Tochter, weil sie die Hand nicht bewegen kann. Dafür bewegt sie den Kopf jetzt etwas besser, weil ich ihr erklärt habe, wie ihre Tochter denkt. Schade, daß Maxie nicht mehr lebt, ich hätte gern mit ihr gesprochen!«

Maxie und ich haben oft und lange darüber geredet, wieweit es erlaubt ist, die mündliche Aussage eines anderen zu kürzen und zu verändern, um sie verständlich zu machen. Denn die Fähigkeit, sich zu artikulieren und zu erzählen, ist vielen Menschen abhanden gekommen, seitdem es Sprechmaschinen gibt und Kopfhörer; sie lauschen dem Draht, hüllen sich in Geräusche, um die innere Leere zu überspielen. Aber die ursprüngliche Quelle ist in vielen von uns noch nicht vollständig versiegt. Und bringt man sie zum Fließen, sprudelt sie manchmal unerwartet über. Wir haben versucht, für uns selbst Richtlinien und Regeln zu finden, um das, was wir auf diese Weise auffangen konnten an oft überschäumender, ungeordneter Mitteilung, auch für andere lesbar zu machen. Hans Magnus Enzensberger zum Beispiel sagte in einem Interview über seine dokumentarischen Bücher, in denen er oft Gesprächsprotokolle verwendet, für ihn sei das Schreiben immer auch eine kollektive Arbeit. Man schreibt immer ab, meinte er, und es sind immer auch Gedanken, die andere lange vor uns gedacht haben. Es sei eine Art dokumentarisches Puzzlespiel, verschiedene Muster werden da zusammengesetzt, und er könne dann eben nicht auf die Technik der Montage, der Collage und des Dokuments verzichten. Das Eigene, das, was der Autor einbringt als kreative Arbeit, auch was die Auswahl betrifft, als unverwechselbare Handschrift, sei eine Art Magnetismus, etwas, was der Autor selbst nie ganz durchschaut.

Bei der Arbeit an diesem Buch mußte ich wieder eine Auswahl treffen aus Bergen von beschriebenem Papier.

Das war nicht leicht. Ich habe versucht, mich an das zentrale Thema der Aufzeichnungen und Briefe von Maxie zu halten: ihre besessene Suche nach einer neuen Art zu leben, anders zu leben, aufrichtig und schöpferisch zu leben. Das als eine Art Lebensentwurf, wie sie es selber nannte, herauszuarbeiten, war das Ziel, nach dem ich das Material ausgewählt und zusammengestellt habe. Man kann das sicher auch anders machen. Ich verließ mich dabei auf meine Erfahrungen als ihr Kumpan und Vertrauter: wir haben gemeinsam gearbeitet, sind gereist, haben vieles begonnen, längst nicht alles erreicht, haben einige Bücher gemacht, haben miteinander gelebt.

Maxie hatte die Neigung, rastlos alles aufzuschreiben, was ihr widerfuhr, was sie beobachtete und worüber sie nachgrübelte. Manchmal notierte sie nur Stichworte auf einem Fetzen Papier. Und manchmal waren vielleicht nur zwei Sätze von drei Seiten brauchbar. Sie hatte jene vielleicht altmodische Leidenschaft, allen Leuten Briefe zu schreiben, an manchen Tagen bis zu fünfzehn Stück, wenn irgendein Ereignis oder eine neue Idee sie beschäftigte. Natürlich keine für den Druck bestimmten Briefe. Es waren spontane Äußerungen, Skizzen, auch Schreibübungen, halb Brief, halb Tagebuch. Manche dieser Episteln sandte sie ab, oft unbedacht, andere blieben liegen. Und selbstverständlich gab es viele Briefe über das gleiche Thema, nur unter verschiedenen Aspekten. Ihrer Mutter, der Maxie zwanzig Jahre lang fast täglich schrieb, vor allem in der Zeit, als wir in Kleinmachnow wohnten, stellte sie die Dinge unseres täglichen Lebens anders dar als etwa ihrer Freundin Winnie oder den Cousinen Rosi und Liesl oder einem ihrer vielen Briefpartner in anderen Ländern, etwa Ernst Epler in Wien oder Ernest Rosenberger in Paris, mit denen sie eine fast zwanzigjährige Brieffreundschaft unterhielt. Deshalb habe ich mich bei der Arbeit oft der Methoden der Collage und Montage bedient.

Maxie war in einer Weise spontan und impulsiv, daß es manchmal nicht leicht zu verstehen war, worauf sie hinauswollte. Lebte sie noch, hätte sie bestimmt gesagt: »Um Gottes willen, wirf das ganze Zeug in den Ofen!« Sie hat das alles nicht für die Öffentlichkeit geschrieben, nur für sich und für ihre Freunde. Es ging mir einfach darum, sichtbar zu machen, was diese junge Frau aus sich gemacht hat und was sie anderen zu geben versuchte. In einem Brief an ihre Freundin Winnie schreibt sie: »Wie kannst Du so etwas Dummes sagen, weil ich manchmal den ganzen Tag lese oder schreibe, ist das doch keine Flucht. Im Gegenteil! Ich schreibe, weil ich mich selbst annehmen will und die Welt. Und weil ich herausfinden möchte, was das ist, was ich da annehme ... Das Gute und auch das Schlechte. Das Leben und den Tod!«

Eine Vorahnung?

Am 9. September 1976, ein Jahr vor ihrem Tod, schreibt Maxie in ihr Tagebuch, kurz nach der Einweisung in die Frauenklinik der Charité in Berlin: »Ich bin sofort vertraut mit der Situation, merkwürdig. Fühle mich nicht fremd, als hätte ich das alles schon einmal erlebt. Ein bissel wie im Traum: Das bin ich? Das passiert mir? *Was* wird mir passieren? Jedenfalls der gute Wille ist da, mich einzurichten, es anzunehmen, was auf mich zukommt.«

Das alles klingt naiv und zugleich weise. Maxie hatte jedenfalls nicht das Selbstverständnis einer Schriftstellerin. Ihr fast besessener Drang, Geschichten zu hören, zu erfinden und zu erzählen, erklärt zunächst nur, daß sie den Wunsch hatte, ihre Werkzeuge der Selbsterkenntnis zu schärfen. Alles besser zu sehen, zu riechen, zu begreifen! »Der Maler malt sich selbst in jedem Bild, und ich schreibe mich selbst!« sagt sie ganz einfach. Indem wir erzählen oder Tagebuch schreiben und die »Blumen und Ungeheuer« (Balzac) mit Namen benennen, bringen wir ein wenig Ordnung in das Chaos der Welt, ebnen uns den Weg. Das wird unsere Probleme nicht lösen, aber es erleichtert das Herz.

Inzwischen ist die Berliner Mauer gefallen, zur tiefen

Erleichterung auf beiden Seiten. Maxie wurde angesichts eines Todesfalles oder großer Ereignisse meist still und nachdenklich. Sie hätte wohl darüber nachgedacht, wie die Muster verschiedener Mauern in uns allen noch arbeiten und wie schwer es sein wird, die Trümmer beiseite zu schaffen.

Wien, Juni 1990 Fred Wander

Tagebuchaufzeichnungen und Briefe

Maxie Wander, 1962

Paris (links: Maxie Wander)

Paris 1962 (links: Fred Wander)

Paris

In Paris, 1964

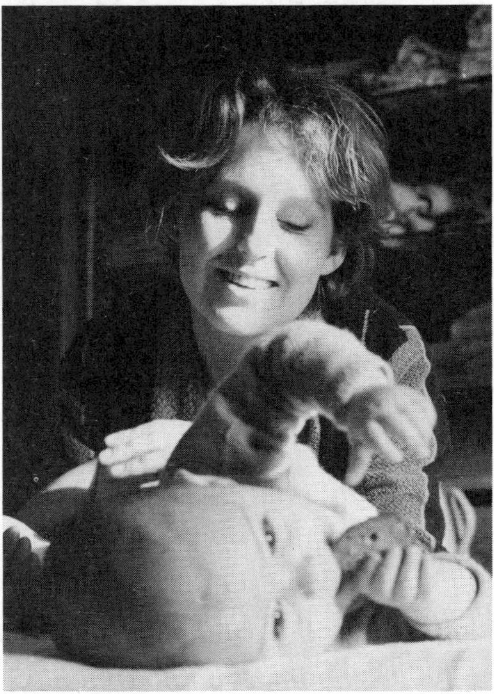

Vor dem Haus in Kleinmachnow, Frühling 1967

linke Seite:
oben: Mit Kitty (links) und Berti, 1964/65
unten: Mit Daniel, 1966

1967

I

In der Dachkammer Rue du Temple, 14. Mai 1964

Wir sind immer noch hier, und ich wäre lieber schon weggefahren, wer kann denn die vielen Eindrücke verarbeiten? Na schön, da hab ich also diese Prinzenhochzeit gesehen, eine große Menschenmenge vor der Kirche von Saint-Germain-des-Prés sowie ungefähr fünf weiße Rolls-Royce mit Wappenzeichen und, vielleicht hundert Meter entfernt, die ohnmächtige schwangere Negerin auf dem heißen Pflaster liegend, hab zum erstenmal französische Chansons auf der Bühne erlebt und die Zwölftonmusik von Schönberg im Odéon-Theater, wir haben richtige Zwiebelsuppe gegessen, den phantastischen Felsenwald von Fontainebleau gesehen und jenen Algerier, der mit irrem, gewalttätigem Blick nachts hinter mir herlief. Die halbnackten schwarzen Jünglinge aus Mali, die am Seineufer auf den stinkigen Steinen Musik machen und von ihrer Heimat singen, die vielen kleinen Restaurants im Quartier Latin, wo die buntgekleideten Köche in der Auslage Fleisch würzen, garnieren und in den Ofen schieben, die eben zerstörte kommunistische Buchhandlung nahe der Universität, die linksradikalen Zeitungsfrauen, die davor Zettel verteilen ... Mich verwirrt die Menge von flüchtigen Begegnungen, warum sind wir so scharf darauf? Nur ein Genie könnte aus diesem Mosaik einen schöpferischen Gedanken gewinnen. Für uns Durchschnittsmenschen bedeuten diese Erlebnisse nichts weiter als oberflächliche Reize, die Nase wird gekitzelt, die Augen, die Ohren ... Das, was du von den Menschen erhaschen kannst, ist immer nur ein Schnappschuß, ein Bild, eine Erscheinung, von ihrem wahren Wesen nur selten ein Funke ... Kuriose Gestalten, sehr viel Armut, viele Gestrandete, viel Banalität der überall neugierig lauernden Touristen. Mir kommen Zweifel über den Wert der ständig wachsenden Reiselust, warum, frag ich mich, kann der Mensch sich nicht mit seiner Familie begnügen, wächst er denn in der Fremde über seine Grenzen, über sich selbst hinaus? – Was es doch alles gibt in dieser Welt, wovon man bis heute nichts gewußt hat. Und wenn du alles wüßtest, was jetzt in der Welt passiert, was hilft es dir? – Und vielleicht ist es doch für etwas gut, man wird in diesem Ameisenhaufen daran erinnert, daß es noch andere Menschen gibt, die anders denken, anders leben, und daß man sich nicht zu wichtig nehmen soll. Wovor hast du Angst, mach dich ganz lokker, laß dich treiben, genieße!

Kleinmachnow, 29. 6. 64

Ihr Lieben,
meine Stimmung ist nicht gerade rosig, es ist wieder kalt und feucht geworden, Kitty hat festgestellt, daß ich stottere, Berti findet, daß mein Busen hängt (was nicht stimmt!), und Fred hat wieder einmal erkannt, wie isoliert wir leben und daß auf diese Weise eine künstlerische Arbeit nicht gedeihen kann. Ich werde jeden Tag fetter, die Tabletten gegen den Heuschnupfen machen mich noch müder und fauler, als ich eh schon bin, meine neue Geschichte, die ich im Frühjahr hoffnungsvoll begonnen habe, ist ganz große Scheiße, was man unschwer erkennen kann, wenn man sie jetzt mit einigem Abstand liest. Und überhaupt ... Was soll ich Euch schreiben, daß es Fisch und hinterher Erdbeeren zum Nachtmahl gibt und unsere liebe Nachbarin Brigitte unglücklich verliebt ist und zu mir jammern kommt, der Angebetete weiß es

nicht, und sie kann es ihm nicht sagen. Alles nicht interessant, also meckere ich eben. Schaut Euch nur die Fotos von mir an, die wir in Paris gemacht haben, was für ein fettes, nichtssagendes Gesicht!

Das Erfreuliche im Augenblick sind die Kinder, gestern, Sonntag, war in unserer Straße ein Kinderfest, hinten am Tümpel ... Berti war etwas reserviert, wie immer, wenn er aus dem Haus muß, Kitty dagegen sehr aufgedreht! Abends kann ich mir jetzt oft die obligate Geschichte ersparen, Kitty erzählt! Größte Gaudi, wenn Papa und Mama in den Kinderbetten liegen, Kitty aber als Mutti eine neue Geschichte erzählen kann. Da strahlen ihre Augen!

Von den vielen Paris-Fotos, die ich jetzt fleißig mache, werden Euch vielleicht einige gut gefallen, diese Arbeit macht mir meistens noch Freude, aber leider heute nicht. Laßt es Euch gutgehen, Ihr habt die Stürme hinter Euch, manchmal beneide ich Euch. Nicht weil ich mit meinen Stürmen nicht fertig werde, sondern weil es zur Zeit keine gibt. Weil ich aus meinem Leben nichts gemacht habe. Langweilig, unwürdig ist das, wie wir leben. Leider hindert mich meine Trägheit, etwas zu unternehmen, etwas zu verändern! Jetzt geh ich doch wieder in den Keller, Bilder in die Trockenpresse legen. Laßt Euch von meiner Stimmung nicht anstecken ...

Kleinmachnow, 12. 7. 64

Hallo Winnie,
herrliches kühles Wetter, windstill, ich sitze im Garten zwischen lauter heruntergefallenen Pflaumen, unser letztes Obst. Sie haben unsere Obstbäume gefällt. Und ich genieße die Ruhe und den Duft, aber dann schreit das Baby unserer Nachbarin, und die Hunde hinter dem Stacheldraht jaulen.

Ich werde wieder in den Keller flüchten, das ist jetzt

unsere Dunkelkammer, hab heute schon drei Stunden lang Filme entwickelt und Bilder gemacht. Fred liest in seinem Zimmer, wird aber gleich in den Wald fahren, das ist seine neueste Entdeckung: Er fährt drei Kilometer weit in den Wald, auf eine verlassene, schöne Lichtung, sitzt im Auto, die Maschine auf den Knien, und schreibt. Es sind die letzten Seiten unseres Paris-Buches, die Bilder mache ich. Du bist doch in Wien auf die »Graphische« gegangen, hast Fotografin gelernt, warum bist Du nicht bei diesem schönen Beruf geblieben? Ich mache alles dilettantisch, kannst Du mir nicht ein paar Tips geben?

Du schreibst, es gäbe in Deinem Leben weder Höhepunkte noch Tiefen. Es klingt zwar traurig, aber auch wieder zufrieden, und auf meine Frage, ob Ihr Euch denn noch liebt, antwortest Du ausweichend und resigniert, daß Ihr Euch ja seit der Kindheit kennt, was ich eh weiß. Na schön, kann mir schon denken. Aber wie haben wir Mädchen Dich beneidet, alle waren in Deinen Hans verliebt. Jedenfalls war ich es, hab ich es Dir erzählt? Immer wieder diese blöden, kindischen Geständnisse. Wenn ich mein Leben betrachte, gibt es eine Menge Höhepunkte und auch Tiefen. Höhepunkte bezahlt man eben mit dem entsprechenden Preis! Habt Ihr denn nie Krach, keine Spannungen, keine Zweifel? – Du, ich habe das Licht entdeckt, ich klettere jeden Morgen, wenn Kitty und Berti zum Kindergarten abgezogen sind, in diese öde Dunkelkammer, hab das Fenster mit schwarzem Stoff verhängt und einen alten Tisch aufgestellt, für Vergrößerungsapparat und Entwicklerschalen. Und dann bin ich plötzlich in Paris und sehe alles wieder, aber deutlicher als damals. Nichts hindert mich, das Gesicht einer fremden Frau lange zu betrachten, es in eine schärfere Beleuchtung zu tauchen, die ich durch einen Trick erzeuge. Und damals hatte ich nur drei Sekunden Zeit, weil sie es ja nicht merken sollte! Hast Du jemals versucht, fremde Leute auf der Straße zu fotografieren? Ein schwieriges Unternehmen. Ich entdecke heute ein Fenster in einem alten Haus, wo jemand rausschaut und mich mißtrauisch beobachtet. Ich bemerke es erst jetzt, und hundert andere Details, die mir dort in der Eile entgingen. Vor allem aber das Licht. Fred hat mir jahrelang davon erzählt und geschwärmt, aber erst jetzt in meiner Waschküche im Keller entdecke ich das berühmte Licht von Paris. Und was macht dieses Licht so besonders? Schwer zu erklären. Vielleicht versuche ich es ein andermal.

Wir haben seit Juli 1962 in mehreren Etappen fünf Monate in Paris zugebracht, um Fotos für dieses Buch zu machen. Wir wohnten in billigen Hotels, die Fred aus der Zeit der Emigration kannte, darüber gäbe es viel zu erzählen. Hatten nur sehr wenig Geld. Gingen oft in den Louvre, um zu lernen, wie Maler mit Licht und Schatten arbeiten. Das ist doch ein aufregendes Studium! War das ein Fach bei Euch auf der Hochschule? Zum Beispiel ›Das Floß der Medusa‹ von Géricault, was für ein magisches Licht. Die Körper der Schiffbrüchigen auf dem Floß leuchten sozusagen von innen! Wie macht das der Maler? Davon kann ich viel lernen, nicht um es nachzumachen, das geht nicht, aber um die Dinge anders zu sehen. Wenn wir dann auf die Straße kamen, sahen wir auf einmal alles verfremdet, sozusagen mit den Augen von Matisse oder Courbet, so kam es uns vor. Wir waren jedesmal verblüfft und ein wenig benebelt, standen lange da und staunten. Wir haben Tausende Fotos gemacht, um eine Auswahl von zweihundert Stück für das Buch zu bekommen, eine mühselige Arbeit. Beim Schreiben ist es ähnlich, man muß hundert Seiten geschrieben haben, um *ein* brauchbares Blatt zu pinseln. Steht irgendwo bei Tschechow. Wir haben fast nur in den alten Vierteln von Paris fotografiert, alte Leute, alte Häuserfassaden. Sie reißen bereits ganze Straßenzüge ab, man muß sich beeilen, Belleville und Mesnilmontant wird es bald nicht mehr geben, das alte Nanterre auch nicht. Noch eine Entdeckung, Winnie, die alten Häuser von früher und ebenso die alten Menschen werden eigentlich immer schöner, selbst wenn sie schon halb zerstört sind. Die neuen Häuser und die modernen Menschen – wenn sie alt werden – sind nur noch banal.

Nachmittag. Hab unterbrechen müssen, die Kinder kamen zurück, aufgeregt und voller Neuigkeiten. Kitty durfte heute ihre Schultasche mitnehmen zum Vorzeigen, sie wird im Herbst eingeschult, wie man hier sagt. Schreckliches Wort, merkst Du was? Kannst Dir denken, was bei uns los ist, aber Du mit Deinen großen Gschroppen bist aus allem raus. Oder nicht? Kann mir schon denken, nach den kleinen Problemen mit den Kindern kommen gut sortiert die großen! Und weil Du danach fragst, jawohl, wir wohnen direkt an der Grenze zu West-Berlin. Ein Zufall, vielleicht eine Art Bestimmung? Leben wir nicht immer in Grenzgebieten? Fred kennt eigentlich nix anderes. Sie haben uns 1959, ein Jahr nach unserer Ankunft in der DDR, dieses Haus angeboten. Ein Einfamilienhaus, stell Dir das vor. Die Miete ist ganz billig, jeder kann sich das leisten, und wir haben natürlich nicht lange überlegt. Es war ein Glücksfall, auch ein wenig Protektion, weil Fred jemand kennenlernte, der etwas für ihn tun wollte! Das Haus liegt völlig abseits, zwischen schönen alten Bäumen, völlig ruhig. Wer konnte damals wissen, was später passieren sollte? Sie haben im August 1961 in wenigen Tagen die Grenze zu West-Berlin befestigt und teilweise eine Mauer gebaut. Bei uns war es zunächst nur ein starker Zaun, der ging mitten durch unseren Garten. Und sie haben einen vier Meter breiten Streifen abgeholzt. Inzwischen kam ein neuer Zaun hinzu. Und noch ein Streifen Niemandsland und wieder ein Drahtgeflecht. Und so sind alle unsere Obstbäume umgefallen. Der Pflaumenbaum ist der letzte.

PS. Wie geht es Deinem Bruder, Deine Nachricht hat mich merkwürdig berührt, aber ich kann dazu nichts sagen. Ist es ein seelischer Defekt? Entschuldige meine

Sachlichkeit. Ich kann mich an ihn nicht erinnern. Schreib mir mehr über ihn. Will er sich denn immer noch umbringen?

16. 7. 64

Die Dunkelkammer ist ein tolles Erlebnis, ich ziehe Bilder durch die Lauge und warte zitternd vor Aufregung, was jetzt kommt. Fast alle Fotos hab ich selbst geschossen, jetzt aber sind sie mir völlig fremd. Sie kommen langsam, nehmen Konturen an, der Entwickler arbeitet hart, es sind Straßenbilder, und Fred meint, ich soll sie sehr scharf machen und die Schwärzen vertiefen. Die Rue Pigalle, weiter oben beim Montmartre, wo schon die ersten Dirnen an den Ecken stehen, sogar bei Tag. Auf dem Bild erscheint ein Gesicht, das ich damals nicht bemerkte. Der Kopf eines jüngeren glatzköpfigen Mannes, in einem Parterrefenster eines dieser alten Häuser. Ich ging rasch vorbei und fotografierte heimlich einen Clochard. Der Typ hockte auf dem Boden, und ich fürchtete, er würde aufspringen und auf mich losgehen, wie es mir in der Rue Mouffetard ergangen ist. Aber nichts ist geschehen, er hat grad die Flasche angesetzt. Und jetzt seh ich diesen anderen herausschauen, mit einem bösen Blick. Ein Glück, daß ich ihn damals nicht sah, ich hatte schon Angst genug. Keine wirkliche Angst. Die Erwartung von Angst oder rasendem Schmerz. Fast noch schlimmer als wirklicher Schmerz. Aber das ist es auch nicht. Schwer zu sagen. Alte Häuser mit Fenstern, die aussehen wie ausgestochene Augen. Schwarze Löcher. Jedes Loch ein Trichter voll Erinnerung. Und was ist von den Menschen geblieben? Erinnerung und oft nicht einmal das. Ein Geruch, eine Angst, wie Flecken an der Wand.

Mußte die Arbeit unterbrechen und hinaufrennen, um Luft zu schnappen. Hab mich ins Gras gesetzt, obwohl es feucht ist. Es hat geregnet, und auf den Grashalmen und Blättern hängen tausend diamantene Tropfen, schön aneinandergereiht. Sie fallen einer nach dem andern zu Boden, wo sie gierig verschluckt werden. Eine strahlende, perfekte Welt, in der alles seine Ordnung hat. Die Dunkelkammer macht auch das mit dir – du siehst plötzlich alles mit einem wahnsinnig geschärften Blick. Die Ameisen begegnen einander mit sehr anmutigen, ordentlichen, etwas hektischen Berührungen, bevor sie sich in gleichmütiger Raserei weiterbewegen. Dort sind vielleicht dreißig Ameisen damit beschäftigt, einen großen tintenblauen Käfer abzuschleppen, der am Rücken liegt und halb zerfressen ist, aber noch lebt. Völlig in Ordnung, eine wundervolle Welt!

Viele Bilder von alten Männern und Frauen, die wie verloren durch die Straßen gehen, als suchten sie etwas. Es gibt auch viele Bettler, manche tun dies auf fröhliche, komödiantische Weise, sie gehen durch die Sesselreihen vor den Cafés, singen die alten abgedroschenen Chansons, meistens sehr schlecht, aber manchmal originell, deklamieren auch Texte, offenbar in Pariser Argot (oder vielleicht sind sie nur betrunken), erzählen Anekdoten und halten die Hand dabei auf, sehr hartnäckig, und das Publikum ist nicht unangenehm berührt. Es gehört dazu, es ist eben Paris, gehört in das große, alltägliche Theater ... Und es gibt bösartige, hinterlistige Bettler, wie jener hinter der Oper, er hockte vor einem Bankportal, auf dem Gehsteig, die Beine lang vorgestreckt, die Mütze aufgehalten, unbeweglich, mit einer schwarzen Brille vor den Augen. Hm, dieser Kontrast zu dem glitzernden Bankportal – ich konnte nicht widerstehen, ein Foto zu machen. Und kaum hatte ich abgedrückt, sehr vorsichtig und von der Seite, da sprang der Mann auf und klopfte aufgeregt und verärgert auf meinen Fotoapparat. Ich schämte mich, und er wußte das, und hielt herausfordernd die Hand auf. Ich gab ihm ein paar Francs, er nahm sie ohne ein Wort und setzte sich wieder hin, ebenso starr und blind wie vorher. Oder der Drehorgelspieler vom Boulevard Saint-Michel, ein gutaussehender Mann im besten Alter, der unrasiert und in alten Hosen hier erscheint, aber im eigenen Wagen kommt und in einer Seitengasse parkt. Und es gibt die vielen Studenten, die singend und Gitarre spielend vor den Stufen der Sacré-Cœur sitzen, an den Abenden, wenn die Fremden den Sonnenuntergang über der Stadt genießen... Einer spielt, der andere singt, der dritte geht mit der Mütze rum. Hingerissen sitzen Kinder neben ihnen auf den Stufen. Alle sind glücklich...

18. 7. 64

Rosl,
ob wir denn nie Streit haben, willst Du wissen? Und ob. Das nimmt sogar auffällig zu. Nicht, weil wir so verschieden sind und widersprüchlich, das auch, vor allem aber, weil wir einander so ähneln. Meint Fred. In guten Stunden bereden wir manchmal dieses abgedroschene Thema und lachen darüber. Er meint tatsächlich, daß wir in vielen Dingen auf gleiche Art denken und fühlen. Nicht auszuhalten, sagt Fred. Vielleicht hat er recht. Doch Widersprüche gibt es immer noch genug. Jeder von uns ist sein eigener Widerspruch. Mann und Frau sind außerdem zwei mit Starkstrom geladene Pole. Das funkt manchmal so angenehm prickelnd, und manchmal knallt es eben. Gott sei Dank, das wäre ja sonst langweilig. Es gibt die schönen, warmen Sommergewitter, und es gibt Donner und Blitz mit eiskalten Regenschauern. Manchmal denke ich, es geht mit uns beiden nicht weiter, und spinne Fluchtgedanken, seh mich schon als bedauernswertes verlassenes Weib.

Es gibt aber, glaube ich, für alle Schwierigkeiten, Zerwürfnisse und Krisen im Leben, vor allem aber für jeden Kummer zwischen Eheleuten eine Lösung – Arbeit!

Nicht nur die gewöhnliche Alltagsroutine, die auch. Vor allem aber solche Tätigkeit, verstehst Du, die von einer fixen Idee lebt. Fred faselt öfter von einem »Schuß Wahnsinn«, der darin walten muß. Womit er recht hat. Kann man im ›Alexis Sorbas‹ nachlesen. Kazantzakis scheint darin Experte zu sein. Fred trägt sich nämlich ständig mit der Idee einer Geschichte, die er gerade schreibt. Und das geht soweit, daß du zu ihm redest, und er hört dich nicht. Du sitzt neben einem Phantom, redest zur Wand. Und er hat immer die herrliche Ausrede, er sei in Gedanken mit seiner Story beschäftigt. Als ob ich keine Geschichten im Kopf hätte! Nur ist es bei mir umgekehrt, ich denke gerade an eine Fanny oder Betty, und im Grunde ist es meine eigene Geschichte, die ich stricke, nur merkt das keiner, der Maler malt in jedem Bild sich selbst, und ich schreibe mich selbst. Leben und Schreiben ist meine Devise, und darum bin ich immer hier, anwesend, offen, ganz und gar. Verstehst Du das?

Es gibt aber auch noch eine andere Lösung für Ehekrisen. Immer wieder gelangen wir zu einem Siedepunkt, wo der Kochtopf fast explodiert. Und dann fängt einer von uns plötzlich zu lachen an. Ziemlich laut. Der andere spielt noch eine Weile beleidigt – wie kannst Du nur! Dann lachen wir schließlich beide. Und manchmal gehen wir danach lachend miteinander ins Bett. Sogar während des Tages, ganz egal, Hauptsache, man wird nicht gestört. Das ist überhaupt die beste Lösung!

19. 7. 64

Aus der Siebentagefibel
Nein, Liebe allein genügt bei weitem nicht, um ein Zusammenleben erträglich zu machen. Es muß noch ein ganz anderer Mörtel her, nämlich starke und ehrliche Freundschaft zu deinem Partner! Und dazu finde ich gerade dieses köstliche Zitat von Francis Bacon: »Be-

kanntlich sind Verstopfungen und Stauungen höchst gefährlich für den menschlichen Körper, nicht viel anders ist es mit dem Geist. Man kann wohl Sassaparille gegen Verstopfung der Leber, Stahl gegen die Milz, Schwefelblüte für die Lungen, Bibergeil für das Gehirn einnehmen, aber keine Arznei erschließt das Herz so sehr wie ein treuer Freund, dem man seine Leiden und Freuden, Ängste und Hoffnungen, seine Sorgen und Geheimnisse und alles, was sonst noch das Herz bedrückt, bekennen kann.«

20. 7. 64

Winnie,
Dein Brief hat mich fast umgebracht. Ich habe zwei Nächte nicht geschlafen und versucht, mir Klarheit über mich selbst zu verschaffen. Weil ich eigentlich herzlos bin. Dein Bruder ist also in der Nervenklinik, nach dem dritten Selbstmordversuch! Und Du fragst mich, wie man einem Menschen Kraft einflößen kann. Wieso fragst Du gerade mich? Und ich muß zugeben, daß ich kein Mitleid für Martin empfinden kann. Das scheint mein persönliches Gebrechen zu sein, daß ich für Selbstmörder kein Gefühl habe. Wenn jemand schwer krank ist und sich von dem Elend befreien will, von Schmerzen oder einem langsamen Sterben, dann versteh ich das. Fred hat viele Fälle erlebt, und erzählt mir von einem Freund, der sich kurz vor Beginn des Krieges aus dem Fenster stürzte. Das war in Paris. Und viele Leute hatten wahnsinnige Angst vor dem Krieg und vor den deutschen Faschisten. So etwas begreife ich. Übrigens kann ich mich jetzt an Martin erinnern, er war ein dicker, freundlicher Junge. Ich glaube, er war es, der immer versucht hat, mich beim Fangenspiel zu küssen. Und ich hab ihn ausgelacht. Kann auch sein, daß ich ihn verwechsle. Vieles aus unserer Kindheit ist mir völlig entschwunden.

Aber wie man einem jungen Menschen Kraft geben soll, weiß ich wirklich nicht. Woher nehmen *wir* die Kraft zu leben? Es gibt Stunden, wo ich an mir zweifle und an allem. Wozu das alles? Manchmal ist auch mir zumute wie nach einem Knall im Töpferladen, und ich muß reingehen und zusammenflicken, was noch zu flicken ist. Und dann geht's schon wieder weiter, Vorhang auf, und da sind die tausend Dinge, die jeden Tag zu machen sind. Und man macht sie. Und auf einmal bin ich wieder ganz lustig. Aber vielleicht durchschaue ich nicht das wirkliche Problem, das solche Menschen haben. Vielleicht ist diese Energie, die wir immer wieder aufbringen, nichts als Selbsttäuschung. Na wenn schon. Ich wollte, ich könnte Martin helfen. Aber ehrlich gesagt, empfinde ich einfach Zorn gegen jemanden, der dieses Leben wegwerfen will!

20. 7. 64

Ähnliche Gefühle wie damals, als wir vom Tod des jungen David L. hörten, der sich in Lima von einem Baugerüst gestürzt haben soll. Wir kennen seine Mutter, Beate L., eine Berlinerin, ungefähr 60, die 1933 mit ihrem jüdischen Mann nach Argentinien ausgewandert war und nun wieder in Berlin lebt. Der Mann ist im Exil gestorben, der einzige Sohn, David, wurde Brückenbauingenieur. Ein wunderbarer Beruf, wie sie sagt, der ihn in viele Länder führte. Er hatte alles, was er wollte, eine Wohnung in Buenos Aires, eine Absteige in Paris, Freunde überall in der Welt und genügend Geld. Aber wie die Mutter uns erzählt, hatte er schon als Kind davon zu reden angefangen, ob man – und wie man sich selbst umbringen könne. Und er hatte immer wieder damit begonnen. Er habe sich vor dem Leben geekelt, und sie zeigte uns auch Briefe in diesem Sinn. In den letzten Jahren wurde Davids Zustand kritischer, Anfälle von

Melancholie und zwei Selbstmordversuche. Dann lernt er ein jüdisches Mädchen kennen. Große Hochzeit und das monatelange Getue um die Einrichtung einer geradezu feudalen Wohnung in Paris. Die letzten Briefe zeugen von Hoffnung, aber plötzlich war es vorbei. David flog nach Lima, wo ein interessanter Auftrag lockte. Und dann die Nachricht von seinem Ende. Fred traf Beate in West-Berlin, sie zeigte ihm den Abschiedsbrief, der ganz ruhig und vernünftig klang: Er habe der Verlockung nicht widerstehen können, am Höhepunkt seines Lebens Schluß zu machen. Fred erzählt mir, er habe bei Beate keine Anzeichen tiefer Trauer gesehen, nur ein undefinierbares Lächeln. Gewiß, so deuteten wir uns die Situation, habe sie in all den Jahren dieses Ende hundertmal gesehen, in schlaflosen Nächten durchlebt und erlitten. Und jetzt kein Tropfen Kraft mehr, Schmerz zu empfinden!

21. 7. 64

Siebentagefibel
Was ich manchmal für einen Unsinn rede. Ich empfinde Zorn gegen jemanden, der sein Leben einfach wegwerfen will, schreibe ich an Winnie. Und abends schlage ich das Tagebuch von Pavese auf und finde, wie ein Orakel: »Solange es jemanden geben wird, der gehaßt ist, verkannt, nicht anerkannt, wird es im Leben etwas zu tun geben: sich diesem Menschen zu nähern!« Das ist es, was ich gespürt habe, als ich meinem Zorn Ausdruck gab. Ich hatte unrecht. Ich habe niemals wirklich darüber nachgedacht, warum, warum wohl ein Mensch Schluß machen will ...

24. 7. 64

Liebe Eltern,
Kitty schaukelt im Garten, in dem Rest von Garten, der nach einem neuerlichen Fällen geblieben ist. Das Niemandsland hinter unseren Häusern wächst, wir haben nur noch diesen Pflaumenbaum, den Vater so schön beschnitten hat, an ihm hängt Kittys Schaukel, auch die Linde haben sie uns gelassen, gleich hinter dem Haus. Fred geht gerade mit einem Freund spazieren, Schaffensprobleme unter Stückeschreibern, und ich habe Zeit, Euch zu schreiben.

Wir haben also äußerlich gesehen recht angenehm und ruhig gelebt in den Wochen seit Paris. Aber im Grunde betrügt man sich selbst, wenn man dieses unbestimmte Nichtstun daheim und das endlose Hinausschieben aller Probleme als vorübergehende Phase betrachtet. Mit den Fotos glaubte ich fertig zu sein, aber Fred kündigt mir an, daß sie im Verlag weitere Fotos verlangen. Wahrscheinlich werden wir bald noch einmal nach Paris fahren, um Farbfotos zu machen. Wir schwanken also ständig zwischen zwei oder drei Möglichkeiten. Die eine, ich geh wieder in die Rundfunkschule! Hab ja vor der ersten Paris-Reise das Studium und die Arbeit nur unterbrochen. Könnte jederzeit wieder einsteigen, eine Anstellung im Sender würde vielleicht auch dabei rausschauen. Ich kenne jetzt einige von den wichtigen Leuten, die würden mir behilflich sein. Aber eigentlich bilden sie dort nur Beamte aus, Rundfunk- und Fernsehbeamte, mit einigen journalistischen Kenntnissen, und das ist nicht das, was ich will. Die meisten Leute gieren nach einem sicheren Job fürs ganze Leben. Für mich kommt das nicht in Frage. Und es ist erstaunlich, und ich sehe es erst jetzt durch den Abstand, wie rasch diese Kandidaten alle Eigenschaften von Beamten annehmen. Das ist sicherlich überall so in der Welt. Und es würde auch an mir nicht spurlos vorübergehen. Ich würde es gar nicht merken, und ich habe es damals nicht gemerkt. Die wahren Probleme des Aufbaus und unserer Zeit, die Schwierigkeiten der Produktion in diesem Land, kann das ein Büromensch noch sehen? Man hätte zwar täglich das ›Neue Deutschland‹ zerpflückt und langweilige Redaktionssitzungen im dikken Zigarettenmief durchgestanden, und dann hätte man also genau Bescheid gewußt, wo den Arbeiter der Schuh drückt, wie man hier sagt, und wie man ihm beistehen könnte? Das hätte man begriffen, denkt Ihr das wirklich? Ich erwähne das nur für den Fall, daß Ihr Euch ärgert über mich, weil ich nicht alles tue, um auch eine sichere Anstellung zu ergattern! Was hätte ich den Arbeitern schon zu sagen, was sind denn meine großartigen Lebenserfahrungen, wenn ich hier in Kleinmachnow sitze oder im Fernsehfunk die Herren Redakteure und Autoren kennenlerne, mitsamt ihren privaten Affären . . .

Einen Tag später
Und dann war da immer die zweite Möglichkeit, fürs erste sehr verlockend, daheim zu bleiben. Irgendwann mal etwas schreiben, das einem die Zeitung dann »aus der Hand reißt«, wie einige von den naiven jungen Autoren vielleicht denken. Oder auch Fotoreportagen machen. No ja, das hab ich inzwischen gelernt, unsere Freunde sind begeistert von unseren Fotos. Also zu Hause bleiben, sich redlich weiterbilden und ähnliche gute Vorsätze. Aber daraus wird auch nix. Mit der langsamen Tour geht gar nichts. In der Kunst geht alles nur mit einem starken Motor, wie bei der Schiffahrt, sonst bleibt man auf 'ner Sandbank sitzen! Und dann die dritte Möglichkeit, auch recht bequem, hier in einen Betrieb zu gehen. Na ja, zwischen diesen Möglichkeiten schwanken wir nun seit Monaten hin und her. Zum Glück hat jetzt mein Drang, etwas zu leisten, die Faulheit besiegt. Da ist man dreißig geworden, und was hab ich erreicht, wozu bin ich nütze? Hab schon in einem Betrieb, hier im Ort, angefragt, die würden mich in der Buchhaltung nehmen.

Hab in den letzten Wochen auch mehrere Kurzgeschichten geschrieben und Skizzen über Paris. Großer Gott, vielleicht hätte man diesen Käse sogar gedruckt, wär ich nur hartnäckiger gewesen!

Dein Brief, Vater, klingt trotz aller Kritik sehr lieb, er überzeugt mich aber leider in keiner Weise. »Sich seinen übernommenen Pflichten unterordnen, ohne zu murren . . . und in zehn Jahren, wenn die Kinder groß sind, sich Höherem zuwenden!« Sei doch ehrlich, glaubst Du das wirklich? Kennst Du eine Frau, die bis 42 Hausfrau ist und sich plötzlich »Höherem« zuwendet? Da kennst Du die menschliche Psyche schlecht. Ich bin felsenfest davon überzeugt, daß eine Frau, wenn sie viele Jahre lang Hausfrau war und ihre Pflichten klaglos erfüllte, nach einiger Zeit nicht das geringste Bedürfnis mehr nach »Höherem« verspürt, wie Du das nennst. Was ist denn das »Höhere«, kannst Du es mir vielleicht erklären? Ich fürchte, Ihr macht Euch unnötige Sorgen über meine Raunzerei. Es ist mir bewußt, daß ich allen Grund habe, glücklich zu sein. Ich bin nur sehr kritisch gegenüber meinem schlechten Charakter. Wenn ich in Wien geblieben wäre, ohne Fred, hätt ich einen Kurti geheiratet, oder einen Hans . . ., einen Vertreter oder Magistratsbeamten, und wäre eine brave Hausfrau und Mutter geworden. Gott soll uns alle beschützen!

Eine winzige Kleinigkeit noch, was unsere Katze Molli betrifft. Erstens, Fred hat über Deine raffinierten Mordabsichten schallend gelacht, der Esel, weil er Dich nicht kennt. Zweitens, die Katze will *ich,* und nicht sonstwer. Also fällt Deine rührende Sorge ins Wasser, Väterchen, ich könnte aus lauter Rücksicht auf die Wünsche anderer Menschen eine weitere Last auf mich nehmen. Wobei ich schon bei Punkt drei angelangt bin: Das Vieh ist nämlich überhaupt keine Last, sondern eine Erbauung, auch was Höheres! Eine Katze ist nämlich ein Teil des Lebens, auch wenn sie stinkt.

Im übrigen hab ich noch ganz andere Probleme, es ist schrecklich warm draußen, eine Art Föhn, und das macht mich müde. Ich habe eben sieben Bände Brecht gekauft: »Theaterarbeit«. Nicht gegen die Müdigkeit, einfach so. Interessiert Dich Brecht? Und das neue, eben erschienene ›Philosophische Wörterbuch‹, soll ich es Dir schicken?

PS. Wir haben wegen Spanien um Devisen eingereicht. Freds neuester Spleen, ein Buch über Spanien, wo seine Vorfahren gelebt haben. Dabei ist noch gar nicht raus, ob wir genug Material für das Paris-Buch haben. Jedenfalls wäre Spanien ein Grund, Euch hier zu haben, um die Kinder zu betreuen. Berti rechnet schon ganz fest damit, daß »Opa den Garten wieder schön machen wird«. Kurze Zusatzmeldung: Berti hat gestern, während wir drei Stunden aus dem Haus gegangen waren, fünf elektrische Geräte kaputtgemacht, ein großes Loch in die Wand gebohrt und ein kostbares, handbemaltes Mokkaservice im Garten vergraben und fest zugestampft. War deshalb heute mit ihm beim Schulpsychologen. Der hat sich das alles ruhig angehört und mit dem Kopf gewackelt. Das sei eine Protesthaltung, sagte er. Ach, wirklich? wollte ich beinahe fragen. Dann fügte der gute Mann hinzu, wir sollten nicht nur Berti, sondern uns selbst besser beobachten!

Siebentagefibel
Apropos – nicht nur die Kinder, sondern uns selbst beobachten, aber tun wir das vielleicht nicht? Ich habe schon drei dicke Mappen voll mit solchen Beobachtungen. Und was nützt es mir? Zuckmayer erhielt ein Telegramm auf dem Schiff, vor seiner Abfahrt nach Amerika, ich glaube, es war 1938, und er war auf der Flucht vor den Nazis. »Beklage Dein Schicksal nicht, ich beneide Dich darum. Du wirst die Welt sehen, deren Gesetz die Verwandlung ist, Du wirst in einer neuen Welt ein neuer Mensch sein. Verwandle Dich! Nur in der Verwandlung

ist Leben!« Und wo bin ich hingeraten, in eine Falle. Wir sind auch weggegangen, um uns zu verwandeln. Auch Canetti spricht davon, viele nennen es ihr eigentliches Ziel ... Fred möchte, daß ich zu Hause bleibe und Bücher lese, was ich ja tue, und eine Schriftstellerin werde. Wie bitte? Und das Haus, der Garten, die Kinder? Eine Falle. Du kannst wahrscheinlich überall in der Welt in die gleiche Falle gehen. Liebe einen Mann, macht ein Kind, und du sitzt in der Falle. Immer habe ich mich nach Ausgeglichenheit gesehnt. Viele andere Frauen würden mit dem, was ich habe, zufrieden sein. Aber ich habe Angst davor, eine unzufriedene, häßliche, unerträgliche, launenhafte Alte zu werden. Wie kann ein wacher Mensch, der nicht gelernt hat, sich selbst zu betrügen, zufrieden sein mit sich, ausgeglichen sein, wenn er nichts kann und nicht die Formel kennt – um sich zu verwandeln. Vielleicht heißt sie Unruhe. Vielleicht heißt sie unterwegs sein. Ich will arbeiten, schreiben, es probieren ...

28. 7. 64

Gretl,
diese schreckliche Nachricht hab ich eben auch von Mama bekommen. Winnies Bruder ist also tot, knapp dreißig Jahre alt. Und wie konnte das geschehen, er war doch in der Klinik? Hat man ihn verfrüht entlassen, in der Annahme, er sei außer Gefahr? Ich bin zynisch, na ja, Du weißt schon, was ich meine. Auf dem Dachboden erhängt gefunden! Wer hat ihn gefunden, hoffentlich nicht die Winnie? Klingt ja, als wollten diese Leute sich selbst und andere eindrucksvoll bestrafen. Wofür? Das wird's wohl sein. Aber ich will die näheren Umstände eigentlich nicht wissen. Ich bin zwar wahnsinnig neugierig in allem, was Leben und Sterben betrifft, aber hier verschließt sich etwas in mir. Wir bekommen nämlich in letzter Zeit öfter solche Nachrichten, auch aus unserem näheren Bekann-

tenkreis. Und es stößt mich irgendwie ab. Ich bin umgekehrt sehr viel begieriger zu erfahren, wie Menschen sich fortbringen und schwierige Aufgaben überwinden, ihre Leiden und ihre Verzweiflung bestehen, so daß mich diese Neugier selbst am Leben erhält, mich wachmacht und ich mich von jemandem instinktiv abwende, der das nicht so sieht. Ach, ich bin dumm und naiv, wie eine Sechzehnjährige, aber Du wirst mich verstehen, weil Du mich seit meiner Kindheit kennst. Natürlich gibt es Dinge in der Welt, von denen ich nichts weiß. Wir reden viel über dieses Thema, besonders jetzt, wo sich der einzige Sohn einer Bekannten in West-Berlin umgebracht hat. Und Fred erzählt mir, daß es kurz nach Beginn des Krieges, im französischen Internierungslager bei einigen Internierten, wohlhabenden Leuten aus Paris, eine Art Begeisterungstaumel gab. Sie hatten ihre Depressionen verloren, an denen sie ein Leben lang gelitten hatten. Keine Kopfschmerzen mehr, keine Halluzinationen, einer, der seit zehn Jahren impotent war, spürte wieder Verlangen!, kein nervöses Magenleiden, wenn man Hunger hat, ist ja klar. Krieg ist trotzdem Scheiße. Aber interessant zu wissen! Laut Statistik gibt es die meisten Selbstmorde in den Wohlstandsvierteln. Doch jedes Nachsinnen über diese Dinge, wenn man selbst auf dem Plüschsofa sitzt, bekommt einen Nachgeschmack von Heuchelei. Das ›Tagebuch der Armut‹ von Maria de Jesus, das Leo mir schickte, hat mich völlig umgekrempelt! Jedes Festhalten am Leben, und sei es noch so elend, finde ich großartig. Auch dort, wo der schwache Mensch manchmal mit unsauberen Mitteln arbeitet oder mit Lügen! Damit will ich die Lebenslüge nicht beschönigen! Und bin immer wieder tief betroffen, und manchmal lache ich, wenn ich sie an mir selbst entdecke, diese Neigung, sich etwas vorzumachen, nur um heute zu bestehen! Und die meisten Leute, denen ich hier begegne, in diesem Kaff, langweilen sich. Langweilen sich in ihrem Beruf, in ihrem Haus voll Polstermöbel und Tinnef, in ihrer Familie und ihrer Haut. Aber sie kaschieren es und setzen ein Grinsen auf. Na ja. Wir hungern alle nach wirklichem Leben. So geht's nicht weiter, sag ich mir jeden Tag, es muß was g'schehn. Aber es geht doch weiter. Und es geschieht nix. Manchmal gibt es ein kurzes Aufwachen, wenn wir ein schönes Buch gelesen haben oder einem Menschen begegnen, der uns aufrüttelt, durch irgend etwas, von dem wir nicht genau wissen, was es ist, und was unser mittelmäßiges Dasein von Grund auf verändern könnte. Ach, ich rede Mist, Gretl, weil ich in diesen Tagen nach langer Zeit wieder Dostojewski gelesen habe, ›Schuld und Sühne‹, und ein Buch von Tschechow über eine Krankenstation irgendwo auf einem russischen Dorf, am Ende der Welt, und eine sehr schöne Tschechow-Biographie, ich bin zur Zeit ganz betrunken von Tschechow, warst Du das auch einmal? Und im Kino sahen wir diese englische Fassung von Hamlet mit Lawrence Olivier, habt Ihr das gesehen?

29. 7. 64

Nicht nur das Licht ist magisch, sondern dieser ganze Vorgang. Ich habe viele Bilder von Ate Rosenberger gemacht. Ate beim Einkauf in der Rue Mouffetard oder im La Coupole, am Boulevard Montparnasse, Kaffeetrinken mit Ernst, der wie ein alter Dandy dasitzt, seine Pfeife pafft und melancholische Witze reißt, über die Leute an den Nachbartischen, die alten Künstler, Pensionisten, Geschäftsleute, die seiner Meinung nach längst gestorben sind, jedoch für zwei Stunden jeden Tag wieder lebendig werden, nämlich im Café Flore oder im La Coupole oder sonst einer Stammkneipe. Mindestens zehn Fotos von Ate vor dem Haus, mit ihrem Wägelchen voll Obst und Gemüse, etwas angefault, das ihr die jungen Verkäuferinnen im Warenhaus schenken. Oder Ate lesend, in ihrer öden Zimmerecke. Sie liest Stendhal, mit

Andacht, und blickt nach jeder Seite lange zum Fenster hinaus, nicht mehr ganz hier. Eine alte, schwerkranke, verbitterte Frau, winzig klein und von hunderttausend Zigaretten völlig ausgetrocknet, sicher auch vom Leben. Ich weiß nicht viel über sie, bloß das eine, daß sie mit einem Mann lebt, seit vierzig Jahren, den sie abgöttisch liebt und mit dem sie ununterbrochen im Streit liegt, der zwar zu ihr hält und immer wieder zurückkommt, aber eben auch weggeht, der immer auch andere Frauen hatte. Die schwarzen Bilder, auf extra hartem Papier, zeigen alle Furchen und winzigen Fältchen in ihrem Gesicht, alle Enttäuschung und Niederlage um den Mund. Die weichen, etwas unterbelichteten Abzüge dringen gewissermaßen tiefer ein, du siehst nicht so sehr die zerstörte Larve, eher die darunter liegenden Schichten, wo noch Wärme zu finden ist, ein wenig Glut unter der Asche. Eine wichtige Entdeckung: Nicht nur die äußerste Schärfe des Objektivs sagt die Wahrheit, sondern auch Verschwommenheit, ein leichter Nebel von Toleranz, ein gewisser Abstand. Seine Partner analysieren zu wollen, heißt es bei Schweitzer, sei ein unvornehmes Beginnen. Was ich erst jetzt begreife. Und Böll sagt dazu, wer durchs Schlüsselloch blickt, wird den Menschen in seiner Gebrechlichkeit denunzieren, sonst gar nichts! Die Bilder aus dem weichen Entwickler zeigen eine viel jüngere Ate, die Falten sind gemildert, um die Augen herum ahnst du noch einen bleibenden Zug von Lebenslust, ihr ganzes Wesen bekommt einen Ausdruck von Abgeklärtheit und Güte. Die Wahrheit liegt also in der Mitte der Schärfenskala? Wie soll man die Menschen richtig sehen? Dafür gibt es keine Formel. Ein symbolischer Vorgang ganz und gar. Jeder hat seine Dunkelkammer im Kopf, nur weiß er es nicht!

30. 7. 64

Liebe Ate,
Deine gute Meinung von mir ist angenehm, aber nicht realistisch. Und ich wiederhole ohne Koketterie, mit mir ist nicht viel los. Denn wem nützt es schon, wenn ich vieles will? Ich habe auf keinem Gebiet die Kluft zwischen Wollen und Tun überbrückt. So unglücklich ich darüber bin, was hilft's, mir fehlt der Schwung. Ich bin ein passiver Mensch, und das zu erkennen ist schrecklich, wenn einem passive Leute nicht behagen. Mein größtes Glück sind Bücher, allein im Bett liegen oder im Garten, in einem Buch vergraben ... *Ein* Leben reicht nicht aus, alle guten Bücher zu lesen, alle Menschen kennenzulernen, alle Länder, die ich sehen möchte. Braucht man ja auch nicht, ist nur ein Wunsch, der mich größer macht. Ich spinne, nicht wahr? Mein Kummer ist so groß, daß ich alle Leute bewundere und beneide, die handeln, sogar die bornierten Funktionäre, die Opportunisten, die gelernt haben, sich unentbehrlich zu machen, die den Laden schmeißen, wie man hier sagt. Man braucht sein Hirn nicht anzustrengen, wenn es nur *eine* Parteilinie gibt, die noch dazu von oben verkündet wird. Eine wunderbare Chance für alle Mittelmäßigen, für die Denkfaulen, die Schmeichler, die Unfähigen. Man braucht nur ja zu sagen! Wie siehst Du das, als alte Kommunistin? Ich möchte Dich nicht provozieren, das weißt Du. Aber ich arbeite seit einigen Tagen in einem Großbetrieb in unserem Ort. Und ich erlebe gerade einen Vorgang, der mir zu denken gibt. Eine Feierstunde, zu irgendeinem Anlaß, wie ziemlich oft im Jahr, mit gedeckten Tischen im Klubsaal, mit Kaffee, Kuchen und Wein, für die gesamte versammelte Mannschaft. Das Rednerpult ist mit rotem Tuch, mit Blumen und Sprüchen wie ein Altar geschmückt. Auch eine sowjetische Delegation von einem Patenbetrieb in Kiew ist zu uns gekommen. Du solltest sehen, was das bewirkt, welche Geschäftigkeit unsere

kleinen Funktionäre an den Tag legen, als wär's ein Parteitag! Es ist wirklich erstaunlich, wie viele Festredner unsere Republik hat. Was immer der Anlaß sein mag, von den mindestens zwanzig vorgesehenen Rednern legt jeder ein äußerst wortreiches Bekenntnis für den Frieden und für Walter Ulbricht ab. Weil man sonst etwa denken könnte, er sei gegen den Frieden und gegen Walter Ulbricht! Wenn man aus den hunderttausend Sätzen der Woche hundertfünfzig ausgewählt hätte, wären vielleicht zwei bis drei interessante Reden herausgekommen. Aber wer hat schon gewagt, etwas Neues zu sagen? Ich beneide sie um ihre emsige Tätigkeit und ziehe mich aus Protest und Widerwillen in mein Schneckenhaus zurück. Ach, Ate, da muß man doch passiv werden.

Ausgeraunzt. Und jetzt Tacheles. Ich träume von Paris. Ich habe noch nie eine Stadt so zärtlich geliebt, auch Wien nicht. Ich muß bald wiederkommen! Und wenn ich noch ganz jung wäre, vielleicht würde ich hinziehen. Aber jetzt würde ich es als Flucht betrachten, als Flucht in ein angenehmeres Leben. Hier habe ich Schwierigkeiten, mit den Menschen fertig zu werden, mit den Problemen, mit mir selbst. Und deshalb muß ich bleiben. Denn ich bin nicht besser als die anderen, und wenn ich sie nicht lieben kann, dann liegt es an mir. Aber das ist auch nicht der alleinige Grund, warum ich hierbleibe. Wie geht es Daniel, er hat uns einen hübschen Gruß aus der Schweiz geschickt. Wird er das Studium fortsetzen?

30. 7. 64

Liesl,
sag Deiner Bekannten, es tut uns leid, daß sie so lange warten mußte, aber es war wirklich schwer, ihre Tante zu finden, von der sie seit zwanzig Jahren nichts gehört hat. Die »Wendemarken« ist allerdings eine lange Straße, und wir mußten irgendwo anfangen zu klopfen und nach

dieser Frau zu fragen. Doch siehe da, fast jeder kennt dort die alte Frau Zeller, und es hätte genügt, zwei Menschen zu befragen. Weil es aber so interessant war, wie Du gleich hören wirst, haben wir mindestens zwanzig Bewohner aus ihren kleinen Siedlungshäusern herausgeklopft. Ein Überraschungseffekt, muß ich Dir sagen. Etwa so, wie wenn du ein Wort im Lexikon suchst und dich im Unterholz verirrst: Sagen wir Nostradamus, ich brauchte das heute, zufällig, weil der Name in einem Roman vorkommt, den ich gerade lese. Und da stoße ich beim Aufblättern auf Normallösung, Normaluhr, dann auf Normandie. Mensch, die Normandie, denke ich. Wie oft hat mir Fred davon erzählt, es war für ihn das große Landschaftserlebnis vor dem Krieg. Und immer verspricht er mir, wenn wir das nächste Mal nach Paris fahren ... Ja, merde! Dann Normannischer Stil. Was zum Teufel ist das? Nie gehört. Klingt aber gut. Und schon hast du dich festgelesen. Und jetzt fällt dein Auge auf das schöne Wort Norwegen. Den Nostradamus hast du inzwischen völlig vergessen. Ach, Norwegen! Warum, verdammt, waren wir nie dort? Ich kann meinem Krampus Löcher in den Bauch reden, der will immer nur nach Süden ans Mittelmeer. Schweinerei. Und meine Wünsche? Jetzt entdecke ich das Wort Norrish. Wer war dieser Typ. Einen gut klingenden Namen müßte man haben. Danach kommt Norrköping, schwedische Hafenstadt. Orte gibt es in der Welt, zum Aus-der-Haut-Fahren. Und jetzt North-Dakota, Northumberland, ich fühl mich bereits, als hätt ich Pfeffer im Hintern. Besser, man schaut in dieses blöde Lexikon gar nicht rein! Und endlich, ich will's kurz machen, hab ich ihn, den Nostradamus. Inzwischen ist eine knappe Stunde vergangen, das Essen ist angebrannt, draußen schreit die Katz, weil sie Hunger hat, und zur Post muß ich auch gehen, die Miete bezahlen und die Stromrechnung. Mist. Siehst Du, genauso war es mit der Frau Zeller. »Kennen Sie eine Frau Zeller«, fragte ich eine alte Dame, die vor ihrem Knusperhäuschen auf den Wendenmarken das Pflaster fegt. Na, das war wie in ein Wespennest stechen. Natürlich kennt sie die Frau Zeller, alte Schraube, sie ist vor fünf Jahren gestorben. »Aber wenn Sie mich fragen, die ist nicht wirklich tot, die geistert immer noch herum, als hätt ich sie eben um die Ecke huschen gesehen!« Die Frau Zeller wurde also 95 Jahre alt, war nie krank, nie verheiratet, hat nie ein Kind bekommen und war nie fort. Einen Neffen hat sie aufgezogen wie den eigenen Sohn. Winzig klein war die Frau Zeller und dürr wie eine Rettichwurzel. Auch so ein scharfes Mundwerk hatte sie. Ein in der ganzen Gegend bekanntes Original. Stets hielt sie sich mehrere Hunde, Katzen, Meerschweinchen, Wellensittiche und so weiter. Von dieser Sorte alte Schrullen gäbe es noch mehr in diesem Ort, sagt man uns. Die Auskünfte über die Zeller sind jedenfalls äußerst widersprüchlich und interessant. Sie war eine gute Frau. Eine böse Frau. Bissig wie eine Brennessel. Aber auch hilfsbereit in der Nachbarschaft. Man konnte alles von ihr haben. Sie war aber auch geizig. Geklaut habe sie wie ein Rabe. Sagen die einen. Andere sagen das Gegenteil. Was willst du da machen? Übrigens war sie ein wenig verrückt. Im Krieg hat sie nämlich ein jüdisches Mädchen im Haushalt beschäftigt und später auf dem Wäscheboden versteckt, ein Jahr lang. Der Neffe, inzwischen ein kleiner Beamter, war gefährdet. Angeblich hat der Neffe, der in die Nazipartei eingetreten war, selbst das Mädchen in Sicherheit gebracht. Na bitte, lauter gute Menschen! Für Deine Bekannte, Liesl, schicken wir einen Extrabericht über die Frau Zeller, ohne Kommentar. Verstehst Du?

Hier, nahe Potsdam, haben immer Bonzen gewohnt, sagen die Leute. Viele Militärs und sogar einige Generale. Und heute? In der Nähe befindet sich die DEFA-Filmfabrik, früher UFA, die Filmhochschule, eine pädagogische Hochschule sowie eine Parteihochschule. Es gibt ringsherum neue Industrien, daher wohnen hier viele Direktoren, Hochschullehrer, Parteifunktionäre, Schauspieler und Schriftsteller. Vor allem aber verschiedene alte Damen, die Überbleibsel einer großen alten Zeit. Man läßt sie in Ruhe. Die Frau Zeller war offenbar solch ein Fossil, mit ihr hast Du uns dazu verholfen, einiges über die Menschen von Kleinmachnow zu erfahren. Ein einfacher Trick, den man sich merken muß. Man klopft irgendwo und fragt: »Kennen Sie den und den?« Und schon beginnen die Leute Geschichten zu erzählen. Manche haben uns reingerufen und mit Kuchen und Kaffee traktiert. Die warten nur, jemanden zu finden, der noch zuhören kann! Über die Frau Zeller kann man ein Buch schreiben, so ist das. Über jeden Menschen, finde ich, kann man ein Buch schreiben, kommt nur darauf an, wie man es sieht. So, liebe Liesl, gehab Dich wohl, ich hör schon meine Kitty krakeelen. Meine beiden Schreckschrauben kommen grad vom Kindergarten zurück. Neuerdings kommen sie immer quer durch die fremden Gärten, über sämtliche Zäune hinweg. Den richtigen Weg zu gehen ist langweilig!

6. 8. 64

Drei Kartons voll Abfallbilder von Paris. Menschen auf der Straße, und was da noch alles zu sehen ist. Am meisten beeindrucken mich immer wieder die Leute, die wie Suchende herumgehen, mit tappenden Schritten, meist Fremde, Afrikaner, Asiaten. Ihre leeren Augen. Wonach suchen sie? Nach einer Begegnung, scheint es, einem Gespräch, einer Berührung. Wir sehen Menschen aus den Fenstern schauen. An den warmen Abenden sind die Häuserfassaden in den Vorstädten von Paris wie Tribünen, überall schauen Männer heraus, in Unterhemden, neben ihnen die Frauen, manche mit Lockenwicklern im Haar, manchmal ein Hund, der neben ihnen aus dem Fenster hängt. Was sehen sie auf der staubigen Straße?

Von den alten Frauen, die allein aus den Fensterlöchern stieren, mit glasigen Augen, als wär's die Wüste, auf die sie blicken, von ihnen handelt der Roman, den ich wohl nie schreiben werde. Da ist ein Alter, an eine Laterne gelehnt, der völlig versunken die Zeitung liest, und hier eine vielleicht Neunzigjährige, in der Rue Saint-Jacques, sie schleppt sich dahin, mühselig, als würde sie im nächsten Augenblick umkippen und liegenbleiben. Leben und krepieren, jeden Tag. Dann in die Höhle kriechen und allein sein, eine Nacht voller Krämpfe und Ersticken. Um morgen wieder einen Tag zu leben und zu sterben. »Eine ungeheure Ansammlung von alten Häusern voll von Menschen, die verstummt sind und sich verzweifelt umsehen nach etwas, das sie vielleicht heute retten könnte, nur heute wenigstens!« So lautet eine Bildunterschrift, die wir gemacht haben. Aber wir werden weder diese Bilder verwenden noch solche Texte. Eine große Einsamkeit und Leere in dieser Stadt der Fülle. Es sind aber nicht die wirklich Armen, hab ich manchmal den Eindruck, die wirklich leiden, sie sind abgestumpft. Mehr die kleinen Bürger, die an einem vergeblichen Traum gezehrt haben, ein Leben lang. Und nun stehen sie vor dem Nichts. Na ja, Worte. Genau trifft es nicht, was ich sagen will. Dieses Zurückgeworfensein auf sich selbst. Ist es das?

10. 8. 64

In den Briefen der Rosa Luxemburg aus dem Gefängnis, die ich gerade lese, kommt dieses Gefühl zum Ausdruck. Jeder hat einen Traum. Manche haben sich einen Hund angeschafft, einen Vogel im Käfig. Die Rosa füttert Spatzen, die regelmäßig auf das Gesims ihrer Kerkerzelle geflattert kommen. Und wie sie das glücklich macht. Andere haben noch ein paar Blattpflanzen. In den winzigen Höfen der vornehmen alten Häuser, im Marais und rings um die Place des Vosges, eigentlich überall, hat die Concierge sich einen Garten geschaffen aus vielen eng zusammengerückten Töpfen, mit Geranien, Oleander, Agaven. Die Katze schläft daneben, an der abgebröckelten Hauswand hängen drei Vogelkäfige, mit zwitscherndem Leben erfüllt. Alles ist naß, die Töpfe werden überschwenglich begossen.

Hier in unserer Straße, im Grenzgebiet, sehe ich manchmal einen Blinden, der allein und schweigend um das Haus geht, in dem er wohnt. Er tappt mit dem Stock, langsam und mühselig und doch von einer eigenartigen Energie getrieben. Stundenlang. Dieses Zurückgeworfensein auf sich selbst. Von allen Geschichten, die Fred mir erzählt, ist eine mir gut in Erinnerung geblieben. Jene alte Frau allein auf dem kleinen Bauernhof, auf halber Höhe des Berges. Ein Ort in Südfrankreich, wo Fred damals in einem Hotel arbeitete. Abends stieg er manchmal auf den Berg, hinter dem Hotel. Vor einem tiefen Abgrund machte er halt, und an einen Baum gelehnt schaute er hinüber zu dem einsamen Haus. In der Dämmerung konnte er noch sehen und deutlich hören, über die Schlucht hinweg, wie die Frau den Tag beschloß, die Hühner zusammenrief und fütterte und dabei laut zu ihnen redete. Wie sie Gerät in den Schuppen räumte, die Fensterläden geräuschvoll schloß, den Hund hineinrief mit einem Schwall von Geschimpfe, oder waren es Zärtlichkeiten? Und dann die Tür von innen sorgfältig verrammelte. Der weiße Rauch aus dem Schlot. Der gute und beizende Geruch von brennenden Weinreben über dem Hang. Windstille. Eine tiefe Ruhe, die ihn, wie Fred sagt, beinahe lähmte. Er konnte den Borkenkäfer arbeiten hören, meinte er, in der Rinde des Apfelbaumes, an dem er lehnte.

3. 9. 64

Hallo Herbert, Christl,
danke für den ausführlichen Bericht über die Familie und Mamas Gesundheit, jeder, der uns schreibt, sieht die Lage anders. Sehr gut. Wenn ich alles durch die Faschiermaschine dreh, bekomm ich ein ziemlich genaues Bild. Und jetzt klingelt es draußen, die Maler kommen.

Zwei Stunden später.

Es sieht oben grauenhaft aus, aber ich werde endlich mein eigenes Zimmer haben, nachdem Fred hoffentlich seine Wanderung durch sämtliche Räume abgeschlossen hat. Mein eigenes Zimmer und sogar das Geld, es mir bescheiden einzurichten, eine weiße Mansarde mit einer Bücherwand, einem weißen Vorhang aus Tüll und einer roten Couch, einem Teetisch und einem grauen Teppich. Ich freu mich wie ein romantisches Mädchen, wenn es sich mit seinem geheimen Tagebuch ins Kämmerchen einschließen kann. Und irgendwie träum ich auch davon, ein neues Leben zu beginnen. Das heißt, ich glaube noch daran, daß ich in dieser neuen Stube ungestört und besser lernen, lesen und schreiben kann. Im Sommer hab ich mir vorgestellt, ich würde bald in irgendeiner Zeitungsredaktion beginnen, aber wahrscheinlich bin ich dazu völlig ungeeignet. Zu wenig anpassungsfähig? Zu individualistisch? Vielleicht gar zu verrückt? Man müßte halt überall und im rechten Augenblick ja sagen können. Und wahrscheinlich stelle ich zu viele Fragen.

Eine der Redaktionen, die ich angeschrieben habe, die ›Märkische Volksstimme‹ in Potsdam, ist so hoffnungslos hinterwäldlerisch, daß ich beschlossen habe, die kriegen mich nie! Wenn ich ein Manuskript schicke, antworten die: »Das kann man bei uns nicht veröffentlichen, unsere Leser würden es nicht verstehen!« Es waren Skizzen von unserer Korsikareise und Paris. Auch andere Redaktionen antworteten auf zwei Kurzgeschichten: »Hübsche Geschichten, aber das verstehen unsere Leser nicht!« Meinen diese Leute das ernst? Glauben sie wirklich zu wissen, was der Leser versteht? Diese Redakteure haben zu viele marxistische Lehrbücher gebüffelt und sind davon so hirnverbrannt, daß sie glauben, man müsse dem Leser sorgfältig vorgekaute, ausgetüftelte Geschichten liefern, die sie nicht die falschen Dinge denken lassen, mit fertigen Antworten auf alle Lebensfragen. Scheiße. Drum sind unsere Zeitungen auch so stinklangweilig! Als Stenotypistin mag ich aber auch nicht mehr gehn. Werde solche Tretmühle wohl nicht mehr ertragen!

5. 9. 64

Ich widerrufe. Sie haben mich gekriegt. Diese verdammte ›Märkische Volksstimme‹ hat angerufen. Sie brauchen einen Berichterstatter fürs Gericht. Fred war sofort dafür, er hat das eine Zeitlang in Wien gemacht, ist eine prima Gelegenheit, sagt er, gute Menschengeschichten zu erfahren! Und er will mir in den ersten Tagen helfen und mit mir zu den Verhandlungen gehn!

12. 9. 64

Hallo Leute,
nach einer Woche hängt mir mein neuer Job schon zum Hals heraus, is gar net so einfach! Aber ein älterer Kollege aus Berlin nahm sich meiner an. Man muß lernen, sagt er, sich das Leben beim Gericht einfacher zu machen . . .

15. 9. 64

Du mußt nur die richtigen Leut erwischen. Mit einem Staatsanwalt flirten. Oder mit einem Verteidiger. (Wenn diese Typen bloß nicht so farblos wären!) Die geben dir also einen Wink, ob es sich lohnt, in diese oder eine andere Verhandlung zu gehn. Und wenn ein Prozeß interessant ist, bleibt immer noch die Frage, ob das, was du darüber schreibst, auch gedruckt wird. Die jüngste Probe meines Könnens ging also völlig fehl: Verhandlung über einen jugendlichen Dieb, der seiner Mutter ziemlich viel Geld aus der Tasche geklaut hat. Und wie ich die Sache sehe, ist es ein Fall, wo nachweisbar alle Stellen versagt haben, auch das Gericht! Ich habe als Fazit geschrieben: Wenn der einzelne mit der Gesellschaft in Konflikt gerät, ist meistens auch die mangelnde Reife der Gesellschaft mit schuld! Dazu gehören die Mutter, der Lehrer, der Chef, der Parteisekretär und das Gericht. Das steht alles in meinem Wisch, no, was ist denn falsch daran?

Der junge Mann, nennen wir ihn Jochen, sah überraschend gut aus, groß, schlank, intelligent. Seine Antworten auf alle Fragen waren vernünftig und zurückhaltend. Er habe schon mit fünf Jahren begonnen, der Mutter Geld aus der Tasche zu klauen. (Wer nicht?) Zunächst winzige Beträge, dann immer mehr. Weil es die Mutter offenbar nicht merkte. Hatte sie keine Übersicht, oder war es ihr wurscht? Offensichtlich spielte Geld keine Rolle, es lagen oft Bündel von Geldscheinen in der Tasche. Und sie selbst, wie man aus den Zeugenaussagen erfährt, ging nicht gerade zimperlich mit den Hundertern um. Der geschiedene Vater von Jochen ist in West-Berlin, der Freund der Mutter ein erfolgreicher Gaststättenleiter! Jochen machte erst kleine Geschäfte mit Flaschen, Schrott und Altpapier. Später hat er dazugelernt, verkaufte Westklamotten, Jeans und Transistorradios! Und da hat er eben mal dringend siebenhundert Mark gebraucht. Hätt es der Mutter auch bestimmt zurückgegeben, Geschäft ist Geschäft – sagte nicht er, sage ich! Die Mutter hat es diesmal gemerkt und ihrem Freund erzählt. Und da meinten sie beide, was sie inzwischen längst bereut haben, man müßte dem Jochen eine Lektion erteilen!

Und warum er nicht lieber in den Jugendverband, in die FDJ, eingetreten sei, anstatt verbotene Geschäfte zu machen, fragt die Richterin. Es sei dort zu langweilig, antwortet Jochen, es sei nie etwas los! Die reine Wahrheit, was jeder Mensch im Saal versteht, bloß die Richterin nicht!

Sie ist eine junge und hübsche Frau, etwas unsicher noch, wahrscheinlich kommt sie gerade von der Hochschule. Für solche Argumente hatte sie jedenfalls kein Verständnis. Viel wichtiger nahm sie es, daß Jochen »nicht organisiert« sei. Dieser Mißratene ignorierte die FDJ, was tief blicken läßt, und ist auch sonst »gesellschaftlich« eine Null. Eine Verhandlung in eiskaltem Ton. Jochen wird zu einem Jahr ohne Bewährung verurteilt. Und jetzt kommt's: Fred saß zur gleichen Zeit in einer anderen Verhandlung, wo ein Junge wegen Gewalttätigkeit und schwerer Körperverletzung vor dem Richter stand. Er hat in der Kneipe einem anderen Jungen das Messer zwischen die Rippen gejagt. Urteil: ein Jahr bedingt, auf Bewährung! Wieso und warum? Er ist ein Arbeiterkind! Die Verhandlung lief in warmherzigem Ton, und die Kollegen seiner Arbeitsstelle, einer Autowerkstatt in Babelsberg, haben für ihn gebürgt. Das genügt. Und wer hätte wohl für Jochen bürgen wollen? Und wie tief sitzt das Messer zwischen den Rippen der Mutter, bei siebenhundert Mark? Jochen wird ein Jahr sitzen. Und was wird es bewirken?

Es wurde nicht gedruckt, was ich darüber schrieb. Das Gesicht von dem Chefredakteur hättet Ihr sehen sollen, das war beinahe die Mühe wert, den Artikel zu schreiben! Und wie sieht das Gerichtswesen in Wien aus, Herbert? Gewiß nicht viel besser. Du hattest doch vor kurzem eine Verhandlung, kannst Du mir den Vorgang schildern?

16. 10. 64

Vielleicht interessiert Dich, Väterchen, folgendes Problem: Seit Kitty in die Schule geht, versuchen die Lehrer mich zu ködern und mir Funktionen anzuhängen, gesellschaftliche Arbeit, wie das so schön heißt. Dagegen ist überhaupt nix einzuwenden, und sie versuchen es fast bei allen Eltern. Ist ja auch richtig, und warum sollten Eltern nicht in der Schule mitarbeiten. Ich habe aus Neugier ja gesagt, und so bin ich bereits im Elternaktiv, was ungefähr drei Funktionen bedeutet. Außerdem bin ich bereits unangenehm aufgefallen, durch zu viele Fragen und kritische Bemerkungen. Und das auch noch im »Wohnbezirksausschuß der Nationalen Front«! Gerade hatten wir die dritte Sitzung seit meinem Beitritt. Ich dachte, gehst mal hin, es gibt so viele Mängel, warum sollte man nicht versuchen mitzumischen? Eingeladen waren unter anderem der Verkaufsstellenleiter unserer HO, also der Leiter von unserem Lebensmittelladen. Weiters der Direktor der Kreisdirektion der HO, der Verantwortliche für die Versorgung unseres Bezirks, also prima, denke ich, eine seltene Gelegenheit, sich Klarheit über gewisse Dinge zu verschaffen!

Der Vorsitzende nannte auch gleich eine der Hauptbeschwerden aus der Bevölkerung. Warum gibt es zuwenig Brot und Milch an Samstagen? Wenn man nicht fix genug ist und den Zeitpunkt verpaßt, sitzt man mit der Familie über Sonntag leer da. Man muß zeitig früh Schlange stehen, bei jedem Wetter, und wer am Ende steht, kriegt möglicherweise nichts ab. Das ist doch unwürdig! Dann mußt du nämlich am Sonntag bei den Nachbarn um Brot hausieren gehen. Kommt vor, ist uns auch schon passiert!

Die Frage wurde aber rasch geklärt, wie sie hier sagen, Abhilfe versprochen, und schließlich wollte der Vorsitzende zu anderen wichtigeren Fragen weitergehen. Ich aber melde mich: »Sagen Sie mir doch bitte, wie es seit

Jahren geschehen kann, daß gewisse Waren, die jeder braucht, wochenlang nicht zu bekommen sind? Reis zum Beispiel, Haferflocken, Speiseöl, Babymilch. Und das ist kein lokales Problem, sondern, wie jeder weiß, in der ganzen DDR akut!«

Der Kreisdirektor erklärt nun mit vielen schönen Worten, hundertmal gehört – die HO habe keine Lager, und die Lagerräume des Großhandels wären auch zu knapp. Es könne jeweils nur Reis oder Haferflocken, oder Haferflocken und Öl gelagert werden, aber eben nicht alles zugleich. Und dadurch die Engpässe!

Und das soll eine Erklärung sein, zwanzig Jahre nach dem Krieg? Keinerlei Verlegenheit bei den Parteifunktionären. Der Staatsrat würde sich bereits seit längerem mit diesem Problem beschäftigen. Abhilfe wäre das Bauen von größeren Lagerräumen. Ach wirklich? hatte ich beinahe gesagt. Die halten die Menschen für blöd. Aber die Leute schweigen betreten. Sie schweigen in der Schule und bei jeder Gelegenheit. Sie glauben, ihren Kindern auf diese Weise zu nützen.

Der Vorsitzende will schon wieder weitergehen, den Punkt abhaken, einen Punkt nach dem anderen. Aber immer auf dem Papier. Ich melde mich wieder, erkläre, daß wir eigentlich zusammengekommen sind, um konkrete Maßnahmen zu besprechen, und nicht, um uns erklären zu lassen, warum gewisse Dinge nicht funktionieren. Wo kann man anpacken, welche Möglichkeiten haben wir, nämlich die Mitglieder der »Nationalen Front«, etwas zu tun, oder sollen wir nur reden? Wie weit reicht unser Arm? Ich lasse mich schließlich auch zu der ärgerlichen Bemerkung hinreißen, daß man müde wird, und die meisten sind schon müde, Jahr um Jahr über die gleichen Mißstände zu klagen. Wann endlich wird man aus den Fehlern lernen und etwas verändern? Ich rede und rede, doch außer mir hat scheinbar niemand Fragen. Keiner unterstützt mich. Es gibt ein wenig Gemurmel, zustimmende Blicke von links und rechts, o ja, da sind schon einige Leute, die so denken wie ich. Aber da meldet sich ein Beschwichtiger zu Wort, und alles schweigt. Die Beschwichtiger sind immer rechtzeitig zur Stelle. Man solle doch bitte schön auch über die positiven Seiten unserer Gesellschaft reden und nicht immer nur jammern. Und das sagt man mir, verstehst Du meine Wut, Väterchen? Als ob die Sitzung einberufen worden wäre, um den Sozialismus zu loben. Loben tu ich eh, wenn es darauf ankommt, mehr als mancher andere. Und der Vorsitzende ist nun auch ungehalten über meine Hartnäckigkeit. Es gäbe doch auch noch andere Fragen zu klären!

Ich werde nur mitarbeiten, sagte ich dann, wenn Chancen zur Veränderung bestehen. Diese unproduktive Art, Versammlungen abzuhalten, mit viel Geschwätz und ohne echte Lösungen, da mache ich bestimmt nicht mit!

10. 11. 64

Vielleicht fünfhundert Fotos, die wir nicht verwenden können, in große Kartons stopfen, über die sich unsere Freunde und Besucher stürzen und sich freuen, wenn sie welche mitnehmen dürfen. Für sie etwas völlig Irreales, Paris. Und für uns? Eine Realität, die man von verschiedenen Seiten betrachten mag, eine Frage, auf die wir täglich stoßen und die uns lähmt. Wir können jederzeit reisen . . . Für mich ist Paris jedoch ebenso irreal. In diesen Tagen, wo soviel über Realismus gefaselt wird, hab ich mir meine eigene Realismus-Theorie geschaffen. Erstens, ich gehe durch diese Stadt und fotografiere. Zweite Realität, ich entwickle die Aufnahmen in unserer Dunkelkammer in Kleinmachnow. Und das sind auf einmal ganz andere Bilder. Aus verschiedenen Gründen. Drittens, es ist alles nur Tünche, Ersatz, eine oberflächliche Sicht, wenn ich mir überlege, was ich dort wirklich gesehen habe, aber nicht imstande war, auf den Film zu bekommen! Entweder war die Kamera nicht bereit, sie lag im Wagen oder im Hotel, es war kein Film drin, oder ich war nicht schnell genug. Da stehen ein Haufen Leute an der Straßenkreuzung Boulevard Montparnasse-Place Odéon, die Ampel zeigt Rot, ringsum rasender Verkehr, ein Geräusch wie von einem Tornado, aber sie warten stumm und abwesend, jeder allein, fremd, verlassen, inmitten einer aufgestauten Flutwelle von Menschen, jeder blickt in eine andere Richtung, leer, ausgepumpt, wie nach einem Marsch durch die Wüste. Sie bekommen in der Anhäufung, in der besonderen Konstellation und in dem Licht der Straße einen Ausdruck von Verlorenheit. – Das Auge ist immer bereit und sieht genauer als das Objektiv den Fluß des Lebens, zugleich aber vermischt mit Erinnerung, mit Bildern, die du gespeichert hast und vor der inneren Kamera ablaufen läßt. Vermischt mit Erfahrung über tausend ähnliche Vorgänge, Verwandlungen, die sich in Sekunden vollziehen. Zum Beispiel, wenn du auf der Straße einem Bekannten begegnest, der gerade noch völlig abwesend und verloren schien. Er lächelt. Die französische Sprache bietet wie kaum eine andere perfekte Lösungen der umgänglichen Lüge. Gesichter blühen auf und vereisen innerhalb von Sekunden. Welches ist der wahre Zustand des Protoplasmas. (Hab eben bei W. Reich gelesen: »Das Protoplasma glänzt nicht mehr!«) Bilderstreifen, die du in deinem Inneren siehst, gemixt mit einem plötzlichen Einfall, eine Art Regie, die man ja ständig vollzieht und die man sich eingesteht, falls man ehrlich mit sich selbst umgeht: Ich habe das und das gesehen, erzählst du, aber die Hälfte hat sich nur in deinem Kopf abgespielt. Gemixt mit einer Geschichte, die sich selbsttätig entwickelt, nicht auf dem Papier in der Entwicklerschale, sondern in deiner Phantasie! Und wie bringt man das alles auf *ein* Bild? Überhaupt nicht. Es kann auch an Licht mangeln, die Kirchen sind dunkel, die Bahnhofshallen düster, und wir arbeiten nie mit Blitz. Hier eine Gestalt, ein fremdartiger, markanter Kopf, jetzt abdrücken können, dieses Bild wirst du nie wieder sehen, denn alles wandelt sich innerhalb von Sekunden. Du tippelst emsig durch enge Gassen, brauchst dringend Sonne, Gegenlicht, Nässe, Glanz, um Leben in die stumpfe Szene zu bringen, ohne Kontrast geht nichts. Licht kann man nicht schaufeln. Und die wirklich guten, die wahren Bilder siehst du im Augenblick gar nicht, sie haben sich im Vorüberrasen in deine Netzhaut gebrannt, eine halbe Sekunde, nachts vor dem Einschlafen werden sie wiederkommen, die Phantasmen, die wahnsinnig gewordenen Bilder des wirklichen Lebens, du kriegst sie nie aufs Papier, sie existieren nur in deinem Kopf!

10. 11. 64

Hallo Winnie,
das Licht von Paris ist ja nicht etwas, das ich Dir leicht erklären kann. Es ist das milchige Licht der trüben Nachmittage an den Seineufern im März, und es ist das grüne Licht der Ahornbäume auf dem Boul' Mich, mit dem lila Hintergrund der alten Häuserfassaden. Oder das gelbe Licht an einem Spätnachmittag oben auf dem Montmartre, als die Sonne eben aus einer dunklen Wolkenwand hervorbrach. Warum Gelb, warum auf dem Montmartre? Siehst Du, Du zweifelst schon, da fängst Du schon an, es übertrieben zu finden. Oder hab ich an jenem Nachmittag überhaupt keine Farben gesehen, als mich jener Mann erschreckte, mit seiner zerstörten Visage voller Haß und Wut, weil ich ihn etwas Harmloses fragte – nach der nächsten Métrostation – und ihn in seiner Tätigkeit störte, nämlich schweinische Postkarten an die vorübergehenden Männer zu verkaufen? Hab ich da Gelb gesehen aus Angst und Faszination? Weil ja das alles zusammen, der böse Hintergrund und die freundlichen alten Häuser, die ein naives Schönheitsgefühl ver-

raten, zumindest derjenigen Leute, die damals Häuser bauten, die genau in diese Stadtlandschaft passen, die so poetisch sind und eben nicht anders als pariserisch wirken, oder hat sich das alles erst später in unseren Köpfen gebildet, dieses Licht, dieser Eindruck, daß es nur dort dieses silberne Licht gibt, das die Maler der Welt anzieht, so daß sie scharenweise kommen, wie die Mücken zur Kerze. Und wir nun etwas in diese Stadt hineinsehen, eine Erleichterung, eine Ahnung von einem starken Leben. Und noch etwas. Es ist die Spannung zwischen dem, was wirklich ist, und jenem anderen, das du dir nur einbildest. Und was ist stärker, hm? Wenn ich nachts nicht schlafen kann und denke plötzlich an Paris, dann erzeugt das Wort allein schon eine Explosion in meinem Kopf, einen Blitz. Und das ist das Licht von Paris. Hast Du jetzt verstanden?

19. 11. 64

Bericht aus dem Gerichtssaal

Sie heißt Anna Kremser, dreißig Jahre alt, mittelgroß, blondes, sehr schönes, rötlich getöntes Haar, das sie ständig ins Gesicht fallen läßt, wieder herausstreicht, und von neuem fallen läßt. Eine Art Koketterie? Oder sich verstecken wollen, dahinter hervorschauen, neugierig auf die Wirkung, die ihre Schönheit macht, und ein wenig auf der Hut vor Kränkungen?

Die Verhandlung dauerte zwei Stunden, eine halbe Stunde hätte gereicht, ich war nahe daran, mich hinauszuschleichen. Das Delikt? Unterschlagung mehrerer kleinerer Beträge aus der Kasse, an der sie sitzt. Nämlich im Theaterkartenbüro, einem staatlichen Kulturbetrieb. Angezeigt hat sie eine Arbeitskollegin, nicht etwa der Leiter des Büros, ein älterer, völlig vertrockneter Herr, nobel gekleidet, ein wenig grotesk, sieht aus wie ein ehemaliger Schauspieler oder Tänzer! Er zeigte sich unbeteiligt und versonnen, oder spielte er das? Die Hauptzeugin, eine schüchterne, alleinstehende Frau Ende Fünfzig, die ihre Anzeige inzwischen bereut und in der Befragung nur gute Sachen über die Angeklagte berichtet und am liebsten alles rückgängig machen möchte – aber nun rollt der Stein. Bei der Verhandlung kommen einige Widersprüche aus dem Privatleben der Kremser zur Diskussion:

»Sie besitzen ein Auto, einen Wartburg Coupé?«

»Ich bitte Sie, der Kasten ist total verrostet!«

Sie hat mit einer unbeschreiblich unschuldigen Bewegung ihren Busen in Position gebracht. An dieser Stelle bin ich wach geworden. Das Gericht zeigte sich leicht verwirrt.

»Immerhin, wie können Sie bei Ihrem geringen Einkommen und den Zahlungen für das Kind einen Wagen unterhalten? Und wie sind Sie denn zu dem Wartburg gekommen?«

»Ganz einfach, er ist von meinem Mann. Nach der Scheidung hat er ihn mir überlassen, als Abfindung sozusagen!«

»Ihr Mann war Musiker?«

»Er ist es noch, Musiker, Komponist, Regisseur, ein Genie!«

Kleine Pause, in der sie, ein wenig verächtlich, den Busen in eine neue Lage bringt. Das Gericht zeigt sich beeindruckt.

»Kann es sich denn ein Musiker leisten, seiner geschiedenen Frau einen Wartburg zu schenken?«

»Er kann. Jetzt fährt er einen schwarzen Pobjeda!«

Die weiteren Enthüllungen, fast eine ganze Stunde lang, sind als Reportage ohne Wert. Vielleicht aber als Blitzlichtaufnahme aus dem Leben einer enttäuschten Frau hätte sich die Befragung etwa so abgespielt: Nicht auf dem richtigen Platz gelandet? Wer ist das schon. Nicht intelligent genug für dieses Leben? Na, ich bitte Sie. Zu Selbsttäuschungen neigend? Ein allgemeiner

Trend! Nicht schön genug? Seit wann muß eine Lebenskünstlerin schön sein?

Und hier ein erwähnenswertes Detail: Sie trägt offenbar keinen Büstenhalter oder einen von den neuen aus dem Westen! Ihre Brust, eine äußerst hübsche Art Hängebusen von beträchtlichem Format, ungewöhnlich für eine so junge Frau, macht ihr zu schaffen. Wird aber auch geschickt in Szene gesetzt. Und wie? Dieser Busen tritt ständig kunstvoll in Aktion, ob sie steht, sitzt, sich umwendet, die Arme kreuzt – sie hat immer zu tun, den Busen in schönem Gleichgewicht zu präsentieren. Und hier muß ich 'ne Bemerkung machen, obschon keineswegs etwa auf Frauen ausgerichtet, bin ich von den klassischen Formen der Kremser irritiert. Dazu noch die weitere Feststellung, daß ich diese Frau im Laufe der Verhandlung allmählich und immer stärker als reizvoll und liebenswürdig erkannte, obschon sie mir anfangs überhaupt nicht gefiel. Kurz gesagt, ich begann weniger auf das öde Gerichtssaalgemauschel zu achten, als vielmehr den Blicken der Männer zu folgen. Ein lehrreiches Spiel. Es gab außer der Vorsitzenden, einer jungen, hübschen Frau, den amtlichen Verteidiger, den Staatsanwalt, zwei Schöffen sowie mehrere andere Männer, teils vorne im Saal, teils hinten. Die verschiedenen Entfernungen, Blickwinkel, Perspektiven einkalkuliert, komme ich zu dem Schluß, daß der Busen der Anna Kremser, seine Beweglichkeit, auch seine Schönheit, sein Nichtvorhandensein – man blickt da eben nicht hin –, aber doch seine alles beherrschende Dominanz wohl das zentrale Thema aller Augen war. Man muß einfach die lähmende Langeweile dieser Verhandlungen kennen, die wüstenhafte Öde der Gerichtsräume, um sich darüber klarzuwerden, welche Erleichterung solch ein Anblick zu bieten vermag!

Das Urteil? Zwei Monate Haft, zur Bewährung ausgesetzt auf zwei Jahre. Ich hab nach der Verhandlung mit der Kremser im Stadtcafé gesessen, schräg gegenüber dem Gericht. Jede von uns hat zwei Portionen Nußtorte verschlungen und heiße Schokolade, auf meine Rechnung! Die Anna Kremser sieht von nahem ganz anders aus. Ihre Gekränktheit hat sich in nachsichtig lächelnde Melancholie gekehrt. Aber vielleicht ist das alles nicht wirklich so, und ich will es nur in dieser Weise sehen. Weil ich ihr freundlich gesinnt bin. Sie muß das spüren. Vielleicht auch meine Bewunderung für ihre Oberweite.

»Wie gerät man in ein Theaterkartenbüro in Potsdam?« frage ich, ziemlich ohne Instinkt. Und sie kontert: »Wie kommt eine hübsche Wienerin in einen schäbigen Gerichtssaal in der DDR?«

Wir waren gleich per du. Und erzählten uns alles. Ein Blitzgespräch, voll unnötiger Offenheit. Sie hat fünf Männer konsumiert, wie sie es selbstkritisch betrachtet. Den Direktor einer Kuranstalt für Fettleibige, wo sie als Patientin war, Arzt, Kulturmensch, Bilderstürmer und Mäzen. Der zweite war Schauspieler, der dritte Musiker, der vierte Autoschlosser und der fünfte Oberschüler und gerade achtzehn Jahre alt. Sie erzählt das alles ziemlich unbewegt:

»Wie ich hierherkomme? Dreimal darfst du raten, wo ich lieber wär!«

»Im Westen?«

»Aber nein«, sagt die Kremser. »Dahin sind mir sämtliche Züge davongefahren. Ich bin nicht gescheit genug für solch ein gewagtes Experiment!«

Nein, sie möchte zu ihrer Großmutter zurück, nach Klein-Wolkersdorf bei Zingst. Die Großmutter ist gerade neunzig geworden und besitzt ein schönes altes Haus. Die Großmutter ist schuld an allem! Als sie fünfzehn war, wollte sie Schauspielerin werden, dann Tänzerin, dann Malerin. Dann habe sie sich aufs Nägelbeißen verlegt! Auf was? Eine längere Pause. Sie schluckt, hat sich aber in der Gewalt. Und lächelt nicht mehr so lieblich melancholisch. Ist nun am Grunde ihrer Erkenntnis angelangt.

»Weißt du«, sagt sie leise, »nachdem alles schiefgelaufen war, hab ich mich nur noch auf die Männer eingestellt. Das allerletzte, was eine Frau tun darf!«

Trauriges Grinsen. Sie trinkt noch eine Tasse heißen Kakao. Die Großmutter hat ihr drei Jahre Privatunterricht bei einer ehemaligen berühmten Schauspielerin aus Schwerin finanziert. Mit siebzehn stand sie auf der Bühne.

»Es war eine Katastrophe. Mein damaliger Geliebter hat mir die Augen geöffnet. Schau, sagte er, was willst du eigentlich, du bist doch eine schöne Frau!«

Dann hat sie das Kind gekriegt. Mit achtzehn. Das Kind ist bei ihrer Mutter. »Das wächst nun genauso in der Lüge auf wie ich bei meiner Großmutter. Verstehst du das?«

Die Großmutter habe immer gesagt: »Das kannst du alles, Anna, aber das kannst du doch!« Nichts konnte sie. Diese liebe, gute, dumme Frau. Ob man mit neunzig noch vernünftig wird? Nichts brachte sie zustande. Nie auch nur die geringste Anstrengung. Wenn man so jung ist, glaubt man, es kommt von selbst! Alles, was sie erreicht hatte, flog ihr einfach zu. Wieder eine Pause, dann seufzt sie tief. »Das war es, was ich immer gemieden habe, wie die Pest – ein einziges Stück wirklicher Arbeit!«

22. 2. 65

Hallo Gretl und Leo,
meine alte Kitty geht mit rührendem Eifer zur Schule, aber jetzt sind Ferien, und die Kinder stellen das Haus auf den Kopf. Fred ist verzweifelt, kann nicht arbeiten, bald wird er wieder »den Hut nehmen«, wie er es nennt, und nach Petzow fahren. Außerdem winseln und jaulen ständig zwei große Schäferhunde auf einem Nachbargrundstück. Gott sei Dank hat Fred den Text für das

Paris-Buch abgeschlossen, der Verlag ist sehr angetan davon.

Und ich habe mich in einen dicken Band Kunstgeschichte gestürzt, der mich erfolgreich vom Haushalt abhält. Wir haben übrigens, Eurer Anregung folgend, Primo Levi gelesen. Großartig! Und weil Ihr immer wissen wollt, was Fred gerade macht, er hat ein Jugendbuch begonnen, ›Nicole‹. Ein junges Mädchen kommt aus der Provinz nach Paris. Große Erwartungen, den Kopf voller Flausen, und wie sich dann die Realität des täglichen Lebens in ihr Bewußtsein gräbt. Das ist eine Sache auf Leben und Tod, meint Fred, der Verführung der Talmiwelt und dem Selbstbetrug zu widerstehen. Ein Versuch, meint er, um eine äußerst spannende Handlung, für Jugendliche, nach innen zu verlegen. Ob's gelingt?

Er arbeitet heute nicht, war gestern auf einer Kunstdiskussion in Potsdam, wo man sich um den Sozialistischen Realismus streitet. Heut ist er nachdenklich und deprimiert. Warum? Ich habe den Eindruck, daß einige Leute im Schriftstellerverband ziemlich ehrlich diskutieren. Die einen bedauern wie eh und je, daß der Kritische Realismus, wie sie sagen, keine Antworten zu geben vermag. Die anderen dagegen haben endlich entdeckt, daß in unserer schnellebigen Zeit auch Fragen gestellt werden müssen, auf die wir heute noch keine Antwort haben! Fred ist nicht nur deshalb deprimiert. Man redet gegen den Wind. Wenn der Sozialistische Realismus darin bestehen soll, den Leuten das Denken abzunehmen, indem man ihnen fertige Urteile unter die Weste jubelt, dann können die Schriftsteller einpacken!

Ich denke an unseren jüngsten Theaterbesuch in Berlin, bei ›Unterwegs‹ von Victor Rosow, da geht es auch um Jugendprobleme, in der Sowjetunion. Auch in diesem Stück stellen die jungen Menschen vieles in Frage und verachten die alten, verknöcherten Genossen, die für jede Gelegenheit fertige Antworten in der Tasche haben. Die jüngeren Zuschauer waren begeistert. Ich saß da und wartete auf den »Hund«, der doch irgendwo im Text »begraben« sein mußte. Wann würde der alte Partisan mit der Faust auf den Tisch hauen und seine letzte Wahrheit verkünden? Aber nix is passiert. Gar nichts in dieser Richtung, stellt Euch das vor! Der Hauptdarsteller, ein junger Mann, bleibt weiter auf der Suche. Und wir konnten einigermaßen erstaunt und aufgekratzt nach Hause fahren. Allerdings haben sie das gleiche Stück in Potsdam anders inszeniert, noch ein wenig nach der alten Linie. Auf dem Theater geht alles.

Wir könnten weiter Bücher tauschen, he? Es gibt hier einige Neuerscheinungen, auch Klassiker, und einige gute Fachbücher in Pädagogik, falls ich etwas davon verstehe. Mit Fachbüchern ist das so eine Sache. Und wir hätten gern von Dir, Leo, einige Bücher von neuen österreichischen Autoren, wir sitzen da völlig auf dem trockenen!

23. 2. 65

Leo, Gretl,
hier ein Nachtrag zum Thema Realismus. Auf einem Nachbargrundstück, das leer steht, ich erwähnte es schon, sind zwei Schäferhunde an langen Drahtseilen festgemacht, so daß sie hin- und herrennen können, einander aber nicht berühren. Kein Geheimnis. Jeder kann es sehen, auch die Bewohner auf der anderen Seite der Grenze können von ihren Fenstern her dem Schauspiel folgen, wie diese armen Viecher auf einer Linie hin- und herwetzen, bellen, winseln, heulen oder völlig apathisch auf der Erde liegen. Es gibt keine Ablöse, wie bei den Menschen, sie sind offenbar auf Lebenszeit zu diesem grausamen Schicksal verurteilt! Und es gibt in unserer Straße vier oder fünf leere Grundstücke, wo man sich der Hunde als Grenzwächter bedient. Fred kann bei dem Gebell nicht arbeiten und sinnt auf Abhilfe. Ganz abgesehen davon, daß der Anblick der Folter, auch wenn es

sich nur um Hunde handelt oder gerade weil es wehrlose Geschöpfe sind, uns jeden Tag vergällt. Und nicht nur uns. Aber niemand spricht darüber. Es ist ein Tabu.

Vor ein paar Tagen war Fred beim Bürgermeister unseres Ortes, um ihm seine Meinung zu sagen. »Über die Hunde wird nicht diskutiert!« rief der Bürgermeister schroff, als Fred kaum begonnen hatte. Wir waren danach völlig verstört und ratlos. Was macht man in solch einer Lage? Wir haben übrigens längst einen Antrag auf Wohnungstausch gestellt, jedoch keine Antwort! Am nächsten Tag klopfte ein höherer Offizier der Grenzpolizei und wollte Fred unter vier Augen sprechen. Worüber sie geredet haben, frage ich nachher. Über Literatur, sagt Fred. Über Literatur? Ja, dieser Offizier sei ein einigermaßen gebildeter und offenbar warmherziger Mensch. Ob er denn nicht über die Hunde geredet habe? Selbstverständlich habe er dem Offizier unsere Meinung gesagt. Und weiter? Der aber habe dazu geschwiegen.

Und nun stellt Euch vor: Am nächsten Tag waren die Hunde weg. Wir merkten es gleich beim Aufstehen, sie jaulten nicht mehr. Das war ein wunderbares Frühstück, ganz vergnügt, man kann also doch etwas gegen Bürokraten machen! Dachten wir. Aber als ich dann unsere Straße entlang auf dem Rad zum Bäcker fuhr, entdeckte ich die bittere Wahrheit – nur die beiden Hunde auf unserem Nachbargrundstück waren fort!

4. 3. 65

Hallo, meine Lieben in Wien!
Die Handwerker halten mich tüchtig in Atem, aber diesen sibirischen Winter muß ich Euch melden! Als wir gestern aufwachten, war von unserem Haus nichts mehr zu sehen, die Fenster waren dick zugeschneit, der Zaun zugeweht, die Straße unter Schneemassen verschwunden, das einzige Transportmittel ist der Schlitten! Gegen Mit-

tag mußte dem Maler – den wir schon seit einigen Tagen im Haus haben – einfallen, daß er noch zwei Rollen Tapete braucht, und Krampus ging daran, seinen Käfer aus der Garage rauszuschaufeln. Unterwegs blieben wir mehrmals stecken, jedesmal ein größeres Unternehmen mit der Schaufel. Kein Mensch auf der Straße zu sehen, kein Vehikel, kein Bus, alles lahmgelegt. Die Kinder holte ich nachmittags von der Schule ab. Berti überraschte ich dabei, wie er voll Begeisterung mit den anderen Kindern herumtollte, was er sonst nicht macht. Sie kletterten auf die höchsten Schneewehen und versanken bis zum Bauch. Kitty dagegen, sonst die Wildheit selbst, kam heulend an, völlig blaugefroren. Ich kann mich nicht erinnern, jemals soviel Schnee gesehen zu haben. Und das, nachdem die Amsel schon vor einigen Tagen den Frühling zu melden begann.

Apropos, vor zwei Tagen waren wir bei einer Lyrikvorlesung, wo junge Leute ihre ersten Gedichte zum besten gaben, es war eine eigenartige und angeregte Atmosphäre im Saal, immer noch wächst das Interesse vieler Menschen an Lyrik, wie mir scheint, und das, nachdem wir schon vor zwei Jahren die erste Welle »Jazz und Lyrik« erlebten, eine gute Kombination. Ich glaube, das kommt auch davon, daß den Leuten der offizielle Ton der Zeitungen und Rundfunkansprachen zum Hals heraushängt. Man schreibt also wieder über »allgemein menschliche Dinge«, schildert Natur, Impressionen und privates Glück. Einige junge Leute, die ihre Gedichte vortrugen, redeten in einer Sprache, die zwar schlicht und sehr sachlich, aber durchaus nicht gefühlsarm ist. Es gab viel Applaus, was man ja nicht oft hört, und nicht nur, wenn Kritisches über unsere Gesellschaft gesagt wird. Diese Jugendlichen wollen nicht zurück zum Kapitalismus, aber sie wollen eine lebendige, dynamische, schöpferische Welt um sich sehen, wollen das, was man ihnen versprochen hat, aber nicht diesen lahmen, angepaßten, kleinbürgerlichen Verein!

Da redeten dann auch ein paar ältere Leute, ein Tierarzt aus Teltow hatte zum Beispiel ein hübsches Gedicht, aber in einer pathetischen Sprache, die man nicht ertragen kann. Er hat den schwachen Applaus offenbar nicht verstanden. In der Presse streitet man sich nun, wie diese »neue Form« wohl zu bewerten sei. Und es melden sich bereits die ersten Kanzelredner, um die Ketzer zu verdammen. Denn es gibt eben auch junge Dichter, die ihre Vorbilder im Westen suchen, in abstrakter Kunst!

Eben kam Erika, ehemalige Freundin von Peter, sie war fünf Stunden von Berlin hierher unterwegs, der Zug blieb im Schnee stecken. Warum kommt sie? Sie braucht dringend Rat. Nach Peter, den sie nur untätig kennt, hat sie sich nun dem anderen Extrem zugewandt: hat jetzt einen Kerl, der bei der Post arbeitet, täglich um vier Uhr früh aufsteht, nie zu spät kommt, ein ordentlicher, gutaussehender Mann, wie sie sagt, mit dem sie sich jedoch furchtbar langweilt! Ein Muttersöhnchen, einer, der ihr nachläuft, sie heimlich beobachtet und Eifersuchtsszenen macht. Das alte Lied. Und schwer zu raten. Nachdem sie mit uns gegessen und getrunken hat, und nach zwei Stunden Geblödel und allerlei Disput, und nachdem Fred einen kurzen, aber gesalzenen Vortrag über die Kunst des Fluchens abgehalten hat, die Kinder abwechselnd lachen, schreien und heulen, weil sie sich geprügelt haben – da, in eine kurze, nachdenkliche Pause hinein, fragte Erika: »Was macht man mit einem Langweiler?«

Eben kam Kitty völlig abgehetzt herein, sie haben draußen angefangen, einen großen Schneemann zu bauen. Fred ist Spezialist im Schneemannbauen. Erst rollt er eine große Walze aus dem Schnee, dann eine zweite, die auf den Unterbau gestellt wird. Und dann kommt der Kopf. Kitty steht in der Tür, schwitzend vor Eifer und Begeisterung. Sie überlegt.

Und ich frage sie: »Was macht man mit einem Langweiler, Kitty, he?« Kitty hat natürlich nicht verstanden und übrigens auch keine Zeit für uns. Sie braucht einen großen Topf und einige andere Utensilien. Wortlos holt sie nun aus der Küche 'nen Topf und Kohlenstücke und eine Karotte. Und während das Kunstwerk draußen vollendet wird und ringsum alle lachen und durcheinander schreien, fragt Erika ganz ernst: »Was macht man mit einem Langweiler?« Wir alle blicken dann durchs Fenster hinaus auf den Schneemann und kichern uns kaputt. Der hat jetzt den Scherm auf!

Zum Trost hab ich Erika und uns allen noch was ganz Besonderes zum Nachtisch gemacht: Palatschinken mit Spinat und Wiener Würstchen, darin eingerollt. Kennst Du das, Mütterchen? Nein? Ich auch nicht. Absolute Improvisation. Ich wollte nämlich Marmelade nehmen, fand aber keine, und alle waren enttäuscht. Dann aber waren sie begeistert. Sogar die beiden Malergesellen, junge Kerle, lieb, deppert und faul. Sie wollten alles weiß anstreichen, das geht schneller, meinten sie. Aber ich habe ihnen Farbe untergejubelt! Sie haben mächtig reingehauen, wie man hier sagt, der Spinat rann ihnen übers Gesicht. Während wir alle schmatzten, Apfelsaft dazu tranken und sogar Wein, hat immer wieder einer gefragt: »Was macht man mit einem Langweiler?« Großes Gelächter. Manchmal sind wir alle ziemlich leicht zu unterhalten. Die beiden Burschen, die uns noch nicht kennen, stopften sich voll mit gutem Essen und lachten mit uns. Ohne zu verstehen, was eigentlich gemeint war. Na schön. Servus alle, servus. Antwort erbeten. Schnell!

12. 3. 65

Meine verdammte Zettelwirtschaft. Sprüche an der Wand, überm Bett und überall. Viele Mappen voll mit Abgeschriebenem, daß ich manchmal nicht mehr weiß, wohin damit. Und das kostet alles Zeit und Mühe. Und Fred schimpft, weil ich die Bücher vollkritzle mit meinen Bemerkungen, Sätze ankreuze und unterstreiche. Aber er ist dankbar für meine Exzerpte und Abschriften von Reden, Radiovorträgen und Fernsehsendungen. Jetzt bringt er selber schon Zettel mit! Gestern kommt Fred abends von Petzow herüber und erzählt von einer jungen Frau, die das Glück hatte, zwei Wochen in Italien zubringen zu dürfen. Lisa, glaube ich, heißt sie. Und wie diese Menschen völlig umgekrempelt sind, erzählt Fred, wenn sie mal raus dürfen. Und wie die anderen sich an sie hängen und schnuppern. Eine Nase voll fremder Luft! Wir verstehen gut die seltsame Rolle, die auch wir unter diesem Gesichtspunkt spielen. Diese Frau hat also Paveses ›Handwerk des Lebens‹ mitgebracht, das sie für die DDR übersetzen will und aus dem sie schon beim Frühstück den anderen Leuten vorliest. Fred hat sich einiges abgeschrieben.

»Jenes sanfte, nachsichtige Empfinden von Liebe und Freundlichkeit für die Menschen, das man an einem kühlen Tag spürt, während eines angenehmen Stündchens in einem Café – wenn man das hagere und traurige Gesicht des einen betrachtet, die heruntergezogenen Mundwinkel des anderen Tischnachbarn, die leidende Visage eines dritten, und sich dabei einem wollüstigen, melancholischen, sentimental-umschlingenden Gefühl für soviel Leiden hingibt – dieses Empfinden ist nicht wirkliche Nächstenliebe, sondern eine selbstgefällige, alles verdeckende Introvertierung. Du würdest in diesem Augenblick keinen Finger rühren, für einen von diesen. Und man ist im Grunde selig bei seiner Nichtigkeit vor diesem Leben.« Oder: »Wenn die Glut einer Monomanie verloschen ist, mangelt dir schmerzhaft eine zentrale Idee, die den vage im Raum sich bewegenden inneren Kräften Bedeutung zu geben vermag ... Man muß nur eine Sache leidenschaftlich suchen, um viele zu finden!«

Es gibt Wörter und Sätze, die brennen sofort wie Zunder, wie von der Sonne ausgedörrtes Herbstlaub. Und wie das im Augenblick die Welt mit gutem Geruch erfüllt! Eine zentrale Idee? Verdächtig, wie mir das gerade heute einleuchtet. Wenn ich eine hätte und sie mir abhanden käme, und ich wiederum eine suchen würde, um die frei im Raum sich bewegenden inneren Kräfte und Gedanken wie in einem Brennpunkt zu sammeln, was könnte das sein? Eine neue banale Geschichte von einer Fanny, einer Betty, einer Rosa. Oder schreibe ich mich nicht selbst jeden Tag von neuem? Und wer ist diese Person, der ein Gesicht zu geben ich mich verzweifelt abstrample? Es würde sich lohnen und sogar Vergnügen machen, nächtelang nicht zu schlafen, durch eine Wildnis zu wandern, eine Wildnis von Vorstellungen und Gefühlen, sich abzumühen, um in einem ruhigen Augenblick der Ermattung darauf zu stoßen ...

Cesare Pavese hat sich mit 45 Jahren umgebracht. Warum? Alles lesen von ihm. Seine Bücher besorgen, soweit sie übersetzt erschienen sind!

Ohne Datum, nicht abgeschickt

Hallo, Gretl, Leo,
manchmal braucht man ein Stichwort, wie auf dem Theater, wenn man den Text vergessen hat! Eine »zentrale Idee« braucht der Mensch. (Bei Pavese aufgeschnappt!) Es wäre doch vielleicht eine zentrale Idee, wenn ich aufhören würde, mich selbst zu durchpflügen, und mein Augenmerk auf andere lenkte? Sei still, mach dich ganz klein, und öffne dich für andere! Es wäre doch vielleicht eine Idee, wenn ich mich mehr um die alten Leute in unserer Grenzstraße kümmern würde. Nicht wahr? Da gibt es übrigens die seltsamsten Figuren, besser als auf dem Theater. Eine Generalswitwe zum Beispiel, über achtzig und äußerst fidel. Eine winzigkleine Person, dünn und zappelig wie eine Drahtpuppe. Die kann immer noch gut kommandieren, und wenn es auch nur die Nachbarskinder sind, die sie zusammenstaucht, den

Gehsteig sauberzumachen und den Schrott wegzubringen, der sich immer wieder auf der kleinen Wiese hinter ihrem Haus ansammelt! Rostige Fahrradteile, ein ausrangierter Kinderwagen, alte Gartenstühle und so. Die Kinder rennen, arbeiten, lachen, spotten heimlich über die komische Alte, aber sie gehorchen, denn es gibt Belohnung. Die alte Frau Wegner kommt am Ende mit einer Tafel Schokolade heraus. Sie ist dabei total unsentimental, das ist es, was ich an ihr bewundere und worum ich sie beneide, auch um ihren Humor. Noch ein Komparse: Herr Lengfeld von gegenüber, auch weit über siebzig. Ein großer Mann, ehemals Setzer bei einer Zeitung, sehr gerade und etwas steif, mit einem häßlichen, aber ausdrucksvollen Gesicht, das immer strahlt. Er gehört zu denjenigen wenigen Leuten, die uns immer freundlich grüßen, während es andere gibt, die zur Seite blicken, wenn wir vorübergehen, aber dann hinter uns herschauen. Fred findet das ganz normal, es gibt überall unbegründeten Haß und Abneigung. Ein Naturgesetz. Wie Tag und Nacht. Meint mein Jossl. Wie Regenwetter und Sonnenschein. Aber der alte Herr Lengfeld kommt heute früh auf mich zu, schaut mir freundlich ins Gesicht, sehr neugierig, er stottert ein wenig, so wie ich, und seine Augen glänzen. Ob wir uns denn wegen der Hunde beschwert hätten, will er wissen. Die Leute aus unserer Straße staunen und fragen sich, wie wir das gemacht haben? Er hat auch gesehen, erzählt er mir, wie sie die Hunde von unserem Nachbargrundstück wegholten. Zwei junge Grenzsoldaten, die den Hunden überall in der Grenzstraße täglich das Futter bringen, holten sie ab, lösten sie von der Kette und dem Laufdraht und führten sie an der Leine weg. Einer der beiden Hunde, flüstert nun Herr Lengfeld, habe sich losgerissen und sei davongerannt. Der Soldat blieb aber ganz ruhig, er habe gepfiffen, dann sei der Hund zurückgekommen und habe sofort wieder kehrtgemacht. Hin und her, hin und her, in rasendem Lauf und ganz hysterisch, vielleicht vor Glück, aber schnurgerade rennend und immer wieder an der gleichen Stelle die Kehrtwendung machend, als läge er noch immer an der Kette und dem langen Draht. Der alte Herr Lengfeld, er stammt aus dem Vogtland, sagte mehrmals stotternd, in seinem derben Dialekt: »De Hunde kenn' gar net mehr anders, de kenn' gar net mehr anders, de sein wie verruckt, de renn' nur noch uff einer Linie, wie ä Automat!«

Wir standen noch eine Weile da und schauten uns ratlos an. Ich konnte kein Wort mehr sagen. Er auch nicht. Dann hab ich ganz plötzlich zu heulen begonnen. Es hat mich einfach gepackt, wie ein Krampf. Ich hab mich furchtbar geschämt, hab mich umgedreht und bin ins Haus gelaufen. Dann hab ich aus dem Küchenfenster geschaut. Der alte Mann stand noch immer reglos an der gleichen Stelle. Ich glaube, er hat auch geweint. Ganz still. Warum weinen wir. Heulen wir über die Hunde oder über uns selbst. Rennen wir auch nur noch schnurgerade wie an einem langen Draht?

Siebentagefibel

Eine wichtige Erfahrung: Die Augen sind ein Instrument des Teufels! Siehst du denn wirklich nur, was du mit dem Blick erfaßt, oder mischt sich nicht auch dein Magen ein, dein Hinterkopf, dein Bauch, das Geschlecht? Im Hirn hast du hunderttausend Bilder eingefroren, rund um die Welt, so weit du halt gekommen bist, und quer durch dein ganzes Leben. Hier das Foto zum Beispiel, von 'nem stattlichen Haus in der Rue de Paradis, unten ein verstecktes Bordell, oben schaut eine alte Dirne raus. Daneben eine Mutter mit Kind. Auf der Straße geht eben ein alter Mann, der mich an meinen geliebten Onkel Hans erinnert. Sofort bin ich wie elektrisiert, bleib stehen, beobachte ihn heimlich, stelle Vergleiche an. Unterlegen wir nicht dem gerade Gesehenen verschiedenartige Erinnerungen, Gedanken, Zweifel, Spott, Entzücken, wie hundert alte belichtete Filme? Ein Instrument des Teufels, ganz und gar.

Wenn ich nach drei Stunden Arbeit aus der Dunkelkammer ans Tageslicht komme und sehe die Menschen in unserer Straße, den Nachbarn Müller das Beet umgraben, Herrn Lengfeld den Zaun streichen, die Grenzsoldaten drüben an der Ecke Ginsterheide, wo sie stundenlang stehen, reden, Zigaretten rauchen, sich langweilen ... Die kleinen, einfältig-gleichartigen Siedlungshäuser aus den dreißiger Jahren, für Nazibeamte gebaut, in ihrer Enge und Beschränktheit, aber doch auch lieb, wie angenehm, eins zu haben, wenn man wie wir nur die winzigen Arbeiterwohnungen der Wiener Vorstadt kennt, ist das nicht alles schief, häßlich, beklemmend – und doch auch liebenswert und vertraut? Vor allem exotisch. Ich verstehe jetzt Fred, wenn er behauptet, die DDR wäre ebenso exotisch wie irgendeines der fremden Länder hinter dem Ural oder am Fuß der Anden. Und was ist mit meinen Augen geschehen? Ich sehe alles ein wenig verzerrt. Du mußt vorsichtig damit umgehen, kannst dich nicht blindlings darauf verlassen, was du mit ihnen siehst!

25. 3. 65

Meine lieben Alten,
Ihr wollt immer wissen, woher ich soviel Zeit nehme, Euch lange Briefe zu schreiben. Und dann pinselt diese dumme Gans auch noch eigene Geschichten, und das macht Euch Sorgen. Versteh ich eh. Aber Ihr wißt doch, daß Eure Tochter keine Hausfrau ist. Fred hat das längst kapiert. Und die Kinder werden trotzdem ordentlich versorgt, darum geht es doch hauptsächlich, hm? Fred ist mitschuldig, er stachelt mich sogar ständig an. Und jetzt war ich eine Woche in Petzow. Fred hatte sich ein Zimmer bestellt, dann packte ihn das schlechte Gewissen, was auch gerecht ist: »Du fährst jetzt hin!« Ich habe

tatsächlich in einer Woche vier Kurzgeschichten verzapft. Eine davon die ›Fanni‹, die ich Euch schickte. Fred hat sie Walter Kaufmann gezeigt, unserem Spezialisten für Kurzgeschichten. Und der ist blaß geworden. Sagt Fred. Warum, weiß ich nicht. Aber ich muß das Zeug noch eine Weile gehen lassen, wie 'nen Strudelteig, und dann erst in den Backofen damit!

Und wie verbringe ich also den Tag? Im Augenblick hab ich eine Halbtagsbeschäftigung im Büro einer Fabrik. Zum Gericht geh ich auch noch manchmal. Wenn ich um halb sechs zurückkomme, hab ich unterwegs schon eingekauft, oder Fred hat alles besorgt. Dann mach ich das Abendessen, meist etwas ganz Schnelles, irgendeine Improvisation. Wir sitzen dann lange bei Tisch, wie die Franzosen. Oft auch Tischgäste, Besucher, Freunde, Zugereiste, Streithanseln, zum Beispiel die Nachbarin, Tante Bigge, heute abend, mit Mutter. Brigitte ist in die Partei eingetreten. Und wir reden, reden, diskutieren, lachen. Wir genießen das, wissen, wie schön es ist, so leben zu können! Was wollt Ihr mehr? Dann kommandiere ich die Kinder ins Bad, befördere sie in die Nähe der Betten, was ja immer ein Tauziehen ist. Wer ist stärker? Dann wird einer zum Geschichtenerzählen delegiert. Kann auch ein Gast sein. Die andern waschen Geschirr. Wenn wir allein sind, gibt es Fernsehen, manchmal Kino. Oder Bücher lesen und Briefe schreiben. Ich schreibe jeden Tag. Manchmal fünf oder sechs Briefe. Und wenn wir dann gegen zehn oder elf unseren Spaziergang machen, »komm, wir machen unsere sechs Kilometer«, sagt Fred, wird alles besprochen, beredet, »durch die Mangel gedreht«, wie sie hier sagen. Und warum bei Nacht? Damit wir keinem Bekannten begegnen, niemand, der uns in ein freundliches Gespräch verwickeln kann, wo nur Blabla geredet wird. Und worüber wir reden? Über Bücher. Über Geschichten. Über Kino. Über die Kinder und uns selbst.

Apropos Kino. Ihr kennt ja unser Kino, nahe Düppel, ein riesiger Schuppen für dreihundert Zuschauer. Meistens leer, außer wenn ein Westfilm gezeigt wird. Ein Westfilm kann noch so blöd sein, die Leute stehen Schlange, und der Saal wird voll. Gestern gaben sie einen russischen Film, einen sehr schönen und künstlerisch wertvollen Film. Aber das Haus war leer, vielleicht zwanzig Leute. Die Karten sind aber numeriert. Wir setzen uns also irgendwo in die Mitte, ringsum gähnende Leere. Dann kommen zwei Personen, ein Mann mit seiner Frau. Sie gucken verblüfft auf ihre Karten, dann auf uns: »Entschuldigen Sie, Sie sitzen auf unseren Plätzen!« Wir mußten tatsächlich aufstehen und weiterrücken. Inmitten der leeren Reihen. Und es waren nicht etwa alte Leute, sondern ganz junge. Wie sich doch Beschränktheit in der Welt unaufhaltsam fortpflanzt. Und das nur als Illustration, falls jemand noch nicht verstanden hat, was Preußen heißt!

Eine Frau und ein kleiner Heiliger

Fanni fand, daß er verkommen aussah, als er in der Morgendämmerung am Atelierfenster lehnte. Aber er hatte den frischen Geruch der nächtlichen Straße mitgebracht und fünf Schneerosen, die sie aus irgendeinem Grund verwirrten. Sie trug den Frühstückstisch zur Fensterseite, hinten im Atelier war es noch dunkel und muffig. Es roch nach ihrem warmen Bett, nach dem schweren Parfum, das sie sich nicht abgewöhnen konnte, und nach Tonstatuetten, die noch feucht waren.

Er sagte: »Mach endlich das Fenster auf!«

Sie lächelte, ein wenig gereizt, deckte den Tisch und fühlte sich hin und her gerissen von dem Wunsch, mit ihrer Arbeit zu beginnen, und dem Bedürfnis, ihm Zärtlichkeiten zu erweisen, ihn zu streicheln, ihn reden zu lassen und mit Honigsemmeln zu füttern. Sie dachte daran, daß diese jungen Leute sie seit Jahren bei der Arbeit störten und es nicht einmal bemerkten. Obwohl sie eine anerkannte Künstlerin geworden war, brachte sie es aus irgendeinem dummen Grund nicht über sich zu sagen: Ich habe zu arbeiten, verschwindet! Und niemals hatte einer dieser verrückten Burschen gefragt: Wann arbeitest du eigentlich? Nicht einmal Michael! Wahrscheinlich glaubten sie, Gott gebe es ihr im Schlaf, was bei ihrem Talent ja nicht verwunderlich gewesen wäre. Vielleicht lag es auch daran, daß das Wort Arbeit ihnen abgeschmackt klang.

Sie röstete Semmeln von gestern, und der Duft des heißen Kaffees tröstete sie ein wenig. »Komm, Alter«, sagte sie spöttisch und setzte sich ihm gegenüber an den kleinen Tisch. Ein ungeduldiger Märzwind jagte durch die Straßenschlucht und rüttelte an Fenstern und Türen.

»Ich hab ein Leben geführt«, sagte Michael erstaunt und lauschte bedächtig seiner eigenen rauhen Stimme, »Fanni, Fanni, ich habe ein wüstes Leben geführt in den letzten Wochen...« Dann verstummte er und sah aus, als wäre er eingeschlafen.

»Na komm schon, Michael, red schon«, sagte Fanni mit liebevollem Spott, der ihr vieles leichter machte. Aber sie fühlte eine ungewohnte, lähmende Langeweile, sie war dieser Liebesbeichten überdrüssig.

»Fanni, ich war unwiderstehlich in den letzten Wochen, ich hab noch nie so viele Erfolge gehabt, Fanni, was ist nur an mir, das die Frauen so zum Schmelzen bringt?«

»Ich weiß es nicht, Alter«, sagte sie müde und dachte mit Bitterkeit: Was für eine blöde Rolle spiel ich doch! Die alternde ehemalige Geliebte, die sich die detaillierten Erlebnisse dieses ewigen Jünglings anhört. Wie schön war er damals, wie unschuldig, als er ihr Modell gestanden hatte. Aber sie sah, daß er auch jetzt noch unschuldig war, so verdorben und unschuldig wie nur ein Mann sein kann, ein kleiner Heiliger, der sein Leben lang sucht. Was suchte er? Der immer wieder wie ein Kind die Hände ausstreckt, nach etwas Neuem und Schönem – und dann enttäuscht ist.

»Weinst du?« fragte Michael und schaute ihr endlich einmal in die Augen.

»Nein!«

»Aber du hast doch etwas, was ist los, Fanni?«

Sie schauen sich an; sie wehmütig, er aufmerksam und mit einem Schimmer von Verstehen.

»Ach, es ist dumm von mir, aber ich finde, du siehst verhungert aus!« Sie machte eine Pause, er spürte plötzlich, daß sie es nicht körperlich meinte. »Ich muß dir sagen«, fügte Fanni nun hinzu, »daß ich es übertrieben finde, wie du die Dinge siehst. Du bist bald dreißig!«

Er wurde langsam munter: »Fanni, Fanni, du hast meine Philosophie noch immer nicht kapiert. Was soll man sonst tun? Ein aufrichtiger Mensch in dieser Zeit . . .« Und er fing an, von der Freiheit zu reden und seiner Verachtung für alles Fertige, Erprobte, Endgültige. Sie dachte: Nach meiner Philosophie hat mich noch keiner gefragt. Und ich hab auch keine, meine Arbeit ist meine ganze Philosophie. Das finden diese Jungen langweilig, für mich genügt es offenbar, ihre Beichtmutter zu sein, die ihnen zu essen gibt und manchmal ein Bett!

»Was ist, Fanni«, sagte Michael, der müde wirkt und zerstreut, »brauchst du einen Mann?«

»Stell dir vor, ich hab einen Mann«, antwortete sie ruhig, schaute aber nicht auf und kam sich lächerlich vor.

Michael grinste, forschte in ihrem Gesicht. »Geh. Was ist denn das für ein Mann?«

»Ja, mein Kleiner, es passieren die komischsten Sachen. Man hat mir einen Heiratsantrag gemacht.«

Michael war still. Er lachte nicht.

Dann erzählte sie ihm, sie habe diesen Mann in einer ihrer Ausstellungen kennengelernt. Er bewunderte ihr Talent, mochte ihre Bilder.

»Und was wirst du tun?« fragte Michael bedächtig,

nach längerem Schweigen. Sie hob die Schultern, blickte aus dem Fenster.

»Weiß nicht. Vorläufig ist er liebenswürdig, kaum älter als ich, hat eine feudale Wohnung. Man könnte noch Kinder mit ihm haben.«

Michael pfiff leise vor sich hin, ging dann zum Fenster und öffnete es. Ein scharfer Wind fuhr über den Frühstückstisch, und die fünf Schneerosen zitterten.

»Solltest du dich nicht einmal ausschlafen? Leg dich hin, Alter.«

Er zögert kurz, verschwindet dann hinter dem blauen Samtvorhang der Schlafnische. Fanni holt ihren Skizzenblock und den Kreidestift. Sie denkt, daß sie den braven Bürger nicht heiraten wird. Seine gut ausgepolsterte Welt mit ihrer starren Ordnung ist ihr fremd. Sie wird weiter dieses freie Leben führen, ungebunden und in Freundschaft mit diesen ebenso unabhängigen jungen Leuten, die erst ihren Weg suchen. Und vielleicht kann sie wieder eine Zeitlang mit Michael zusammensein.

Michaels verschlafene Stimme unterbricht ihre Gedanken. »Weißt du«, sagt er, »das wäre wert, bedacht zu werden, dein sicherer Hafen und so. Hängt dir dieses Leben nicht zum Hals heraus? Da treibt man's jahrelang, und auf einmal macht's keinen Spaß mehr. Man möchte eine Frau haben, eine richtige Frau, einen Ort, wo man zu Hause ist. Und man möchte in Ruh' gelassen werden ... Ob so was zu finden ist in dieser beschissenen Welt?«

5. 4. 65

Ich ertappe mich immer wieder bei einer Tätigkeit, die ich anderen Leuten ziemlich schwarz ankreide, nämlich heimlich aus dem Fenster schauen und auskundschaften, was der Nachbar macht. Eine Ersatzhandlung. Weil wir nämlich nicht mehr fähig sind, mit den Bewohnern unserer Straße richtigen Umgang zu pflegen, mit ihnen zu reden, und weil wir, wenn wir ihnen begegnen, hochgradige Blödheit an den Tag legen und Blabla-Gespräche führen. Wenn überhaupt. Und das ist Schitt, vorsichtig ausgedrückt. Aber wenn ich nun aus dem Fenster schau, sehe ich seit ungefähr drei Tagen den Jupp an der Ecke stehen. Er steht da, raucht eine Zigarette nach der andern, redet mit sich selbst, flucht auch nicht schlecht, spuckt, schneuzt sich in Klopapier, das er dann zusammen mit den Zigarettenstummeln über den Zaun der Familie Müller wirft. Mama Schippel tobt bereits im Hintergrund, wagt aber kein Wort zu sagen. Der Jupp ist nämlich der Sohn von Frau Schurich, gleich um die Ecke, ihr Sohn aus erster Ehe, jetzt hat sie weitere zwei Söhne, für die sie natürlich das schlechte Beispiel fürchtet, nehme ich an. Jahrelang hat man vom Jupp überhaupt nix gewußt. Was sehr verdächtig scheint, sagen die Leute von unserer Straße. Und wo war der Jupp, im Knast? Daß er angeblich eingesperrt war, warum und wieso, weiß ich nur vom Hörensagen. Man erfährt einiges, wenn man neugierig ist, beim Gemüsehändler, vorn an der Hauptstraße, oder beim Friseur. Und vielleicht noch von zwei Menschen aus unserer Straße, mit denen wir einen losen und ziemlich einfältigen Kontakt haben. Ich werde aber nicht wiederholen, was man dem Jupp nachsagt und warum er ungefähr zum drittenmal im Hefen war. Außer Raubmord gibt es wohl nichts, was er also nicht gemacht haben soll. Und das, sagen die Leute aus unserer Straße, kommt auch noch. Trotzdem traut sich keiner, etwas zu unternehmen. Aus Rücksicht auf die Mutter? Man läßt ihn stehen und tut so, als wär er nicht da. Selbst die Grenzposten nehmen ihn nicht zur Kenntnis. Und das Toilettenpapier, vollgerotzt, bleibt zunächst hinterm Gartenzaun der Müllers liegen. Keiner geht hin, um mit dem Jupp zu reden. Ich auch nicht. Der Jupp ist vielleicht fünfundzwanzig, trägt eine mit Fell gefütterte Lederjakke, obschon es ziemlich warm ist, und einen verbogenen, breitkrempigen schwarzen Hut, unter dem sein langes, strähniges Haar ungekämmt bis auf die Schulter fällt. Eine verwegene Erscheinung. Er will wohl verwegen wirken, sein Aussehen ist gewissermaßen eine knallige Ohrfeige für die Leute in unserer Straße. Die Leute in unserer Straße verdrehen die Augen. Wenn der Jupp durch die Straße geht, schaukelt er breitbeinig und kräftig ausschreitend einher, wie John Wayne, wenn der sich auf den Weg macht, um die Bank zu knacken. Jupp steht aber auch stundenlang an der Ecke Ginsterheide, dann wieder weiter oben, an der Hauptstraße, und wartet. Auf wen wartet er? Manchmal kommt seine Mutter vorbei, die Frau Schurich. Sie blickt sich scheel um und flüstert Jupp etwas zu. Wahrscheinlich schimpft sie mit ihm und ist ratlos. Wahrscheinlich sagt sie, er soll bloß verschwinden und sich woanders aufpflanzen, weiter weg. Jupp spuckt dann den Zigarettenstummel über den Zaun und steckt sich sofort wieder eine neue Stange an. Die Mutter geht empört weiter und zieht den Kopf ein. Sie schämt sich. Jupp blickt ihr nach, mit seinem blassen Gesicht voll Pickel, das so unglaublich leer ist. Irgendwas ist da völlig falsch gelaufen, bei dem Jupp, denke ich. Und nicht nur bei ihm. Übrigens sind solche Typen bei uns relativ selten. Sagen die Experten. Am ehesten sieht man sie an den Bahnhöfen der Kleinstädte, dort sammeln sie sich, grölen, singen schweinische Lieder und zerdeppern leere Bierflaschen am Randstein. Das einzige, womit man knallen kann! Man läßt sie gewähren. Dort hat man sie gut im Blickfeld, wie mir neulich ein junger Kriminalbeamter beim Gericht erzählt. Sie fallen hier in unserem Land nicht ins Gewicht, und ganz ausschalten – er sagte wörtlich ausschalten – kann man sie auch nicht. Als es vor ein paar Tagen regnete, stand Jupp trotzdem an der Ecke, das Wasser lief ihm übers Gesicht. Dann kam ein anderer Junge daher, und sie gingen miteinander fort. Das Warten hatte also doch ’nen Sinn. Ein Jupp steht an der Ecke, und dann werden eines Tages andere kommen.

So ist das also. Und seit gestern ist Jupp verschwunden. Wieder im Knast? Nein, sagen die Leute aus unserer Straße. Sein Stiefvater hat ihm eine Arbeit verschafft. Am Bau. Weil der Junge ja kräftig ist. Aber länger als drei Wochen wird er es nicht machen, sagen die Leute von unserer Straße. Und dann ist Jupp wieder da. Hat sich krank gemeldet. Und dann ist er wieder verschwunden. Und noch immer grüble ich über diesen Jupp. Die Kraftlosigkeit in seinen Augen gibt mir schwer zu denken. Dagegen erfüllt mich wiederum der Ausdruck einer unbekannten Energie mit Angst, wenn er breitbeinig vorübergeht, wenn er flucht und spuckt und Papierschnitzel über den Zaun wirft. Was bezweckt die Natur mit dieser Energie, falls es überhaupt die Natur ist, die wir dafür verantwortlich machen können? Sollte sie nicht ihre überschwenglichen Kräfte auf die Seite des Guten werfen? Und alles Schlechte vergeht im Sozialismus von selbst?

6. 4. 65

Wenn es diesen Jupp nicht gäbe, wäre bei den Leuten in unserer Straße wohl alles in bester Ordnung. Wir würden an unseren sauber gedeckten Tischen eintrocknen und ersticken an Plunderteig mit eingemachten Früchten!

»... weil Wechsel und Herausforderung, Suche und Kampf die Elemente sind, in denen wir Menschen gedeihen!« Gerade irgendwo gelesen, aufgefangen und an die Wand gespendelt, über meinem Schreibtisch.

8. 4. 65

War in dieser Woche mehrmals in Potsdam beim Gericht. Scheidungsverhandlungen. Eine Fundgrube. Nicht, um darüber zu schreiben. Jedenfalls nicht gleich. Aber eine neue Sicht dessen, was ich machen möchte. Wie doch die Menschen leben ... Mann und Frau, wie Hund und Katz. Alle diese sauberen, netten Häuser sind also Kloaken, was das Zusammenleben betrifft? Natürlich ist das alles übertrieben, was die Männer vor Gericht auf den Tisch packen, über ihre Frauen. Und umgekehrt. Aber eine Art Hölle ist es doch.

9. 4. 65

Für die Dunkelkammer nur noch wenig Zeit. Aber immer noch Freude an den Bildern von Paris. Hab damals vom Hotelfenster über die Dächer hinweg ein Foto versucht, leider flau, diffuses Licht, wenig Markantes fürs Auge. Doch drüben im Fenster einer Mansarde die Frau im Hemd. Eine vielleicht Vierzigjährige, die wir seit einigen Tagen beobachten. Sie ist immer allein und geht hin und her, hin und her. Manchmal steht sie lange am Fenster und schaut verloren auf die Straße hinunter. Will sie sich etwa hinunterstürzen? In den drei Wochen in der Rue Saint-André-des-Arts ist jedenfalls nichts geschehen.

Fred meint, ich solle einen »Gewitterhimmel« machen, um die Aussage der Fotos zu verstärken. Ein bekannter Trick mit einem Stück Karton, einer Maske, mit der du das Bild abdeckst, unter dem Vergrößerungsapparat, und nur auf den oberen Rand etwas Licht einfallen läßt. Dort erscheint dann eine dunkle Wolkenwand über der Stadt, und darunter, wenn du es richtig machst, bleibt ein strahlend heller Streifen Licht, ein scharfer Kontrast. Die Dachlandschaft liegt nun in bleierner Dämmerung, die Fenster sind schwarze Löcher, das Hemd der Frau wirkt auf einmal hell und trostlos ärmlich, ihre Haltung zeigt eine tiefe Verstörung. Das Ganze hat einen dramatischen Effekt bekommen, wie auf einer Bühne. Ist das nicht Betrug? Bedeutet es nicht, daß wir eine Aussage manipulieren? Nein, sagt mein Lehrmeister, wir müssen zwischen Manipulieren und Gestalten unterscheiden. Selbstverständlich kann man mit Fotos lügen, genau wie mit dem Wort, und ohne daß es die Leute merken, denn man kann spielend Wahrheit mit Lüge mischen und einen fiktiven Eindruck erzielen. Ein normaler Vorgang in unserer kommerziellen oder auch politischen Medienwelt. Und man kann Millionen Menschen täuschen. Das ist auch die allgemein übliche Praxis. In der Kunst jedoch wirkt die Lüge wie ein Tropfen Gift in einem Glas Wein, alles ist verdorben, wenn die Reinheit nicht erhalten bleibt. Andrerseits darf der Fotograf alle technischen Mittel anwenden, um das Wesentliche einer Gestaltung zu verstärken. Herausholen, was drin ist, sagt Fred. Unwesentliches weglassen, phantastische Wirkungen erzielen, durch besondere Auswahl des Ausschnitts und durch Lichtkontraste. Ist das dann Kunst? Der Betrachter soll mehr sehen können, als tatsächlich im Bild vorhanden ist, so daß er in einer unbewußten und blitzartigen Wahrnehmung Dinge zu erblicken glaubt, die nur in seinem eigenen Inneren verwahrt liegen. Dunkelkammererfahrung.

Was verstehen die Buddhisten unter dem Wort Erleuchtung? Hab irgendwo den Satz gelesen: »Der Maler als der Verkünder der inneren Zeichensprache!« Gilt das nicht auch für uns? Wir haben viele Fotos von den Dächern gemacht, diese geschachtelten Mansarden, Vorsprünge, Balkone, voll mit Blumentöpfen. Eines der großen Themen: »Unter den Dächern von Paris!« Das größte Thema aber sind die Menschen. Was mich am meisten beschäftigt: die Zeichensprache der Gesichter!

16. 4. 65

Hallo Vater, Mutter,
ich war eine Woche in Dresden, es gab wieder Nervosität im Haus, beide gereizt und das miese Wetter dazu, da

sagt Fred, weil sonst immer er den »Hut nimmt«: »Fahr doch endlich weg für ein paar Tage!« Und da hab ich zugeschlagen. Eine Fahrt ins Blaue. Wollte immer schon den berühmten Dresdner Zwinger sehen. Nahm ein Hotelzimmer und ging tatsächlich jeden Abend ins Theater. Tagsüber trieb ich mich in der Stadt herum und in der Galerie. Das Theater ist dort leider nicht umwerfend. Vier Stunden lang hab ich mich von ›Don Carlos‹ berieseln lassen, danach war ich endgültig mit Schiller fertig. Mich packen seine Figuren nicht, das sind keine lebendigen Menschen, nur Ideenträger. Aber gewiß liegt es auch an der Aufführung, Berlin hat doch die besseren Darsteller. Dann hab ich mir ›Schwanensee‹ angetan, zum erstenmal auf der Bühne. Leider hatte ich eine Fernsehaufzeichnung mit der Uljanowa im Hinterkopf. Dagegen kommt niemand an. In der Galerie war ich wie erschlagen von Raffael. Die Sixtinische Madonna hat das ergreifendste Frauengesicht, das ich je gesehen habe. Aber von Malerei versteh ich leider auch nix, kann nur gefühlsmäßig urteilen. Am schönsten der Mozart-Abend: ›Don Giovanni‹, übrigens auch eine großartige Geschichte. Unter den sonst mittelmäßigen Darstellern wenigstens Theo Adam in der Titelrolle.

17. 4. 65

Mitternacht. Mein alter Fred ist noch nicht von seiner Lesung zurück, irgendwo hinterm Mond. Leider bin ich noch ganz munter, hab nachmittags viel Kaffee getrunken, mit Sylvia D., sie hat ihrem Herzen Luft gemacht und mir alles erzählt. Zwei Stunden lang. Was für eine Ehe! Sie will eine rasche Scheidung haben, aber der Mann wehrt sich dagegen. Hat wohl Angst vor dem Alleinsein. Wer nicht. Er hängt auch an den Kindern. Alle leiden wie verrückt. Besonders die drei Mädchen. Ehe kann eine Hölle sein, und alle kommen zu mir, als könnte ich ihnen helfen. Aber schon das Reden hilft. Natürlich, was sonst ...

18. 4. 65

Du machst Dir Sorgen, lieber Opa, daß die viele Fotografiererei die Kinder eitel machen könnte. Und diese »Begabtenklasse«, von der Du redest und in die wir Kitty stecken sollten, die würde nicht eitel machen oder zur Selbstüberschätzung führen? Das ist es, was ich nicht aus den Augen verlieren möchte, das richtige Maß. Verstehst Du? Reden wir in einem Jahr oder in zwei Jahren weiter, und wollen sehn, ob Kitty dann noch immer so weit über den Durchschnitt ihrer Klasse ragt und ob sie dann noch in ihrer Entwicklung durch die schwächeren Schüler »gehemmt« wird, wie Du meinst. Eine Elitetheorie ist mir greulich, und ich glaube, daß sie Euch ebenso greulich war, solange es sich nicht um Kitty handelte. Außerdem denke ich mitunter daran, wie ich selber jahrelang glaubte, ein besonderer Mensch zu sein. Bis man mit dreißig schön langsam drauf kommt, daß man sich nicht im geringsten von der Masse unterscheidet. Und dann ist dieser Hochmut restlos dahin.

Ich werde mich hüten, für meine Kinder irgend etwas Besonderes haben zu wollen. Sie sollen sich in dem Leben, in das sie gestellt werden, auf anständige Weise behaupten, das ist alles, was ich wünsche. Dabei werde ich jede Neigung fördern und mich natürlich nicht in den Weg stellen, wenn sie von alleine mehr leisten wollen oder studieren.

19. 4. 65

Heute, als ich Berti abhole, erzählt mir unsere hübsche, dralle Kindergärtnerin Heidi freudestrahlend ihren großen Erfolg: Die Kinder haben gezeichnet. Sie sollten ein kleines Wohnhaus zeichnen, so wie die meisten Häuser in Kleinmachnow. Nach zwei Stunden Arbeit ist es ihr gelungen, sagt sie, die Kinder dazu zu bringen, das gleiche Haus zu zeichnen, alle im gleichen Maßstab. Ich war so perplex, daß ich kein Wort sagte, aber Fred hat sich furchtbar aufgeregt. Warum geht er nicht hin und sagt etwas?

Kinder kommen mit Phantasie auf die Welt, solange sie noch nicht mit dem »wirklichen Leben« und den »wissenschaftlichen Erkenntnissen« des Sozialismus in Berührung kommen. Von den ersten Stunden an, in Kindergarten, Schule, Lehrbetrieb wird die Phantasie unterdrückt, werden ihnen Klischees und Hemmungen anerzogen. Nur ja nicht reden, sich die Noten nicht verderben. Die Eltern erziehen ihre Kinder genauso, daß sie zu Anpassern werden. Nicht auffallen! Nicht widersprechen! Den Normen Genüge leisten! Eigene Gedanken sind verdächtig. Charaktere, Persönlichkeiten gibt es auch unter Kindern, und was für welche! Aber sie fallen aus der Norm und sind unbequem. Der Nivellierungsapparat setzt sich in Aktion. Das ganze Schulsystem, die Lehrbetriebe sind falsch angelegt, denn es wird nur auf Drill, auf Dressur geschaut, alles Schöpferische wird unterdrückt, Eigeninitiative hat kaum Chancen sich zu entwickeln!

22. 4. 65

Für den Artikel über Kirchweger danke ich Euch. Was für eine Demokratie ist das, wenn Studenten einen alten Mann ungestraft totschlagen dürfen, weil er ein Widerstandskämpfer und ein Linker ist, und das auf offener Straße, während einer Demonstration. Wer steht hinter diesen Studenten? Wir waren ebenso erstaunt darüber, daß man ihm solch ein Begräbnis machte und im ganzen

Land Trauerminuten abhielt. Das scheint ermutigend, weckt aber auch wiederum Mißtrauen. Schaut sehr nach einem bestellten Alibi aus, das man sich dem Ausland gegenüber geben möchte. Wir glauben nicht dem Anschein, die Nazis sind wieder da, haben ihre Vereine, ihre Versammlungen, ihre Sprecher und Zeitungen und hetzen in aller Offenheit gegen die Juden und gegen die Kommunisten, wie eh und je. Fred meint, man hält sich die Nazis wieder, wie man sich bissige Hunde hält, um das Tor vor den Roten zu schützen! Ich kann mir nicht vorstellen, daß es so schwer wäre, die Täter zu fassen, da man doch die Fernsehbilder hat. Wird man sie fassen? Und was kann ihnen überhaupt geschehen. Anklage wegen Totschlags? Oder würde so ein Prozeß wieder im Sand verlaufen, wie wir es schon gewöhnt sind. Der Faschismus wurde in Österreich nie wirklich ausgeräumt!

Vietnam macht uns allen ebenso Sorgen. Das Westfernsehen zu verfolgen ist in diesen Wochen eine beschämende Angelegenheit. Nahezu alle Sendungen im übelsten Jargon *für* den Krieg oder so verwirrend, daß der kleine Mann nichts mehr versteht. Ich muß Schluß machen, heute viel zu tun, Einkaufen, Besorgungen, dies und jenes. Wann werde ich wieder zum Studieren kommen? Übrigens wird aus unserer angekündigten Thüringenfahrt nichts. Heute ein Absagebrief. Fred ist froh darüber, zu viele Einladungen, Lesungen, Besuche. Und er darf keinen Tag Arbeit verlieren!

Unsere liebe Nachbarin Tante Bigge läuft mit einem umwerfenden Bauch herum und ist grantig, weil sie es satt hat!

Zwei Stunden später.

Na bitte. Während ich Euch schrieb, hat Brigitte schon ihre Wehen gehabt. Eben kommt Mama Schippel aufgeregt rüber, ob der Wagen bereit steht. Und es regnet, regnet immerzu und ist saukalt! Also, bald haben wir im Nachbarhaus Kindergeschrei. Große Freude im Lande!

23. 4. 65

Hallo Winnie,
Du beneidest mich um meine Kenntnisse über Paris, aber das ist ein Irrtum. Fünf Monate sind nichts, auch fünf Jahre würden nicht ausreichen. Ich hab nur genascht von dieser Torte! Und wenn Du es genau wissen willst, ich erfinde mir mein Paris! Du gehst durch die Straßen und machst Bilder von Menschen, die du nicht kennst. Nur eine Ahnung von dem wirklichen Leben in den alten Häusern und den von gebratenem Lammfleisch, Knoblauch und Essig riechenden Gassen mit den schönen Namen, Rue du Cardinal, Rue des Écoles, Rue Saint-Jacques, Rue de Babylone. Wir hatten einmal ein Zimmer nahe der Place de la République, das uns Freunde zur Verfügung stellten, eine winzige Mansarde im sechsten Stock, ein ehemaliges Dienstbotenzimmer. Den Gang entlang gab es nur solche Domestikenstuben. Wir waren natürlich froh, brauchten nichts zu bezahlen, befanden uns im Zentrum und konnten das Zimmer beliebig lange benützen. Ein großes Bett, ein Schrank, ein Tisch und die Tür zum Balkon, in der Höhe des Daches. Wasserleitung und Klo draußen auf dem Gang. Und dort sah ich Betty, hab über sie eine Geschichte geschrieben, werde sie Dir erzählen. (Diese Betty hab ich allerdings nie wirklich kennengelernt!) Sie bewohnte ein Atelier, am Ende des langen Korridors, und ich sah sie gelegentlich in einem malerischen Kimono zur Waschküche gehen. Manchmal stand ihre Tür offen und ich hörte sie streiten mit ihrem jungen Freund. Sie war vielleicht vierzig, er fünfundzwanzig! Betty war natürlich Malerin, wie Du Dir denken kannst, und Fernand, so nenne ich ihn, vielleicht ein Playboy, obschon ich Dir nicht genau sagen kann, was das ist. Betty ist eine schöne und interessante Frau, in meiner Geschichte, und Fernand ein hübscher Bengel, arrogant, oberflächlich und brutal. Sie hat öfter Krach gemacht, nicht sehr laut und mit einiger Würde. Er

wurde jedesmal hysterisch und hat sie fürchterlich beschimpft. Er schrie, warf ihr die schmutzigsten Wörter an den Kopf, die man einer Frau sagen kann. Sie wird meist ganz ruhig und sagt ungefähr: »Geh doch, wenn es dir nicht paßt, wer hält dich, ich brauch dich nicht!« Dann tobt er kurz, nimmt seine Jacke und rennt weg. Zwei Stunden später ist er wieder da. Und dann feiern sie Versöhnung, eine alte Geschichte. Eine ziemlich abgedroschene Geschichte. Aber irgend etwas reizt mich daran, tiefere Schichten auszugraben, wie ein Archäologe. Zweimal hab ich die beiden auf der Straße gesehen, ein seltsames Liebespaar, einfach grotesk. Einige Male sah ich Fernand die Treppe heraufklettern, ächzend und schlapp wie ein Alter. Wenn er aber wieder fortging von ihr, lief er lustig die sechs Stockwerke hinunter, ein flottes Liedchen pfeifend! Man merkte, wie befreit der Schuft sich fühlte. Eine Szene nach der andern, eine Gemeinheit folgte der nächsten. Was war nun mit dieser Person, warum holte sie sich diesen gemeinen Kerl ins Haus, der sie hinterging, sie beschimpfte und ihr auch noch das Geld aus der Tasche grapschte? Hatte sie das nötig, oder nahm sie es als eine Art Sühne auf sich, dafür, daß sie selbst, als sie jung war ... Fühlte Betty Mutterneigungen für den Strolch, oder hatte sie früher selber nur alte Männer geliebt und hielt sich nun schadlos ... Eine triviale Geschichte, aber in den Gegenden und Häusern, wo wir wohnen, triffst du meist nur auf miese Typen, Huren und Zuhälter, kleine Gauner und sonst nur eine unglaubliche Masse von armen Leuten, Kleinbürgern, Rentnern, oft still und bescheiden, wie Zuschauer des Lebens in dieser Stadt. Aber auch das ist Paris!

Für meine Betty-Geschichte hab ich noch keinen Schluß. Ich suche nach Gründen, warum sie das alles über sich ergehen läßt, suche eine Spur, einen Korridor in ihrem Bau, ein verborgenes Zimmer, wo sie niemanden reinläßt und sich zurückziehen kann, völlig auf sich selbst gestützt!

24. 4. 65

Winnie,
wie kannst Du so etwas Dummes sagen, weil ich manchmal den ganzen Tag lese oder schreibe, ist das doch keine Flucht. Im Gegenteil! Ich schreibe, weil ich mich selbst annehmen will und die Welt. Und weil ich herausfinden möchte, was das ist, was ich da annehme … Das Gute und auch das Schlechte. Das Leben und den Tod!

25. 4. 65

Und hat Winnie vielleicht doch recht, wenn sie mir, durch die Blume, meinen Hochmut vorwirft? Was ich da alles zusammenschreibe: Weil ich mich annehmen will! Wer fragt danach? Und woher nehme ich die Überzeugung, daß das, was ich tue, irgend jemandem nützt? Wie viele Frauen gibt es wohl in der Welt, die keine Zeit haben, auch nur darüber nachzudenken, die vor Hunger und Plage nicht einmal aufschauen können … Und würde man sie befragen, und wären sie in der Lage zu antworten, was würden sie sagen? Niemand fragt sie, ob sie das Leben annehmen wollen. Sie nehmen es an. Niemand erklärt ihnen, warum ihr Leben so ausweglos ist, grausam und oft langweilig. Sie leben es. Weil sie es nicht anders kennen!

Eine Sommernacht
In jener Nacht kam George von einem Kaffeehausbesuch mit seinen Freunden. Es war mild, und George ging schnell unter den üppigen Akazien, die im Laternenlicht giftgrün leuchteten. Vom Boulevard drang Motorengeräusch herüber.

Eine Frau kam ihm entgegen, so gemächlich, als schlenderte sie an erleuchteten Schaufenstern vorüber. Obwohl sie nicht attraktiv war, zwang ihn etwas, stehenzubleiben und sie anzuschauen. Helle, zaghafte Augen blickten ihn an, das blasse, unruhige Gesicht einer Rotblonden. Sie gehörte nicht zu der Art Frauen, die ihn interessierten.

»Kann ich etwas für Sie tun?« fragte er. Sie lächelte unsicher, faltete die Hände vor der Brust und sagte zögernd: »Nein . . ., ich weiß nicht.«

George nickte höflich und wollte weitergehen, da sagte ihre dünne Stimme hastig: »Verzeihen Sie, wenn Sie es nicht mißverstehen und wenn Sie Zeit haben, würde ich gerne mit Ihnen reden.«

Jetzt war er verstimmt, weil er sich mit dieser Person, die nicht einmal jung war, eingelassen hatte. Er hob die Schultern und sagte kühl: »Ja bitte. Wo denn?«

Sie zog ihren kleinen Kopf ein, schaute ihn verzweifelt von der Seite an, die dünnen Finger über der Brust verkrampft, und antwortete lächelnd: »Ich weiß nicht . . ., Sie werden mich mißverstehen. Es ist nur, weil ich noch mit niemandem gesprochen habe, seitdem ich hier bin. Ich bin erst seit vier Tagen in Paris . . . Vielleicht können wir zu mir gehen, wenn es Ihnen nichts ausmacht?« Und sie begann eilig vor ihm herzutrippeln. Er sah, daß sie mager war und schmal, aber irgend etwas an ihr erregte seine Anteilnahme; die zarte Linie ihres Halses, die Schulter vielleicht, auch ihre hellen Augen, die warm und ängstlich aussahen, und ihre dünnen, aufgeregten Hände. Sie sagte hastig: »Ich möchte auf keinen Fall, daß Sie mich mißverstehen.«

»Aber nein, ich mißverstehe Sie schon nicht«, entgegnete er, belustigt über diesen seltsamen Nachtvogel. Sie lief nun stumm an seiner Seite, den Blick auf das Pflaster geheftet. Vor dem kleinen Hotel in der Rue Monet, das er schon kannte, schaute sie ihm scheu ins Gesicht und sagte höflich: »Bitte . . .«

Vom Portier verlangte sie mit erstaunlich sicherer Stimme und hochmütigem Blick den Zimmerschlüssel. Sie lief vor George die steilen Stufen bis in den vierten

Stock hinauf, ohne atemlos zu werden, und legte den Finger auf den Mund. Eine Nachtlampe brannte im Zimmer, in dem breiten Bett schliefen zwei Kinder, ein Junge, halbnackt, mit langen kräftigen Gliedern, und neben ihm ein kleines Mädchen, das Gesicht von langem, rotblondem Haar bedeckt.

Im ersten Augenblick fühlte George sich genarrt, trotz ihrer ständigen Bitten, sie nicht mißzuverstehen. Er spürte, wie er in etwas hineingeriet, das er nicht durchschaute, dessen Ende nicht abzusehen war. Er dachte an seine Frau, an ihr ironisches Gelächter, wenn er ihr diese Geschichte erzählte. Sie fand seine Erlebnisse schon seit einiger Zeit komisch; wahrscheinlich weil ihr nicht mehr viel an ihm lag. Aber nun entdeckte er erstaunt, daß ihr Spott ihm diesmal nicht gleichgültig sein würde, und er beschloß, ihr nichts zu sagen, egal, was geschehen sollte.

Die Frau hatte indessen den Jungen zugedeckt, einen Blick in den Spiegel geworfen und ihr Haar flüchtig geordnet. Jetzt hockte sie sich neben ihn auf das andere Ende des schäbigen Diwans, die Hände um die Knie geschlungen, als friere sie.

Er betrachtete sie erwartungsvoll, ihre sommersprossigen Wangen, ihre spitzen Knie, die schönen langen Zehen, die sauber und weiß auf dem blauen Diwan lagen, und er lächelte ihr freundschaftlich zu. Das kleine Mädchen quietschte im Schlaf, und die Mutter blickte sich erschrocken im Zimmer um. George sah zwei halb geöffnete Koffer, neu und billig, und es war ihm, als wüßte er ihre ganze Geschichte.

»Ich heiße Annie«, flüsterte die Frau. Mit den mageren Händen rieb sie die Knie, strich über die Beine und schaute dabei George an, als hinge ihr Schicksal von ihm ab.

»Sind Sie aus Paris?«

»Nein«, antwortete George, »aus dem Midi.«

Sie schien ein wenig bekümmert darüber. »Aber Sie sind schon lange in Paris, nicht wahr?«

»Ja«, sagte George, »schon lange.«

Ihre hellen Augen strahlten ihn an, dann blickte sie verwirrt auf ihre Hände, ihr Mund zitterte. Er fühlte, daß es ihr plötzlich schwer wurde zu erzählen. Aber eine angenehme Müdigkeit hinderte ihn, ihr zu helfen. Er lächelte nur träge und ein wenig verwundert über ihre Zutraulichkeit.

»Ich bin am Montagmorgen von Bresles weggegangen. Aber Sie dürfen mich nicht für leichtfertig halten, Monsieur, das bin ich nicht.«

Da er schwieg, rückte sie näher, schaute ihm von unten ins Gesicht, als wollte sie sehen, ob er schliefe, und wiederholte eindringlich: »Monsieur! Ich bin nicht leichtfertig! Seit zwölf Jahren ist mir der Gedanke nicht aus dem Kopf gegangen, daß ich aus Bresles wegmüßte. Aber immer war jemand da, den ich nicht allein lassen konnte. Die Tante – sie ist so langsam gestorben, sie hat mich keine Stunde aus den Augen gelassen. Dann die Mutter meines Mannes. Sie können sich nicht vorstellen, wie sie mich gequält hat mit ihrer Eifersucht. Vor drei Wochen starb mein Vater. Jetzt ist niemand mehr in Bresles, der mich halten kann.«

Sie war etwas heftig geworden, und der Junge setzte sich im Bett auf und starrte schlaftrunken auf seine Mutter. Aber er schlief sofort wieder ein, und Annie flüsterte nach einer Weile: »Seinetwegen bin ich gegangen, vor allem seinetwegen. Er hat schon angefangen, sich wie sein Vater zu benehmen. Stellen Sie sich vor, er brüllt mit mir, wegen jeder Kleinigkeit, als wäre ich ein Hund. Er lügt wie sein Vater, ganz geschickt lügt er schon, das macht mich verrückt. Ich hätte längst fortgehen sollen. Martine ist noch ein Engel, wirklich, und zu ihr war mein Mann auch ganz nett. Sie werden einander vermissen.«

Sie verstummte mit einem schweren Seufzer. Draußen rauschten die Akazien im Nachtwind.

»Darf ich Sie etwas fragen«, sagte Annie nach einer Weile und lächelte schüchtern. »Sie sind so freundlich zu mir, nicht wie die anderen, mit Ihnen kann man reden . . .

Wissen Sie, bei uns daheim erzählt man sich, in Paris kann jeder Mensch im Handumdrehen einen Partner finden. Halten Sie das für möglich?«

»Aber sicher«, sagte George und versuchte, ernst zu bleiben, »natürlich werden Sie einen finden.«

Es schien, als wäre das vorläufig alles, was Annie wissen wollte. Zufrieden ließ sie die Arme sinken und streckte die Beine aus. Dann blickte sie schnell auf George und kicherte wie ein Schulmädchen.

»Mein Mann wird Augen machen, wenn er meinen Zettel findet. Das hat er nämlich nie von mir gedacht. Stellen Sie sich vor«, rief sie amüsiert und wiegte ihren Kopf wie ein Clown, »stellen Sie sich vor, als ich zu ihm gesagt habe: ›Der hat ein Auge auf mich geworfen‹, hat er nur gelacht, weil er gewußt hat, daß er sich blind auf mich verlassen kann. Ach, ich war ja so dumm, so dumm! Schämen muß ich mich über soviel Dummheit!«

George empfand es plötzlich als vertraut und angenehm, über ihre Haare zu streichen. Und als sie den Kopf in seine Hand drückte, kam sie ihm wie eine Katze vor, die endlich jemandem begegnet war, der sie kraulte. »Ich hab zu ihm gesagt: ›Paß nur auf, ich werde dir davonlaufen, wenn du so weitermachst, eines Tages werde ich mir einen anderen nehmen.‹ Darüber hat er am meisten gelacht.«

George hatte den Arm um ihre Schulter gelegt und streichelte sie behutsam, während sie redete. Es schien ihm, als müßte er sie loben, weil sie den Mut gehabt hatte, ihr Dorf zu verlassen. Als hätte sie es seinetwegen getan!

Endlich schwieg sie, sah sein Lächeln und sagte ernsthaft: »Sie sind ein freundlicher Mensch. Und Sie haben sehr gute und schöne Augen. Sie sind mir gleich aufgefallen. Sie dürfen nicht denken, ich hätte jeden mitgenommen. Und Sie müssen begreifen: Es war so wichtig für mich, endlich etwas zu unternehmen. Ich muß ihm doch beweisen, daß er keinen Grund zum Lachen hat, daß ich noch zu allerlei imstande bin . . .«

Als George sie an sich zog, blickte sie ihn erschrocken an und stemmte sanft die Hände gegen seine Brust.

Dann lag sie bis zum Morgen regungslos an seiner Seite, in die weiße Decke gehüllt, die nach Hotelwäsche roch, aber auch schon ein wenig nach ihm. Als George aufwachte, rührte sie sich noch immer nicht.

»Kleines Mädchen«, sagte er zärtlich.

Sie wandte den Kopf und schaute ihn verwundert an. Dann stand sie auf, zog schnell ihr kurzes Hemd an und ging zum Bett der Kinder hinüber. Er sah gerührt ihren knabenhaften Körper, der sich im Dämmerlicht über die Kinder beugte. Durch das offene Fenster drang schon die Wärme des Sommermorgens, und die Tauben gurrten unter dem Dach. Und während sie ihm ruhig die Kleider ans Bett brachte und in ihren Augen viele Fragen waren, empfand er bestürzt eine ungewohnte Verantwortung für diese Frau, die nicht attraktiv war und keiner seiner Geliebten glich.

26. 4. 65

Hallo Winnie,
wir waren im Kino, haben dann abends noch stundenlang über den Film geredet und konnten nicht schlafen, so aufregend war das. ›Die Singdrossel‹ heißt der Film, von Otar Josseliani, spielt in Georgien, in Tbilissi, handelt von einem jungen Mann, der nicht in der Lage ist, Ordnung in sein Leben zu bringen, der nicht arbeitet, sondern den ganzen Tag durch die Stadt läuft, übrigens offenbar eine reizvolle Stadt, und Freunde besucht. Ein Film über den sowjetischen Alltag, heißt es. Alle anderen arbeiten, bemühen sich, denken auch an Karriere oder an die Familie, nur der junge Mann setzt sich ins Café, quatscht Mädchen an, geht von einem Bekannten zum andern, verbreitet Neuigkeiten, Nachrichten, Gerüchte, scheinbar völlig ohne Sinn. Manche Leute werden wü-

tend, zerfetzen sich das Maul über ihn, aber niemand kann ihm ernstlich böse sein, denn er bringt etwas mit, irgend etwas. Am Schluß stirbt der junge Mann an einem Unfall. Nun höre, was der Autor dazu sagt: »Wir haben einen Film gemacht darüber, welche Art zu leben richtig ist. Ist es richtig, alles nur auf den Nutzen von Handlungen auszurichten, oder kann man geistige Reichtümer und sein Talent auch in den Wind streuen, um jedem Menschen in seiner Umgebung Aufmerksamkeit zu widmen und niemandem seine Wärme zu verweigern? Vom gesellschaftlichen Standpunkt aus ist der Mensch, der im Laufe eines Tages, ja seines ganzen Lebens nichts Brauchbares geschaffen hat, eigentlich eine negative Erscheinung. Aber ist er es auch, wenn er zugleich von allen Menschen gebraucht wird, wie etwas, das zum Leben notwendig ist? Ich denke, daß es solche Probleme gibt, sonst würde ich mich nicht mit ihnen beschäftigen.«

26. 4. 65

O ja, ich mach das auch, ich mache das Essen, die Wäsche, die Betten, sogar Fenster putzen und Einkaufen gehen und hundert andere Sachen. Ich mache es meist rasch, mechanisch und nicht so ordentlich, wie es sich vielleicht gehört. Weil der Kopf arbeitet. Während ich am Boden liege und die verdammten Bretter schrubbe (was selten geschieht, ich gestehe!), arbeitet der Kopf. Ich denke zum Beispiel daran, wie viele Frauen jetzt wie ich am Boden liegen und den Dreck für die lieben Kinderchen und den Mann wegputzen! Und merkt es eigentlich jemand? Morgen ist der Dreck wieder da. Merkt eigentlich jemand, wieviel diese Frauen von sich selbst zerstören? Ich bedaure mich und die anderen Frauen. Und sinne nach einem Ausweg. Dabei stütz ich mich auf und mach eine Pause. Und beobachte Leute, die draußen vorübergehn. Der Kopf arbeitet. Und während ich am

Boden liege und schrubbe und eine Pause mache, kann ich nicht verhindern, daß ich zu der fremden Frau, die draußen ein wenig krumm vorüberlatscht, eine passende Geschichte erfinde! Meschugge.

Fred sagt manchmal, wenn ihm ein junger Autor eine Arbeit bringt, damit er sie beurteilt: In der Welt gibt es tausend schöne Berufe, die den Mann ernähren. Warum willst du Schriftsteller werden? Um Schriftsteller zu werden, muß ein Mensch meschugge sein!

27. 4. 65

Fred erzählt mir heut eine ziemlich romantische Story. Er steht an unserer Hauptstraße und wartet auf den Bus. Neben ihm eine ältere Frau, ganz in Schwarz, mit einem strengen Gesicht. Plötzlich sagt sie zu ihm: »Haben Sie gesehen ... da, da, ein Zug Kraniche, jetzt sind sie fort. Mindestens zwölf oder fünfzehn. Fliegen schon in Richtung Norden. Und genau heute vor zehn Jahren hab ich auch Kraniche gesehen. An dem Tag ist nämlich mein Mann gestorben!« Dann sei der Bus gekommen, erzählt Fred, und die fremde Frau sei eingestiegen, wieder völlig verstummt, mit ihrem abwesenden, strengen Blick. Einmal nur mußte sie reden! Er aber habe die Kraniche nicht gesehen, sagt Fred, doch die Frau habe keineswegs wie eine Verrückte gewirkt, es habe ganz vernünftig geklungen und fast sanft, sie habe völlig gelöst gewirkt und ein wenig euphorisch, aber nicht etwa von Sinnen!

Sie hat die Kraniche wirklich gesehen. Und ihr Mann ist vor zehn Jahren wirklich gestorben, solche Sachen erfindet man nicht! Sagt Fred. Und seither ist sie ziemlich versteinert. Weil sie allein ist. Eine alte, einsame, versteinerte Frau. Aber eine wirkliche Frau.

Dieses ganze Leben zieht vorbei, und es war nichts.

19. 6. 65

Ich bin schön rund geworden, im Werder-Obstladen marschiere ich frech an den in langer Schlange stehenden Leuten vorbei nach vorne. Es gibt Erdbeeren und frische Zwiebeln, sonst nix. Und jeder guckt prüfend auf meinen Bauch, den ich vorstrecke, weil noch nicht viel zu sehen ist. Aber niemand murrt. Auch sonst ist alles beim alten, ich hab keine besonderen Stimmungen, und Fred hat's nicht schwer mit mir. Nur eines – ich bin manchmal überempfindlich, sentimental, gereizt, aufgekratzt, auch wenn ich lese, fernsehe, alles regt mich auf. Ich las das wunderbare Buch von Schwartz-Bart ›Der Letzte der Gerechten‹. Und als ich das Buch weglege und mich in Freds Zimmer umsehe, die Kleider in seinem selbstgebauten offenen Schrank erblicke, da gibt es eine Art Kurzschluß. Das Bild der Gaskammer mit den Kleidern an den Wänden! Und da überkommt mich ein nie gekanntes Gefühl von Zeitlosigkeit. Nichts ist Vergangenheit. Alles ist irgendwo stehengeblieben. Und zum erstenmal glaube ich fast körperlich Freds Leiden im Konzentrationslager zu spüren. Seine Kleider an der Wand sind wie eine Mahnung. Als wüßte ich plötzlich alles über jene Zeit, hätte es selbst gesehen. Und eine rasende Angst überkommt mich. Du mußt etwas tun, etwas tun, aber was?

Ähnliche Gefühle, als ich in der Zeitung über diesen schrecklichen Autobusunfall der französischen Ferienkinder im Gebirge las – fünfzehn Tote! Und als der schwerverletzte Fahrer sagte: »Als ich die weiche Böschung unter den Rädern spürte, wußte ich, daß wir in den Abgrund stürzen!« Da wurde mir schlecht. Ich hielt mich am Stuhl fest und erlebte diesen Absturz, ebenso würgend wie das Grauen im KZ.

Die Nachrichten über Vietnam werden unerträglich, früher betrachtete ich die Fernsehbilder über den Krieg mit dem gleichen sachlichen Unwillen wie die anderen

Leute. Jetzt ist es eine körperliche Tortur, die ich vorher nicht kannte. Ich verwandle mich.

20. 6. 65

Wir waren gestern bei einem der üblichen Tanzvergnügen im Stahnsdorfer Hof, dem größten Tanzlokal für die Jugend in unserer Gegend. Und nur um einmal zu sehen, wie sich die Burschen und Mädel vergnügen. Was kommt da vielleicht auf uns zu, wenn Kitty und Berti das Alter erreichen? Und dann auch noch unser drittes Kind! Nur eine halbe Stunde haben wir es ausgehalten, irrsinnig laute Musik. Und der Saal voll Teddyboys, Halbstarke mit Beatles-Frisuren. Das hat sich also alles durchgesetzt. Alles, was aus dem Westen kommt, wird zunächst verpönt, von der Kanzel herunter verdonnert und verteufelt. Die ersten Träger von Jeans und die ersten Langhaarigen wurden auf den Straßen von Passanten beschimpft, bekamen Prügel angedroht. Jetzt erzeugen wir das alles in Eigenproduktion, und es hält sich hartnäckig, selbst wenn es drüben im Westen längst passé ist. Ich schaute ihnen fasziniert beim Tanzen zu. Keine Anmut, nichts, was das Auge erfreuen könnte. Und schon gar nicht das Ohr. Aber was gilt schon unsere elitäre Meinung. Einen Jungen fand ich besonders abstoßend, er hatte in all seinen Bewegungen den amerikanischen Mann gut erfaßt. Danach gingen wir schweigend durch die dunklen Gassen. Was für eine Nacht. Fürchterliche Träume. Alle diese Gestalten, diese harmlosen, mageren, bedauernswerten Kinder bedrohen mich.

21. 7. 65

Ate, Ernst, Ihr Lieben,
Fred ist diesmal ziemlich niedergeschlagen aus Paris zurückgekommen. Wir haben einen langen Waldspaziergang gemacht, und er hat mir alles erzählt. Er findet, das Zentrum von Paris sei nur noch ein Touristenjahrmarkt, eine Fleischbörse, ein Puff! Wahrscheinlich übertreibt er wieder einmal maßlos. Und ich finde es sehr traurig, daß ich nicht mitkommen konnte. Wie gerne wäre ich bei Euch gewesen, miteinander gute Sachen essen und trinken, viel lachen, viel reden, auch über meinen Bauch! Und wie das mein ganzes Leben verändern wird! Nun besteht erst einmal wenig Hoffnung auf ein baldiges Wiedersehen, denn ich werde niemanden haben, dem ich die Kinder anvertrauen kann, schon gar nicht drei! Bei Kitty habe ich vieles versäumt, sie war zwei Jahre bei meinen Eltern in Wien, während wir uns in dieses Abenteuer stürzten, hier ein produktives Leben anzufangen. Gewiß die schönste Zeit, die ich bei Kitty versäumt habe, und mich plagt das schlechte Gewissen. Man kann es nicht nachholen, es ist vorbei! Bei Daniel werde ich es ganz anders machen. Übrigens bleibe ich bei diesem Namen, auch wenn er angeblich passé ist, wie Du meinst oder welche Gründe Ihr sonst dagegen habt. Nur weil Eurer auch so heißt? Mir gefällt Daniel, es klingt schlicht und sehr zärtlich, finde ich.

Danke für die weiße Bluse, sie paßt genau und verdeckt gut meinen Bauch. Ich werde schnell rund, und ich freue mich unbeschreiblich auf alles. (Ich hatte ja geglaubt, ich werde kein Kind mehr bekommen dürfen, wegen Rhesusfaktor negativ, jetzt sagen alle Diagnosen, es sei okay, um so größer die Spannung!) Kitty schlug mir gestern den Namen Sabine vor. An einen Jungen wollen die beiden überhaupt nicht denken! Hat Euch Fred erzählt, daß ich gelegentlich für eine Zeitung Gerichtsreportagen schreibe? Vor allem Scheidungsgeschichten, ein trauriges Kapitel. Die Statistik weist hohe Zahlen auf, und es sind hauptsächlich die Frauen, die um Scheidung einreichen. Wenn das nicht ein Erfolg ist? Die Menschen entwickeln sich, und die Frauen sind auf einigen Gebieten weit voraus. Sie langweilen sich in der Ehe. Das wird doch hoffentlich in den Köpfen der Männer etwas bewirken?

22. 7. 65

Winnie,
Du fragst mich, warum wir hier leben, wo wir doch genausogut in Wien oder sonstwo in der Welt leben könnten? Meine Antwort kann nur sehr subjektiv und unfertig sein. Es gibt mehrere Gründe, warum man sich für das eine oder das andere entscheidet. Und genauer betrachtet ist es keine Entscheidung, manchmal Fügung, Zufall, Laune. Vielleicht auch Blindheit und Unwissenheit? Immer wenn wir zurückblicken, entdecken wir Dinge, die wir nicht gesehen haben, obschon sie offen vor unseren Augen lagen. Aber das sollst Du nicht als Entschuldigung oder Zweifel ansehen. Wir bereuen es nicht, haben unser Leben hier akzeptiert! Und jetzt, wo ich wieder ein Kind bekomme, wird die Frage lauten – was ist für die Kinder am besten? Fred hat sich irgendwo einen Satz abgeguckt: »Überall leben Menschen, und wo Menschen sind, kann auch ich sein!« Wir haben hier viele gute Freunde gefunden!

15. 11. 65

Christl, Herbert, guten Tag,
ich schreibe nur deshalb so prompt zurück, weil ich mich wirklich über Eure sechs dicken Seiten gefreut hab. Nur mit der »reibungslosen Geburt«, lieber Bruder, muß ich

Dich enttäuschen. Hab mir zwar die Sache in einem Kurs gründlich erklären lassen, und hab auch die Absicht, alles mit Würde zu ertragen, aber ganz ohne Reibung ist die Angelegenheit nicht durchführbar. Nimm's nicht so tragisch, denn ausgehalten haben es bisher die meisten Frauen! Ich fühle mich auch ganz wohl dabei, nur der Ischiasnerv nervt mich, und unsere abendlichen Spaziergänge sind im Eimer. Fred tippelt allein und führt wohl Selbstgespräche, da er keinen Partner hat. Mit Deinen Zeilen, lieber Bruder, bin ich einverstanden, was nämlich die neue Generation betrifft, alles Egoisten, Opportunisten, Karrieristen und all der Parteienkram, den Ihr also dort auch habt! Aber wenn alles reibungslos verliefe, wäre es wahrscheinlich ziemlich langweilig in dieser Welt.

Den letzten Kriegsverbrecherprozeß bei Euch haben wir in den Nachrichten verfolgt, ich hätte nie mit einem solch milden Urteil gerechnet, bei diesen schrecklichen, nachweisbaren Verbrechen. Aber die Opfer sind immer im Nachteil, weil man Tote nicht vors Gericht laden kann, während die wenigen überlebenden Zeugen von weit her geholt werden müssen, dann angesichts der Täter nervös werden, sich ungeschickt verhalten und obendrein wenig Deutsch reden können, so daß auf diese Weise für das unwissende Publikum ein äußerst schlechter Eindruck entsteht. Davon profitieren die Täter und ihre Gönner. Die Nazis stehen fein da, feist gewordene Bürger, satt und gepflegt. Es ist ihnen in all den Jahren gutgegangen, und es wird ihnen weiter gutgehen, man wird ihnen kein Haar krümmen. Wobei ihnen das goldene Wiener Herz entgegenschlägt!

Noch einmal zu dem leidigen Namensproblem, ich kann leider Vaters Einstellung nicht teilen. Bei mir werden keine religiösen Empfindungen geweckt, egal, ob jemand Maria oder Josef heißt. Für mich ist Daniel einfach ein schöner biblischer Name. Genauso »arg, wie Golddukaten tragen«, meint unser lieber Papa? Ich finde, die Monarchie ist heute so weit von uns entfernt, daß das Tragen von Golddukaten durchaus keine Demonstration für den Kaiser bedeuten muß! Es gibt gute und schlechte Traditionen, das stimmt. Aber gegen biblische Namen ins Feld zu ziehen, halte ich für Bilderstürmerei!

Nein, keine besonderen Wünsche für Weihnachten, Tradition hin und her, wir beschenken uns mit kleinen praktischen Dingen. Das ist der Vorteil einer Mangelwirtschaft, man freut sich wieder über ganz kleine Geschenke. Die Kinder haben längst begonnen, für Weihnachten zu arbeiten, winzige Basteleien, Zeichnungen, Papiermännchen. Die Zeit der »Geheimnisse« ist wieder da, besonders Berti hat da einen ausgeprägten Fimmel, nirgends darf ich rein und Gott behüte keine Schubladen öffnen! Soviel Unschuld!

Ich geh jetzt einkaufen, unsere HO hat sich verbessert. Ein neuer Verkaufsstellenleiter, der unwahrscheinlich viel Ware herbeischafft, Fleisch und Gemüse wie nie zuvor. Unsere Kellerräume sind voll mit Kohle und Koks. Ich will Euch nur zeigen, wie reich wir sind, richtige Bourgeois, mit Haus, Garten und Auto. Schrecklich, nicht?

6. 12. 65

Guten Tag, meine Lieben!
Die Kinder haben eben ihre Gummistiefel, die am Fenster standen, voll mit guten Sachen von Euch ausgeleert und haben Jubelschreie hören lassen, wie es sich gehört. Jetzt sind sie zur Schule losgestapft, bei einem ordentlichen Sturm. Kitty geht nachmittags ins Theater, das heißt nur die zehn Besten der Klasse, darauf ist sie sehr stolz. Fred ist nach Berlin gefahren, tausend Wege erledigen und mit dem Verlag über sein neues Buch verhandeln. Morgen wird er für eine Woche ins Schriftstellerheim fahren, um die letzten Seiten zu schaffen, sonst wird das ein ungemütliches Fest, und ich kann nicht beruhigt in

die Klinik gehen. Daheim hat er es wirklich schwer, macht dies und das, sorgt sich um alles und leidet ständig darunter, daß er mit seiner Arbeit nicht weiterkommt. Ich weiß nicht, ob Du recht hast, Mutter, mit Deiner Berechnung für den Geburtstermin. An den 20. Jänner glaub ich nicht recht. Wenn das ein Bub wird mit Freds unruhigem Charakter, kommt er drei Wochen zu früh! Ihr seht, es ist alles in bester Ordnung wie immer. Meine Putzfrau kommt einmal wöchentlich, aber Tante Bigge von nebenan macht sich tätig bemerkbar und hat auch Babywäsche gespendet. Wir freuen uns auf Euer Kommen!

II

3. 2. 66

Christa,
ich trag seit einigen Tagen einen Brief an Dich im Kopf spazieren, aber zum Schreiben fehlt mir die Ruhe, in diesem meschuggenen Haus. Meine Eltern sind hier und haben viel Hilfe und Hektik mitgebracht. Nebenan quietscht mein Sohn, er kann nie genug kriegen, trinkt viel zuviel, warum hat er es so eilig, groß zu werden? Auf dem Foto ist er zwölf Tage alt, sieht er nicht schon recht gescheit aus? Er sieht vor allem seinem Vater ähnlich, senkt auf die gleiche müde und arrogante Weise die Augenlider, wie ich finde, und hat die gleichen Würschtelfinger. Du mußt ihn Dir bald anschauen!

Ich hab's dem Fred sehr übelgenommen, daß er alle Freunde von meinem Wochenbett ferngehalten hat. Ich war sehr enttäuscht, als er Sonntag ohne Dich ins Krankenhaus kam, denn ich hab Dich sehr lieb, und außerdem hast Du eine sympathische Einstellung zum Kinderkriegen! Einige Leute haben sich gar nicht freundlich verhalten, von völliger Ignoranz bis zu jenem lächerlichen Trara, als hätt ich mir nur einen Affen zum Spielen angeschafft.

Na egal, im Moment füllt mich dieser kleine Fred völlig aus, und wie es weitergehen soll, weiß ich nicht genau. Es wäre alles sehr einfach, wenn ich mich nicht immer dagegen auflehnte, weniger Freiheiten als ein Mann zu haben. Das wird sicherlich ein Jahr ohne Reisen, ohne

Theater und schöne Besuche. Fred fährt Montag nach Rostock zu den Pietschmanns, die ihn mit einem ruhigen Zimmer in ihrer neuen Wohnung gelockt haben. Wie schrecklich gern würde ich mitfahren. Das Meer und die Stille wären gerade das richtige für mich, aber unsere Oma ist viel zu nervös, ich mag ihr den Dani noch nicht anvertrauen. Servus, Christa!

6. 2. 66

Hallo, alter Jules,
nun die letzte Neuigkeit, am 11. Jänner ist unser Daniel geboren, ein kleiner Wanderer. Hoffentlich wird er nicht wie wir zwischen zwei Welten wandern müssen! Fred ist gerade verreist, nachdem er volle sechs Wochen lang fest an das Haus gebunden war, eine für seinen Lebensrhythmus enorm lange Periode. Meine Eltern sind aus Wien gekommen und haben ihn befreit. Jetzt pendelt er zwar nicht zwischen den Welten, aber von Petzow nach Kleinmachnow hin und her. Du kennst ja seine Argumente, was die Rastlosigkeit betrifft, seine Vorfahren, meint er, seien Ziegenhirten gewesen. Wie gut, daß er uns nicht auf die Weide treiben kann. Na ja, er kommt trotzdem jeden zweiten Abend zu uns, wie seit jeher, wenn er nicht gerade außerhalb des Landes ist. Und nun ganz besonders, er ist sehr verliebt in den jüngsten Sproß! Das bringt viel Freude ins Haus, aber auch ständige Unruhe. Koffer auf, Koffer zu. Kitty hat noch etwas von dem Pfeffer, eine kleine Ausreißerin. Wie oft wurde sie von irgendwelchen Leuten zurückgebracht, Nachbarn, die wir kaum kannten, sieben Häuser weiter. Oder wir mußten auf die Suche gehen. Unser Berti ist ein gesundes Gegenstück, weiter als zehn Meter bewegt er sich nicht vom Bau. Wenn Papa ihn zu einem Spaziergang einlädt, fragt er sehr schlau, ob er die Absicht habe, weit zu gehen? Und wenn Fred sich für eine Reise fertigmacht,

möchte Berti jedesmal wissen, ob denn die weite Fahrt wirklich wichtig sei? Manchmal eine berechtigte Frage und schwer zu beantworten bei Freds Charakter. Er muß eben manchmal weg. Ohne Grund. Und Berti hält also die Familie zusammen, so gut es geht.

Weniger schön finden wir, daß der Verlag nun schon zwei Jahre lang auf unserem Manuskript sitzt und dieses verdammte Paris-Buch nun auch in diesem Jahr noch nicht erscheinen soll. Mangel an Kunstdruckpapier, wie es heißt. Wir haben so viel Mühe, Zeit und Begeisterung in diese Arbeit gesteckt, und nun warten wir und warten. Die Menschen werden müde und verlieren oft die Freude an ihren Unternehmungen, weil nix weitergeht. Alles wird abgefangen und gebremst, jede eigene Regung, jede Initiative. Alles muß durch zwanzig Instanzen gehen, geprüft werden, durchleuchtet, gemessen und gewogen. Zu viele Köche rühren an jedem Brei. Einen Trost haben wir, im Mai soll eine große Fotoausstellung unserer Paris-Bilder in Berlin eröffnet werden. Fred arbeitet schon daran.

Eben reicht mir der Postbote einen Haufen verspäteter Briefe herein. Darunter eine Nachricht von meinem allerliebsten Mann. Willst Du eine Kostprobe hören? »Jeden Morgen ein Kampf mit dem Drachen. Der Drachen heißt Müdigkeit und Gram. Das kommt alles von dem guten Leben! Hab eben einen Teller Nudeln mit Fleisch und viel Knoblauch verschluckt. Knoblauch ist nämlich nicht nur gut gegen den Vampir, auch gegen Trägheit! Und wie erlebst Du den Einbruch von Föhn in unsere Hemisphäre?«

16. 2. 66

Wie wir doch alle völlig verwandelt sind, wenn ein neuer Mensch geboren ist. Die Welt hat eine andere Farbe bekommen, das Geschrei ist skandalös, das gemeinsame

Essen gerät zum Zigeunerlager, jedes Gespräch eine Zerreißprobe. Mach das so, nein, mach das so! Fred ist indessen entzückt von meinen Brüsten, die zwar ein wenig überhängen, aber genau das liebt er, das Überreife, Üppige – der Orientale läßt sich nicht verleugnen. Ein Baby im Haus und große Zärtlichkeit, wie schön. Als ob alles in der Welt in Ordnung wär!

Ich beobachte Kitty mit Staunen und Entzücken, manchmal auch mit Bangen. Ihre Verliebtheit in dieses dicke Baby, ihre mütterliche Fürsorge und Neigung, dieses Kind zu verwöhnen, ihre Neugier und ihre helle Freude über jede neue Regung des Brüderchens berühren mich mit ein wenig Sorge. Sie lebt aus dem vollen. Sie trinkt seinen Anblick; wenn sie ihn zärtelt und küßt, ist es, als wollte sie in ihn hineinkriechen. Sie hat bereits ein Lied für ihn komponiert und ein Gedicht geschrieben. Eine starke sentimentale Ader, die man im Auge behalten muß. Ich beobachte ständig, wie sie Daniel betrachtet oder auch den Papa, sie kann sehr lange und tief versunken in Gesichtern forschen. Was geht im Kopf einer Achtjährigen vor? Ich fühle, wie ich dieses Kind nun erst entdecke, seitdem Daniel bei uns ist. Dieses unerwartete Licht.

Ihre Haare haben in letzter Zeit einen rötlichen Stich bekommen, ein Stück jüdisches Erbe, und es ist kräftig und schön. Ihre Augen sind übergroß und haben einen träumerischen Glanz. Sie liest viel und gierig, am liebsten phantastische Geschichten, und sie liebt Bilder von fremden Menschen mit bizarren Gesichtern. (Ein Buch über Indianer, das sie im Bücherschrank entdeckt hat!) Wenn Besucher kommen, setzt sie sich abseits, um diese ungestört betrachten zu können. Manchmal schreibt sie unaufgefordert mehrere Seiten voll, genau wie ich es als Kind machte. Große Beifallstürme, wenn Fred von einer Reise heimkommt. Sie hüpft dann und jauchzt und steckt alle mit ihrer Fröhlichkeit an.

Kitty hat von Fred die verrückte Neigung angenommen, sich selbst und anderen ständig neue Namen zu verpassen. Gestern, während ich oben in meinem Zimmer Wäsche bügle und Fred unten im großen Zimmer auf der Maschine tippt, höre ich, wie Kitty zu ihm hingeht, was sie sonst nicht tut, wenn er arbeitet, und mit entschlossener Stimme fragt: »Papa, wie heißt du?«

»No, wie heiß ich denn«, sagt er trocken und abwartend, offenbar ahnt er bereits eine neue Schrulle. »Fred heiß ich oder Krampus, wie du willst!«

»Jens heißt du«, schreit Kitty, »merk dir das einmal!« Sagt es und geht hinaus, indem sie die Tür hinter sich zuknallt, daß alles wackelt. Sie liest gerade ein neues Kinderbuch, in dem ein sympathischer Jens die Hauptrolle spielt.

Und was hat das wohl zu bedeuten, dieser Kult mit den ständig neuen Namen? Will sich der Mensch verwandeln? Ist dies die Magie, die von guten Geschichten ausgeht – davonzufliegen, wann es einem paßt, in ein anderes, fremdes Leben, in eine andere Welt!

23. 3. 66

Liebe Eltern,
Fred ist gerade aus Berlin gekommen und hat Probedrucke, Text und Fotos für unser Paris-Buch mitgebracht, ich muß Euch das rasch mitteilen, offenbar kommt das Buch doch noch im Lauf des Sommers. Wir waren erst schrecklich enttäuscht und wütend über die miese, lieblose Arbeit des Graphikers, dann wurden wir langsam traurig und deprimiert.

Ich werde Euch aber nicht erzählen, auf wie viele ungute Dinge – Freundschaften, Karrierismus, Unfähigkeit, Eifersucht usw. – man Rücksicht nehmen mußte. Wir mußten kapieren, daß unser geliebtes Paris-Buch, in das wir soviel Arbeit und Mühe und Geld gesteckt haben und so viele Hoffnungen, nicht annähernd so gut wird, wie es hätte werden können, wenn … Dieser Verlag, mein Gott. Vor 50 Jahren hättet Ihr Euch den Sozialismus anders vorgestellt!

Dafür wird die Fotoausstellung im Mai prima werden. Die ersten Bilder sind vergrößert, wirklich ganz groß, über einen Meter, und brillant.

Danach haben wir wieder einmal ganz erschöpft ferngeguckt. Die Bundestagsdebatte im Westen, die man nun zu Hause, bei einer Tasse Kaffee beobachten kann. Die Gesichter der Politiker ganz nahe, wie sie sonst niemand zu sehen bekommt und auch in früheren Zeiten nie zu sehen bekam. Das müßte doch manchen Leuten die Augen öffnen, falls sie lernen könnten, in Gesichtern zu lesen. Eben wieder heftige Debatten über den Starfighter, dafür und dagegen. Und soviel Zynismus und Demagogie!

Bei uns wurde der angeklagte KZ-Arzt zum Tode verurteilt. Das ist, glaube ich, eine Demonstration gegenüber der unglaublichen Lässigkeit der Gerichte auf der anderen Seite!

Gestern habe ich zwei Stunden in Kittys Klasse hospitiert, Mathe und Deutsch. Kitty hat begeistert mitgearbeitet, sie drückt sich wirklich gut aus, denkt viel klarer als die meisten Kinder in ihrem Alter. Heut nacht hat es wieder geschneit. Dani liegt draußen in seinem Wägelchen, nuckelt Daumen und wartet auf Gemüsebrei.

13. 4. 66

Danke, lieber Vater, für Deinen dicken Brief. Er war zwei Wochen unterwegs, von Wien nach Berlin. Und jetzt werde ich meinen Verstand bemühen und zu folgendem Thema Stellung nehmen: Daß mein kleiner Bruder viel mehr politischen Verstand hat als ich, weiß ich eh, und es ist mir klar, daß Ihr Euch keinen besseren Sohn wünschen könnt. Seine kleinen Verirrungen vor Jahren, jugendliche Exzesse, Scherben, Skandälchen, haben wir alle zu dramatisch gesehen. Sie haben vielleicht nur gezeigt, daß er nicht gewillt war, auf dem Pfad bürgerlicher Moral zu wandeln. Und irgendwie imponieren mir junge Leute, die alles ausprobieren wollen. Nächstes Thema, lieber Opa, Du hättest Schulrat werden sollen. Meine armen Gschroppen sitzen den halben Tag in der Schule, müssen danach im Hort mittags eineinhalb Stunden liegen, und wenn sie später eine Stunde draußen rumtoben dürfen, redest Du von mangelnder Disziplin. Wie sollen sich schöpferische Kräfte entwickeln, wenn der ganze Tag, das ganze Leben in strenger Zucht vergeht? Ich halte nicht viel davon, vielleicht, weil ich sehe, wie die Deutschen das Organisieren lieben, das Administrieren, die Ordnung und die Pflicht, und wie sie dann ohne Korsett völlig verloren sind!

Und nun das leidige Thema über Förderung der Begabten, da habt Ihr mich völlig mißverstanden. Wenn ich von »anderen Verhältnissen« redete, dann meinte ich es einfach so: In einer kapitalistischen Gesellschaft wäre es unserem Freund Willy D. nie passiert, entdeckt, gefördert und aus seinem gewohnten Leben herausgerissen zu werden. Er war Schlosser in der Landmaschinenfabrik Ludwigsfelde. Ziemlich gescheiter Bursche, wahrscheinlich ist er in Gewerkschaftsversammlungen durch ungewöhnliche Redegewandtheit aufgefallen, ein politischer Kopf. Dann hat er für den Werkfunk gearbeitet und ein kleines Stück geschrieben, für eine Laienbühne. Und schon hatten die ihn am Wickel: Er soll eine Werkchronik schreiben, heißt es. Das machen einige Großbetriebe, und davon leben verschiedene junge Dichter! Dann sollte es eine Rede für den 1. Mai sein und Artikel über Probleme am Arbeitsplatz. No, ist das vielleicht schlecht? Darüber diskutieren wir seit Jahren, ob es gut oder schlecht ist. Wenn ein Talent nur stark genug ist, wird es sich allein durchsetzen, sagen die einen. Die andern sagen das Gegenteil. Viele Talente werden nie erkannt und sind untergegangen. Fred kennt viele Beispiele aus der Kriegszeit, der Emigration und der Gefangenschaft. Wahrscheinlich gibt es keine allgemeingültige Regel für diese Frage. Dem einen wird Förderung nützen, dem andern geht es so wie einer jungen Pflanze, die zuviel Dünger bekommt. Sie kriegt riesenhaft aufgeblähte Blätter auf zu dünnem Stiel! Unser Gesellschaftssystem, das ja auf humanistischen Prinzipien beruht, wird auch in dieser Frage viele Versuche machen müssen, sich irren und aus den Fehlern lernen. Und das ist der Punkt – ob wir nämlich in der Lage sind, aus Irrtümern zu lernen. Oder neigen wir öfter dazu, die Fehler zu verdecken?

14. 4. 66

Du merkst schon, Väterchen, das alles ist nicht auf meinem Mist gewachsen. Aber ich habe mir eine dicke Mappe mit Aufzeichnungen von Gesprächen angelegt. Auch zu diesem Thema. Die Segnungen des »Bitterfelder Weges« genießen wir nicht ohne Stolpersteine. Wahllos wurde gewissen Leuten der Floh ins Ohr gesetzt: Du bist begabt, schreib ein Stück, das in der Produktion spielt! Wunderbar. Aber auch naiv. In allem, was wir machen, steckt etwas von dieser unsäglichen Naivität, in der wir uns fangen wie in 'ner Vogelschlinge. Der blinde Glaube an die Arbeiterklasse. Wenn einer ein Arbeiter ist, dann ist er auch in Ordnung! Dem Willy haben sie mehrere Jahre lang ein festes Gehalt gezahlt, tausend Mark, ungefähr soviel wie ein Facharbeiter verdient. Und er hatte nichts zu tun als zu lesen, zu lernen und zu schreiben. »Aber gib dem Arbeiter ein gesichertes Einkommen, und er wird ein Kleinbürger!« sagt einer unserer Freunde. »Gib dem Revolutionär einen Posten in der Verwaltung, und er wird ein Beamter!« Ob das wirklich stimmt, darüber streiten unsere Genossen seit Jahren. Das Stück von Willy wurde jedenfalls nie fertig. Es war gut angelegt, Willy hatte auch Freunde, Schriftsteller, die ihm mit Rat und Tat und langen Gesprächen helfen konnten. Fred kennt Willy seit Jahren sehr gut und hält ihn für einen ehrlichen Kumpel. Und das mag auch ein Hindernis sein. Willy kennt seinen Betrieb, kennt die Produktion, die Betriebsleiter und die unglaublichen Schwierigkeiten, die zum Teil auch auf Mißwirtschaft beruhen. Das Stück würde »ins Auge gehn«, sagt Willy. Und da fing er eines Tages zu saufen an. Es gab bald Schwierigkeiten in der Familie und in der Partei. Er sollte schließlich zurückgehen in den Betrieb. »Zurück zur Werkbank«, wie es so schön heißt. Bei nur halbem Einkommen, nun, nachdem er versagt hatte. Und das alles zusammen war eben der Konflikt. Mit Förderung kann man einen talentierten Menschen auch ruinieren. Niemand zwingt einen Autor zu lügen und die Dinge schönzufärben. Wenn es doch einige tun, dann vielleicht, weil das Talent nicht stark genug ist? Die Verlockung ist groß, wie ein Schriftsteller zu leben, und die Scheu, »zurück an die Werkbank« zu gehen, noch größer. An welcher Stelle also wird die Weiche falsch gestellt? Das ist doch eine interessante Frage. Wir kennen ein Dutzend junger Autoren, die herumgereicht, gefördert, gehätschelt – und korrupt gemacht wurden. Sollen wir also Willy verurteilen? Und hier noch ein Satz aus meiner Mappe, Väterchen: »Und ist das mit der sozialen Sicherheit, die wir alle wünschen und auf die wir bei Gott ein Recht haben, ist das nicht wieder so eine Schlinge? Dort, wo der Kampf aufhört, fängt die Bequemlichkeit an und der Eigennutz und alle miesen Seiten der wohlhabenden Bürger, die wir immer gehaßt haben, denen wir mißtrauen, gegen die wir kämpften!« Wo wir auch immer mit dem Finger durch den Zuckerguß stoßen, geraten wir auf den gleichen abgestandenen Teig!

15. 4. 66

Hier noch ein Nachtrag, das Angebot, die Ferien bei Euch im Schrebergarten zu verbringen, lockt uns sehr. Wir hörten allerdings von Herbert, daß er mit seiner Familie das gleiche tun will, und soviel Platz wird wohl nicht sein. Es sei denn, wir einigen uns über die Zeit. Und wo bleibt Ihr indessen? Kann allerdings sein, daß wir für ein paar Tage nach Paris fahren. Rosenbergers schrieben uns einen verzweifelten Brief. Der arme Daniel, er hatte gerade seinen 22. Geburtstag, ist offenbar tobsüchtig geworden, kurz nachdem er aus der Anstalt zurückkam, wohin sie ihn in gewissen Abständen bringen müssen. Er bedroht seine Mutter, und Ate mußte ausziehen. Jetzt lebt Daniel mit einem sehr verständigen Cousin zusammen, und Ate wohnt bei ihrer Nichte. Der Vater ist wieder als Vertreter auf Reisen, weil er den Nachtwächterposten im Museum nicht behalten konnte. An Schlaf, tagsüber, war unter diesen Umständen nicht zu denken. Dieser hübsche Junge, den wir so gemocht hatten, ist völlig verändert, er wäscht sich nicht, muß zu jeder Aktivität gezwungen werden. Zum Arzt will er nicht gehen, behauptet hartnäckig, daß er sich selber behandeln könne. Und die Eltern müssen zusehen, wie er völlig stumpf dahinvegetiert. Ob wir ihnen helfen können, ist sehr fraglich. Aber unser Besuch, so schreiben sie, würde ihnen Erleichterung verschaffen.

Was unsere Enttäuschung mit unserem Bildband betrifft, hast Du nicht recht, lieber Vater. Man kann die Auswahl der Fotos nicht Leuten überlassen, die Paris nicht kennen und nicht lieben. Das ist ja der Jammer, daß zu viele Leute drin rumgepfuscht haben. Ein Werk aus einem Guß kann nur die Arbeit von *einem* Autor sein, die Fäden hätte Fred in der Hand behalten müssen. Eine Erfahrung, die man erst machen muß und für die Fred jetzt bezahlt. Und daran ist sein verdammter weicher, schlampiger und nachsichtiger Charakter schuld, sein blindes Vertrauen in die Menschheit. Die werden es schon richtig machen, sagt er immer. Oi, war ich bös auf ihn!

22. April 66

Meine lieben Alten,
dies ist mein letzter Brief aus der Sklaverei, mein nächster Gruß wird von Freiheit künden! Ich fahre nämlich für eine Woche nach Warnemünde, quartiere mich dort in einem feinen Hotel ein, möglichst mit Blick aufs Meer, hör mir das Rauschen an und werde schlafen, schlafen, schlafen. Lesen, lesen, lesen. Und spazierengehn. Fred hat mir diesen Vorschlag gemacht, nachdem er eingesehen hat, daß man für die Gleichberechtigung der Geschlechter etwas tun muß. Und weil meine Nerven ziemlich strapaziert sind. Momentan nimmt er mit großem Eifer Unterricht in Babypflege, stellt sich sehr geschickt an. Und Dani grinst bereits, wenn der Vater mit dem Gemüsebrei kommt. Der Kontakt ist also hergestellt, und ich werde nicht vermißt werden. Und wenn, ist's mir auch wurscht. Ich muß einfach meinen überwältigenden Rappel nach Freiheit stillen, dann halt ich es wieder ein Jahr lang aus. Die Kinder sind jetzt schon voller Eifer, werden dem Vater helfen und finden gar nix dabei, wenn die Mutter mal verschwindet. No, wie hab ich mir die Bagage erzogen?

Warnemünde, 25. 4. 66

Es regnet, und der Wind klatscht Wassergüsse gegen meine Fenster. Hier, von meinem Turm, kann ich bei gutem Wetter aufs Meer hinaussehen. Jetzt liegt dort eine Nebelwand, und auch die Mole mit dem eisernen Leuchtturm am Ende verschwindet im Dunst. Es ist kalt, die Heizung funktioniert nicht richtig. Sie wollten mir das Turmzimmer nicht geben. Im Winter sind die oberen Etagen für die wenigen Gäste nicht verfügbar. Hab es aber durchgesetzt. Wohne also bei den Angestellten, den Kellnern, Zimmermädchen und Köchen, die sich hier oben ziemlich locker eingerichtet haben. Erst begegneten sie mir mit Mißtrauen. Was will diese Person hier oben? Dann, nach dem ersten Kontakt, die Offenbarung: »Ach, Sie sind Wienerin?« Völlige Verwandlung. Was die bloß an den Wienern gefressen haben? Sie dulden mich, hören mich auf der Maschine klappern, grüßen freundlich und herablassend. Österreicher genießen offenbar überall in Deutschland eine Art Narrenfreiheit. Und nur manchmal ein schiefer Blick: Was macht eine Wienerin in der DDR? Noch dazu eine, die sich im Turmzimmer einschließt und lange Briefe schreibt.

Ich höre sie lachen, erzählen, schimpfen und streiten. Etwa sieben junge Leute und nur zwei ältere Personen, der Oberkellner, Herr Krainer, und die Küchenchefin, Frau Mellentin. Eine typische Norddeutsche, groß, schwer und streng, mit einer hohen, altmodischen Frisur, wie auf historischen Bildern. Und Herr Krainer? Ein geschwätziger Sudetendeutscher, mit österreichischem Akzent, der schon nachmittags anfängt, sich zu betrinken. Und mir seine Sammlung zeigen möchte. Er sammelt Messer. Und Gläser. Keine gewöhnlichen Messer. Keine gewöhnlichen Gläser. Sein Großvater war ein Messerschmied, sagt er, und zeigt mir eine Art Dolch mit kunstvollen Verzierungen. »Das ist mein erstes Stück, mit dem ich begonnen habe«, sagt er lachend und schwankt bereits. »Erst ist es ein Messer und *eine* Frau, und dann eine ganze Sammlung!« Frau Mellentin, die zufällig gerade die steile Treppe heraufkeucht, hört es und stellt sich breitbeinig vor ihn hin: »Du und eine Sammlung Frauen? Wo sind sie? Daß ich nicht lache!« Krainer meckert unsicher. Na ja, weg sind die Frauen. Geblieben sind ihm nur die Messer.

26. 4. 66

Seit heute früh tagt unten im Hotel ein Lehrkurs. Vielleicht zwanzig jüngere Männer und nur drei Frauen, aus einem Berliner Großbetrieb. Eine politische Schulung, die fünf Tage dauert und die man ihnen versüßt, indem man sie mit einer Vergünstigung serviert, als Sonderurlaub auf Betriebskosten, als Auszeichnung für gute Leistung. Das sei die Art, erzählt mir Herr Krainer, wie sich einige von den großen alten Hotels im Winter über Wasser halten. Kurse in Marxismus und Wirtschaftskunde. Was die Leute in unserem Haus zu hören bekommen, frage ich. Aber Krainer weiß das nicht, es interessiert ihn nicht. Sie leben hier im Ghetto, scheint es, die Hotelangestellten, auf einer besonderen Sorte Außenstation und abseits vom wirklichen Leben. Und was ist das wirkliche Leben, frage ich mich. Leben wir in Kleinmachnow nicht ebenso in einem Ghetto und auf einer Außenstation?

Frau Mellentin interessiert mich. Eine starke Persönlichkeit. Es sind immer die strengen, harten, undurchsichtigen Charaktere, die als die interessanteren Leute gelten. Sie lebt allein und völlig reserviert. Ihr Mann ist angeblich »nach dem Westen abgehauen« und hat sich eine Junge mitgenommen. Worauf wartet sie? Was denkt sie? Man wird es nie erfahren.

Nachts, halb drei

Hab mich bei Flaubert festgelesen und das wunderbare Buch von Romain Rolland über Tolstoi angefangen. Hab Bettelheim entdeckt und bei Heyer gefunden: »Alles werdende Leben braucht ebenso dringend wie die Bestätigung den Widerstand. Wer sein Ich in diesen Jahren nicht gewinnt, kommt in die Notlage, es wenigstens zu markieren und zu posieren. Denn irgendwo müssen wir dieses Ich den Ansprüchen einer ganzen Umwelt gegenüberstellen. Wenn kein Ich da ist, eben weil es nicht gewachsen ist, weil das Ich nicht zu sein wagt und nicht zu sein weiß, dann wird dieses Ich nicht als Ausdruck von Gewordenem und Erworbenem gelebt, sondern als Eindrucksspiel arrangiert.«

Ein alter Hut, daß man alles, was für den einzelnen Menschen gilt, auch auf die Gesellschaft anwenden kann. Stimmt ziemlich genau, was die Schwächen der Gesellschaft angeht. Jeder Gesellschaft. Das mit dem Ich, und – weil es nicht gewachsen ist – mit dem Eindrucksspiel! Diese blinde Sucht, überall und ständig Eindruck zu schinden, Lob zu erheischen und ständig von den gleichen Erfolgen zu reden. Nur wenn wir uns täglich mit den Widersprüchen des Lebens auseinandersetzen, können unsere Kräfte wachsen, kann die Gesellschaft lebendig bleiben. Und hier der Satz, den ich bei Rosa Luxemburg gefunden habe, bei mir herumtrage und allen unseren Freunden schicke: »Nur ungehemmtes, schäumendes Leben verfällt auf tausend neue Formen, Improvisationen, erhält schöpferische Kraft, korrigiert selbst alle Fehlgriffe. Das öffentliche Leben der Staaten mit beschränkter Freiheit ist deshalb so dürftig, so armselig, so schematisch, so unfruchtbar, weil es sich durch Ausschließung der Demokratie die lebendigen Quellen allen geistigen Reichtums und Fortschritts absperrt!«

27. 4. 66

Der Regen hat aufgehört. Wolkenfetzen wie zerrissene Taschentücher. Zehn Grad Wärme. Ein Klima, das in den Adern kribbelt. Die Teilnehmer unseres Kurses haben heute frei, gehen seit dem Frühstück vergnügt und gesprächig auf der Uferpromenade hin und her. Einige gutaussehende Männer, Lehrer, Ingenieure, vielleicht auch Beamte oder Funktionäre. Haben sich in Schale geworfen und geben sich bereits locker und miteinander intim. Die Politik, scheint es, haben sie in die Garderobe gehängt, wie die Regenmäntel. Viel burschikoses Gelächter. Sie genießen ihre freien Stunden, warum auch nicht. Die vielen kleinen Cafés und Kneipen entlang dem Fischerhafen sind bumvoll, alle konsumieren schon am frühen Vormittag gebratene Würste, Wodka und Bier. Warnemünde ist ausgebucht mit Schulungskursen. Nach zwei Tagen haben sie ihre anfängliche Steifheit abgelegt, verwandeln sich wieder in Lehrjungen, die den Mädchen hinterherrufen. Auch auf mich haben sie es abgesehen, wenn ich über die Straße gehe. Bin Gesprächen nicht abgeneigt, aber nicht jetzt. Ganz eingesponnen in meine neue Geschichte. Die Hauptgestalt ist ein junger Mann mit dem schlichten Namen Rudi Leskowicz. Glücklicher Familienvater, heiteres Naturell, unkompliziert, mit leichter Neigung zu Schurkerei im Augenwinkel. Was man auch als Charme bezeichnen kann. Solche Charmeure gibt es hier die Menge. Und selbstverständlich beziehe ich meine Informationen und die nötigen Vorbilder immer da, wo ich mich gerade befinde ...

Kleinmachnow, 3. 5. 66

Mütterlein,
Du bist Strohwitwe, wie ich höre. Und ich bin in mein herzliebes Gefängnis zurückgekehrt. Alles ist gut abgelaufen, nix wär passiert, wenn ich auch noch eine Woche länger geblieben wäre. Aber wer hält die Freiheit so lange aus! Über den 1. Mai haben die Kinder Zeichnungen angefertigt, die wir beilegen. Kein Kommentar. Von drüben hören wir die Nazis lustig posaunen, die alten Nazis und die frischgebackenen. Einer von ihren Anführern soll gesagt haben: »Wir haben es satt, am Pranger zu stehen!« – Was für ein Pranger? Sie stehen gar nicht am Pranger. Haben sich glänzend wieder herausstaffiert. Und was noch? Meine Kartengrüße und Ergüsse von der Ostsee habt Ihr wohl erhalten und konsumiert? Und wie

war der 1. Mai in Wien? Der übliche Aufmarsch über den Ring, eine Partei hinter der anderen. Wie ich Dich kenne, bist Du mitmarschiert, trotz hinniges Kreuz und kranke Füße. Immer das gleiche. Die roten Fahnen auf dem Ring. Ach, ich mag keine Fahnen mehr. Hier hat natürlich alles geflaggt. Wir nicht. Fred meint, jeder Mensch in Kleinmachnow weiß eh, wo wir stehen und was wir denken! Und rote Fahnen hinaushängen kann jeder. Nur dort, wo die roten Fahnen noch eine Herausforderung bedeuteten, wo es Mut erforderte, sie zu hissen, waren sie echt!

20. 5. 66

Lieber Vater,
ich bin leider schon wieder nicht Deiner Meinung, nämlich, daß unser lieber Nachbar Dr. Müller recht hatte mit der Meinung, daß Du von einer »falschen Warte aus« die Dinge bei uns beurteilst. Mag sein, daß es überhaupt keine richtige Warte gibt, von der aus man fehlerfrei einen Standpunkt bekommen kann. Aber eines steht fest, der Müller hat eine ebenso verkehrte Warte, und deshalb war der Ton seiner Kritik an Dir falsch, weil er so tat, als stünde *er* nämlich auf dieser imaginären hohen Warte, die Dinge zu sehen. Er ist ein gläubiger Parteigenosse, und die Partei wünscht keine Fehlerdiskussion. Daher kann auch er nicht unabhängig von der öffentlichen Meinungsmache die Dinge beurteilen, gerade er nicht, Du viel eher! Also beknirsche Dich nicht, such weiter! Es geht den Leuten wie den Menschen, und es wird uns immer saurer gemacht, eine eigene Meinung zu haben!

Um meine Gschroppen braucht Oma keine Sorge zu haben, ich bin auf dem besten Weg, eine tüchtige Hausfrau zu werden, wie Fred bekümmert feststellen mußte. Ich habe nämlich den ersten Schritt dazu bereits getan, indem ich einen Pullover für meinen jüngsten Sohn zu stricken begonnen habe. Was für ein Anblick, stellt Euch vor, die Maxie mit der Strickerei. Der arme Krampus ist völlig konsterniert. Nichts Schlimmeres kann ihm passieren. Ich kann ihn aber beruhigen, denn es hat wirklich gar nichts zu bedeuten, sie wird mir schon zu fad, diese Kneiflerei. Und den Ärmel hab ich auch schon vermurkst . . . Das Wetter ist eine Schweinerei, nur 5 Grad heute! Servus Ihr alle!

13. 5. 66

Meine beiden lieben Alten,
zwölf Uhr, links neben mir im Schatten liegt Dani im Wagen, darunter Molli sanft schnurrend. Im Wohnzimmer arbeitet Fred und niest. Ein mächtiger Schnupfen. Ich plane deshalb eine Attacke, Nudeln mit Schinken und Ei überbacken, und Salat nach französischer Art mit viel Knoblauch! Ich fühle mich wunderbar, wenn ich Wind und Sonne auf der Haut spüre, der Amselvater auf dem Dach schmettert und die Gelsen surren. Das wird ein heißer Sommer, meint Frau Vorpagel, wenn die Mükken so früh im Mai schon anfangen uns aufzufressen. Seit gestern ist Mütterchen Vorpagel wieder im Lande, nachdem sie uns eine Ewigkeit hat brummen lassen. Sie war im Westen, bei ihrer Schwester. Mit siebzig kann man leicht lustig sein. Sie erzählt faustdick, was sie dort alles gerochen, gewagt, geschluckt und gekauft hat. Das Haus ist also wieder tipptopp, und ich werde heute nur tun, was mir Spaß macht, schreiben, lesen und mit Daniel Kontakt aufnehmen. Er redet ein geläufiges Chinesisch und sehr selbstbewußt, sehr intensiv und mit großartiger Mimik. Kitty lacht sich schief. Heute werden wir mit den Kindern im Garten Abendbrot essen. Und Ihr seid auch schon auf den Predigtstuhl gezogen? Kann man draußen schon schlafen? Blühen die Quitten? Bin überhaupt nicht im Bilde.

20. 5. 66

Guten Morgen, Ihr Lieben,
von der heute angekündigten Sonnenfinsternis ist nix zu sehen. Seit gestern ist es nämlich trüb und kühl, die Sonne nicht vorhanden. Wenigstens ersparen wir uns die große Gießerei in Nachbars Garten, die uns täglich aufgetragen ist. Ein Ausflug nach Budapest. Diese Leute haben ganz seltene, exotische Pflanzen und strenge Regeln für die Pflege. Der Flieder und die Tulpen sind in der großen Hitze verkommen. Jetzt blühen nur noch die Lilien vor dem Haus. Fred ist wieder gesund und gondelt herum. Heute zur letzten Vorbereitung für die Fotoausstellung nach Berlin. Am kommenden Montag, dem 23. Mai, fahren wir alle nach Berlin zur Eröffnung. Da ich so etwas nicht kenne, hab ich auch kein Lampenfieber. Keine Ahnung, wie das wird. Natürlich kokettiere ich jetzt schon mit dem Gedanken, mit Kind und Kegel nach Wien zu fahren und lieber Euren Garten zu gießen und zu genießen. Gibt es noch Erdbeeren, wenn wir im Juli kommen? Ich frage mich, ob Daniel für die lange Autofahrt nicht zu lebhaft ist! Aber herzeigen, allen Leuten, möcht ich ihn sehr gern! Kein anderer Plan erscheint mir so reizvoll, ich bin mit allen Vorschlägen einverstanden! Muß nun eine Radrundfahrt durch Kleinmachnow machen und sehen, wo ich was Grünes für den Tisch ergattern kann. Es gab kürzlich wie immer nur Weißkohl in Mengen, auch viel Salat, dann noch Rhabarber und Spinat. Sonst nix.

25. 5. 66

Hallo Family,
unsere Fotoausstellung wurde also Montag eröffnet. Eingeladen hatte die Deutsch-Französische Gesellschaft, und es kamen überraschend viele Leute, auch Vertreter

der Presse und sogar einige Franzosen. Eine sehr schöne Ausstellung. Ist ja nicht egal, wie die Bilder ausgesucht und einander gegenübergestellt werden. Man kann überraschend starke Wirkungen erzielen, wenn es gelingt, Kontraste zu erzeugen, bewegte und ausdrucksstarke Gesichter ins Bild zu bekommen oder das Charakteristische eines Pariser Viertels zu treffen. Montmartre, Pigalle, der berüchtigte »Strich« von Paris, und dazu die gleichmütige Menge, die Alten, die Kinder, die Bettler. Über allem aber wie eine Fata Morgana die Basilika von Sacré-Cœur! Es gab eine Ansprache und viel Applaus, danach eine angeregte Diskussion. Jemand redete freundlich vom »Gesicht von Paris«, das wir getroffen hätten. Wir mußten dann Gruppen herumführen und über unsere Arbeit erzählen. Eine prima Werbung für unser Buch! Leider werden unsere Pläne für den Sommer anders verlaufen, wir können jetzt nicht kneifen. Die Ausstellung soll auch in anderen Städten gezeigt werden, und der Verlag meint, wir sollten am Ball bleiben! Das heißt, wir werden nicht nach Wien fahren können. Möchten deshalb Kitty mit Herbert zu Euch schicken. Fred wird sie dann Ende August von Euch abholen.

Die Ausstellung befindet sich nahe dem Bahnhof Friedrichstraße, im Zentrum von Berlin. Die Stadt hat sich in letzter Zeit unglaublich verändert, an der großen Kreuzung Friedrichstraße/Unter den Linden sind imponierende Gebäudekomplexe entstanden, Hotels, mehrere Cafés und Restaurants, viele moderne Verkaufsläden. Jedenfalls kommen dadurch viele Menschen in die Ausstellung. Einige Leute werfen uns vor, daß wir nur das alte und verkommene Paris zeigen. Als ob das unsere Absicht gewesen wäre. Gewiß gibt es auch Mängel.

Ihr solltet die Gesichter der jungen Leute sehen, wenn sie auf diese Bilder blicken. Paris ist für sie unerreichbar. Und das bereitet uns Unbehagen.

27. 5. 66

Gestern eine Stunde lang in der Ausstellung, versteckt in einem Winkel und die Leute beobachtet, die hereinkommen. Einige gehen so kühl, gleichgültig und lahm wieder hinaus, wie sie kamen. Andere lockern sich, verwandeln sich, ihre Augen bekommen Glanz. Einige Bilder sind stark vergrößert, über einen Meter im Quadrat. Unglaubliche Wirkung, die auch aus der Häufung kommt, aus der gegenseitigen Wirkung zwischen Mensch und Bild. Einige sind allein und fühlen sich unbeobachtet, sie lächeln, staunen über die Menschen in den Straßen von Paris. Es ist interessant zu sehen, wie diese Lust am Schauen bei manchen Menschen ausgebildet ist, sie leben mit den Augen, andere sind blind. Das Beobachten der Beobachter ist oft auch unser Thema auf den Fotos: Zwei ältere Leute, eingehängt, spazieren gemächlich über den Boulevard, der Mann wirft einen neugierigen, überraschten Blick auf eine vorübergehende hübsche Frau. Seine eigene Frau blickt indigniert. Und dieser Augenblick ist festgefroren auf dem Foto. Etwas von der Vergänglichkeit und der Komik des Lebens steckt in diesem Schnappschuß, weckt Assoziationen. Das Einmalige und das Vergängliche. Und nun betrachte ich die Betrachter dieser Bilder. Manche sind ganz versunken, als suchten sie eine versteckte Bedeutung. Hab irgendwo gelesen, was Kafka gesagt haben soll: »Die Fotografie fesselt den Blick an die Oberfläche. Damit vernebelt sie gewöhnlich das verborgene Wesen, das nur wie ein Licht- und Schattenhauch durch die Züge der Dinge hindurchschimmert. Man muß sich da schon mit dem Gefühl vortasten . . .«

28. 5. 66

Die Frage der Konstellation ist wichtig. Drei langweilige Bilder bleiben langweilig, bringst du aber einen frechen Jungen hinein, der einen anderen neugierig betrachtet, hat plötzlich alles Farbe. Schwer deutbar, woher die Wirkung mancher Bilder kommt, meist aber doch von einem eindrucksvollen Gesicht, einem starken Gefühl, das sich in einer Geste, einer Haltung, einem Augenpaar ausdrückt. Die Kunst der Bildregie. Kann man sie lernen? Gibt es denn Regeln? Ich glaube, der wahre Künstler denkt nicht an Regeln, er macht das alles mit nachtwandlerischer Sicherheit. Ob uns das jemals gelingen wird? – Mit den Menschen ist es genauso, drei fade Karotten bleiben Karotten. Kommt aber eine Pfefferoni dazu, ein Stück Gurke, etwas Fleisch, getrocknete Pilze, Salz und Fett, kann das noch eine prima Suppe werden!

29. 5. 66

Was haben uns eigentlich Bilder zu sagen? Vor einigen Tagen ein Bericht aus Vietnam im Fernsehen. Hunderte solcher Berichte, Reportagen, Tausende Fotos haben uns berieselt, und was ist davon geblieben? Aufnahmen von einem Dorf, kurz nach einem Angriff der Amerikaner mit Brandbomben. Das Dorf ist zerstört, die Hütten brennen noch, einige sind nur noch rauchende Schutthaufen. Überall liegen die Toten, auch alte Leute und Kinder. Ihre Kleider schwelen. Überlebende stehen herum, einige in bizarrer Gleichmütigkeit, bemühen sich um Sterbende. Sie jammern oder schweigen wie versteinert. Ein Vater kniet vor seinem toten Kind. Der Mann hat nur noch Fetzen am Leib, vom Feuer angekohlt. Hat er das Kind aus der brennenden Hütte geholt? Er redet zu dem Kind, aber das Kind ist tot! Man kann es deutlich sehen, ein vielleicht vierjähriges Mädchen. Der Vater wedelt mit einem Stück rauchenden Stoff, oder ist es ein Handtuch? Damit peitscht er die heiße Luft, er will dem Kind etwas kühlen Atem verschaffen. Offenbar hat er die Wahrheit noch nicht zur Kenntnis genommen. Verscheucht er Fliegen? Schlägt er das Kind, in einem Anfall blinder Wut? Er schreit, heult, wedelt Luft herbei. Dann schweigt er eine Weile, verschnauft, hält still und betrachtet das Kind. Wird er vielleicht jetzt begreifen? Die ganze Szene nur wenige Sekunden. Aber es sind die Sekunden, die du ein Leben lang nicht mehr vergessen wirst! Der Mann hat wieder zu schreien begonnen, gebärdet sich wie wild, und wenn er mit dem angeglühten Handtuch Luft herbeifegt und damit zu Boden schlägt, sprühen Funken auf, rings um das Kind. Es scheint, als wolle er es wecken. Als versuche er in einem Anfall mystischen Zorns das Schicksal zu wenden. Und dann wieder Sekunden, da er schweigt und das Kind betrachtet. Dieses stumme Schauen. Auch Staunen über das, was eben noch so schön war und lebendig.

27. 5. 66

Liebe Ate,
unser Schweigen hat viele Gründe, nicht alles kann man schreiben, besser wären lange Gespräche an Eurem Tisch! Vielleicht im Herbst, wenn Dani groß genug ist und wir ihn meinen Eltern anvertrauen können. Wir möchten auch die Draers wiedersehen. Lisette hat ihren Vater verloren, sie blieb deshalb mehrere Wochen zu Hause, was sie, wie sie schreibt, sich kaum leisten könne, und flog auch für einige Tage zu Verwandten nach New York. Und nun haben sie sich entschieden für »das gute Leben« und offenbar gegen ihr Kind. Der Junge muß wieder ins Internat, damit Lisette weiter ihren Beruf ausüben kann. Vielleicht kann ich mir von hier aus keine Vorstellung machen von den Problemen und der Härte

der sozialen Zwänge, oder wie man das nennen will, die allgemeine Teuerung, große Wohnung, Auto oder gar zwei Autos, weite Reisen. Lisette nennt es ironisch ein Gesellschaftsspiel, an dem man teilnehmen muß, es bliebe einem gar nichts anderes übrig. Immerhin ein Standpunkt. Aber dann schüttle ich mich und frage, was heißt eigentlich »das gute Leben«?

Und doch haben wir im Grunde die gleichen Probleme, stehen auch wir vor der Frage, ob ich meine beruflichen Möglichkeiten wahrnehmen soll oder die Mutterpflichten? Auch mich erdrücken diese tödlichen Hausfrauenpflichten, und ich sinne auf einen Ausweg. Hab begonnen, meine Fühler auszustrecken, war wieder bei meiner Provinzzeitung, ich könnte für sie arbeiten, die Verlockung ist groß, wenn auch nur als Anfang. Denn die Atmosphäre in dieser Redaktion ist unsagbar engherzig und provinziell.

Alle diese Engpässe, wie man hier sagt, sind angeblich Anfangsschwierigkeiten, mit denen wir schon fertig werden. Aber wann? Ich habe Verständnis für Dein Vertrauen in den Sozialismus, Ate, und Deine Lobeshymnen, mein Gott, wie lange bist Du schon Kommunistin! Aber Du kannst die Situation hier nicht beurteilen, dazu reichen Zeitungsartikel nicht aus!

28. 5. 66

Wir versuchen eine neue Art Arbeitsteilung, ich fahre an zwei Tagen in der Woche nach Potsdam, und Fred muß bei den Kindern bleiben, falls wir nicht unsere Nachbarin gewinnen können. Aber jeder Ausbruch aus dieser Zwangsjacke, in der ich stecke, jeder Kontakt mit Menschen, außerhalb unseres Kreises, der notwendig ist, um nicht zu versauern, muß später mit doppelter Anstrengung im Haushalt bezahlt werden. Gewiß, für alles muß man bezahlen! Lisette bezahlt für ihre Freiheit mit dem

Glück, bei ihrem Kind zu sein! Und wie soll man sich entscheiden? Es ist das alte Lied, ich wäre vielleicht eine gute Journalistin, auch eine ganz gute Mutter, aber ich habe nicht die geringste Begabung als Hausfrau, Wäscherin, Büglerin, Köchin, Näherin und Putzfrau – in einer Gesellschaft, wo schon die Versorgung der Familie mit Obst, Milch und Gemüse jeden Tag einen riesigen Aufwand an Zeit und Mühe kostet!

Wir haben zwar auch unsere Erfolgserlebnisse, die Fotoausstellung, das Paris-Buch, das bald kommen wird, aber wie soll *ich* mich retten? In meinem Kopf geht es wie ein Bohrer, gefangen, gefangen! Fred hat zehnmal mehr Freiheit als ich, und das empfinde ich als ungerecht. Obschon er sich große Mühe gibt, mich zu entlasten.

Aber trotz Gleichheit vor dem Recht sind die Frauen in diesem Land noch immer beschissen dran! Und natürlich ergeben sich aus dieser Zwangslage persönliche Reibungen und Zwist. Diese alltäglichen Belastungen, der tägliche Frust, die winzigen Sorgen um banale, leider notwendige Dinge, die nie ausreichend zu bekommen sind, zermürben mich. Zermürben uns alle! Ich habe Angst, daß wir bald eine dieser armseligen, mittelmäßigen, verlogenen Ehen führen werden wie fast alle Leute!

29. 5. 66

Heute mit den Kindern eine Stunde vor dem Fernseher verbracht, die Geburt eines Schmetterlings, in Zeitlupe. Die Raupe sitzt auf einem Ast und vertrocknet vor unseren Augen. Sie dehnt sich, windet sich in Krämpfen, man glaubt zu sehen, wie das Leben in ihr arbeitet und – der Tod! Die Haut springt plötzlich auf, die Raupe verendet. Nur noch eine klägliche Hülle, aus der ein seltsames Geschöpf kriecht, noch nicht erkennbar, ganz feucht und verklebt. Aufregend, wie es ruckartig die Hülle verläßt, sich in der aufgehenden Sonne räkelt und dehnt. Wir haben ähnliches schon öfter im Bild gesehen, es ist immer wieder faszinierend. Die Flügel lösen sich aus der Verschränkung und wachsen ganz schnell vor unseren Augen. Und dann der Augenblick der Wahrheit, der Schmetterling spannt seine bereits wunderschönen Flügel auf, zittert noch, flattert eine Weile, wie zur Übung, und fliegt davon. Zurück bleibt die leere, völlig ausgesaugte Hülle, und wir sind vom Zuschauen ganz erschlagen. Bin das nicht ich? Ist nicht jeder von uns solch eine Raupe? Der Schmetterling fliegt davon, wie unser Traum, aber wir bleiben zurück, zerstört von der eigenen Geburt!

19. 6. 66

Lieber Bruder und liebe Schwägerin,
unsere Ausstellung hat mein gestörtes Selbstbewußtsein leider nicht aufgemöbelt, trotz scheinbarem Erfolg. Die Fotos waren drei Wochen lang in der Friedrichstraße zu sehen, ab nächster Woche soll die Ausstellung nach Dessau gehen, und danach kommt Dresden an die Reihe. Jemand hat uns aber zugeflüstert, sie würde überhaupt nicht mehr zu sehen sein! Alle Freunde waren begeistert, einige Rezensionen aus den Zeitungen hab ich aufgehoben, ziemlich schmeichelhaft, aber dann war plötzlich Schweigen. Man sei sich darüber klargeworden, hören wir hintenrum, daß durch solche Bilder Bedürfnisse geweckt werden, die man nicht befriedigen kann.

Hab gerade eine neue Geschichte fertig, nachdem ich fünf Fassungen geschrieben hatte, falls Euch das interessiert. Aber vielleicht schicke ich erst die sechste oder siebente Fassung! Heut wollen wir mit Kitty und Berti zu einem Ballett, das anläßlich der Arbeiterfestspiele in der Parkoper von Potsdam stattfinden soll. Aber es ist drei Uhr nachmittags und regnet in Strömen!

20. 6. 66

Das Ballett wurde gestern wegen Schlechtwetters abgesagt, wir hatten die Lindstedts abgeholt und waren zur Parkoper gefahren. Heute also wieder abgesagt, Kitty war sehr enttäuscht, dann aber wiederum glücklich, mit uns einen Stadtbummel zu machen. Potsdam hat sich zu den Arbeiterfestspielen erstaunlich herausgemacht, die Häuser sind hellgelb getüncht, endlich nach zwanzig Jahren. An allen Ecken gibt es neue Geschäfte, Cafés und Restaurants, auch neue Parksessel im Freien und Bänke an den Ufern der Havel für die Alten. Und überall bunte Verkaufsbuden für Bockwurst, Kuchen und Kaffee. Jedoch quer über dem Hauptplatz der Stadt und der Freilichtbühne, wo die Kundgebungen und Festspiele stattfinden, prangt ein Spruchband mit riesigen Lettern: FEST DER LEBENSFREUDE! Wir haben davorgestanden und gestaunt. Doch die meisten Leute sehen so etwas nicht mehr, nehmen es nicht wahr. Die Augen der Bürger sind so präpariert, Losungen nicht mehr zu sehen, und einiges andere auch nicht. Man kann also vom Schreibtisch aus Lebensfreude administrieren! Haben die nie etwas von Psychologie gehört? Wir mögen dieses Land und die Menschen, aber die Dummköpfe machen es einem wirklich schwer!

Wir sind dann im neuen Kulturhaus gelandet, ein großes, innen modernes Gebäude, das Hans-Marchwitza-Kulturhaus. Kitty hat am Buffet Schinken gegessen und an meinem Moselwein genippt, war ganz zauberhaft und dankbar. Berti hat zwei Stück Torte konsumiert, dann wollte er nach Hause fahren. Kitty dagegen wollte nichts davon wissen! Was noch? Wir haben auf der Heimfahrt unsere neue Reinemachefrau besucht, in Stahnsdorf. Frau Natusch, so alt wie ich und Mutter von acht Kindern! Der Mann ist Transportarbeiter, fährt jeden Morgen um vier Uhr los und kommt gegen sieben Uhr abends zurück, legt sich eine Stunde hin und verbringt den Rest des Abends mit den Kindern. Sehr hübsche, gesunde und lebhafte Kinder. Die geraten offenbar um so besser, je größer die Familie ist! Der Mann verdient 560 Mark netto, plus Überstunden und Zulagen, plus 20 Mark Kindergeld pro Nase. Kann eine zehnköpfige Familie davon leben? Offenbar. Keinerlei Anzeichen von Traurigkeit. Interessant einen Blick in eine andere Welt zu werfen, das stimmt mich nachdenklich. Sie hat uns Familienfotos gezeigt, auch ein Mädchenbild von sich – ein zauberhaftes, blondes, rundliches Mädchen. Und heute ist sie mit 33 Jahren eine zahnluckerte, zaundünne, Zigaretten rauchende, verhärmte Frau. Sie hat einen Zehnleutehaushalt zu betreuen und geht auch noch zu anderen Leuten arbeiten. Was für ein Leben ist das?

Martine

Charlot sitzt in seinem Bistro, und alle wissen, daß er auf Martine wartet. Er sitzt an seinem runden Marmortischchen neben der Theke und schaut durch die Glastür in den plätschernden Regen hinaus; er kann die Eingangstür gegenüber sehen und sein Schlafzimmerfenster im ersten Stock. Der Musettewalzer aus dem Plattenschrank bringt ihm Geborgenheit, bekannte Süße; wie oft hat er mit diesen Klängen gewartet. Er spürt, daß Latouche an der Theke ihn bekümmert anschaut, und auch das tut ihm gut. Auch dieses Warten, diese immer wiederkehrende Ungewißheit gehören zu seinem Leben. Charlot leidet, und er fühlt sich wohl dabei.

Latouche reicht ihm noch einen Pernod über die Theke und sagt: »Na, Charlot, ist's wieder soweit?« Charlot hebt seinen sanften braunen Blick, zuckt mit den Schultern. Er trinkt langsam den Pernod, dann noch einen, und nichts in seinem Gesicht, in seinen ruhigen braunen Augen verändert sich.

Aus dem strömenden Regen kommt Jean-Pierre herein, Martines jüngster Bruder, ein kleiner zäher hastiger Bursche, grüßt in die Runde, sieht Charlot und schwingt mit einer Hand den freien Eisenstuhl vom Nachbartisch herüber, setzt sich schnell. »Na, Charlot! Martine wieder auf Tour?« Er wackelt aufgebracht mit dem Kopf, sein kleines mageres Gesicht erinnert Charlot an Martine, sein energisches Gesicht und seine aufgescheuchten Hände, die nach Tankstelle riechen. Charlot lächelt Jean zu, freundschaftlich, besänftigend. Zu sagen gibt es nichts. Jeans flinke graue Augen betrachten Charlot, er schnalzt, saugt wütend an den Lippen, dann holt er mit einem Schwung den Stuhl noch näher an Charlot heran. »Charlot, hör auf, ein Esel zu sein! Was glaubst du, was für Augen die macht, wenn du sie endlich rausschmeißt, das Luder. Charlot, hör auf deine Freunde, du machst dich lächerlich. Wenn du sie wenigstens verprügeln würdest. *Die* Gelegenheit hat unser Alter verpaßt, sag ich immer, sonst wär's nie soweit gekommen mit ihr. Charlot, du bist zu gut für sie.«

Charlot nickt abwesend. »Ihr versteht mich nicht, Jean-Pierre, ich muß Martine Zeit lassen, sie muß sich davon überzeugen, daß ich sie liebe. Wir müssen Geduld haben«, sagt er und lächelt.

»Du bist ein Esel, wirklich, Charlot, hat man so was schon gehört! Wie lang willst du noch Geduld haben mit diesem Luder, ha? Sieben Jahre, zehn Jahre? Alt wirst du, Charlot . . . Und was ist das wieder, warum trägst du dieses kümmerliche Gänseblümchen im Knopfloch spazieren?«

»Es ist eine Margerite«, sagt Charlot und starrt zur Glastür hinaus.

»Eine Margerite!« schreit Jean-Pierre schrill und wirft sich in seinem Stuhl zurück Die Männer schauen auf ihn und Charlot, einer steht auf und kommt zu den beiden herüber. »Monsieur Levine«, ruft Jean-Pierre gequält, »Monsieur Levine, ich flehe Sie an, reden Sie ein Wort mit dem Verrückten!«

Der Musettewalzer ist verstummt, die Männer hören dem schimpfenden Jean-Pierre zu. »Eine Margerite, eine Margerite trägt er für seine kleine Braut spazieren!« Jean-Pierre schlägt die Hände zusammen und schneidet ein mitfühlendes Clowngesicht. »Eine Margerite für das kleine Luder Martine!«

»Jean-Pierre, bitte, ich bitte dich«, sagt Charlot leise, aber würdevoll. Es ist ihm peinlich, daß man sich über seine Schwäche lustig macht. »Hör auf, Jean-Pierre, es ist schließlich *meine* Angelegenheit, vergiß das bitte nicht.«

Jean-Pierre verstummt erstaunt. Ah, dieser Esel Charlot! Jean springt auf, gibt dem Eisenstuhl einen Tritt. Latouche, einen Pernod, einen doppelten Pernod, Latouche!

Die Männer lachen gutmütig, wenden sich wieder ihren Gesprächen zu. Monsieur Levine, der breitschultrige alte Mann, Geschichtslehrer im Ruhestand, setzt sich zu Charlot. Er sagt behutsam mit seinem noch immer jugendlichen Baß: »Hör einmal, Charlot, es geht mich nichts an, und ich habe mich auch nie eingemischt, aber ich glaube, du verhältst dich unvernünftig. Du bist mir nicht böse, wenn ich dir das sage, nein?«

»Nein, aber nein, Monsieur Levine, natürlich nicht«, sagt Charlot sanft.

»Hör einmal, Charlot, wir wollen die Sache vernünftig betrachten. Was bietest du deinem Mädchen eigentlich?«

Bieten? Charlots braune Augen sind beunruhigt. »Wie meinen Sie das, Monsieur Levine?«

»Charlot, ich seh euch manchmal zusammen weggehen, du immer im selben dunklen Anzug. Du siehst immer ein wenig besorgt aus. Und auch wenn ihr zurückkommt, hab ich dich noch nie vergnügt gesehen. Sei mir nicht bös, aber mir scheint, du erfüllst nur deine Pflicht, wenn du Martine ausführst oder ihr abends nach dem Büro einen Pernod bei Latouche spendierst. Was bietest du ihr, Charlot?«

»Ich ... ich fahre sonntags mit ihr nach St. Cloud«, sagt Charlot fassungslos.

»Nach St. Cloud?«

»Ja, Karussell fahren. Sie fährt so gerne Karussell, Monsieur Levine .«

»Na schön. Und du? Was machst du? Fährst du auch Karussell?«

»Ich? Aber Monsieur Levine! Ich bin bald vierzig!«

»Du bist vor allem ein Beamter der Préfecture. Und ein Beamter der Préfecture kann nicht Karussell fahren. Ja?«

»Monsieur Levine«, klagt Charlot, »soll ich mich lächerlich machen?«

»Das hättest du dir früher überlegen müssen, Charlot. Du bindest ein Mädchen an dich, das nicht zu dir paßt. – Siehst du, ich kenne deine Geschichte mit Madame Lefèbre.«

»Ach!« Charlot hat ein trockenes Würgen im Hals, er sieht Monsieur Levine nicht mehr an, er sitzt unbeweglich und starrt auf seine schmalen, bleichen Hände mit den abgerissenen Fingernägeln. Der Plattenschrank spielt ›Pauvre Pierre‹.

»Du hättest Madame Lefèbre heiraten sollen. Sie ist eine vernünftige, ehrbare Person. Du hättest den Laden übernehmen können und wärst ein freier Mensch geworden und brauchtest keine Frau unglücklich zu machen.«

Charlot sagt mühsam, ohne aufzuschauen: »Unglück? Verzeihen Sie, Monsieur Levine, ich bin Martine stets mit Güte begegnet. Niemals habe ich sie zu irgend etwas genötigt. Ich verstehe einfach nicht, wie Sie mir so etwas Schreckliches sagen können!«

Er hat die Blume aus dem Knopfloch genommen und zerzupft sie hastig.

»Bin ich jemals heftig geworden? Hab ich jemals ein Wort verloren, wenn sie nach Tagen und Wochen wieder nach Hause gekommen ist? Immer hab ich mir gesagt:

Laß sie ihre Erfahrungen machen. Sie wird schon sehen ... Monsieur Levine, das wissen Sie doch.«

Er hat sich über den Tisch gebeugt und ungeschickt Monsieur Levines große Hände gepackt. Monsieur Levine lehnt sich unangenehm berührt zurück, betrachtet erschrocken Charlot, sucht den gewohnten sanften Heiligenblick; er bemerkt nur aufgeregte Verwirrung. Was ist mit Charlot los?!

Charlot ist nicht mehr aufzuhalten: »Monsieur Levine, Sie müssen doch wissen, was ich für ein Leben führe, seitdem ich Martine aufgenommen habe. War irgend etwas Unehrenhaftes, irgend etwas Verwerfliches in meinem Verhalten? Ich glaube, mit ruhigem Gewissen behaupten zu können, daß ich mein anständiges, korrektes Leben weitergeführt habe. Niemals habe ich mich von Martine überreden lassen, auch nur *einen* Arbeitstag im Büro zu versäumen. Wenn Sie wüßten, wie oft mich Martine verführen wollte, einfach ins Blaue zu fahren, irgendwo in den Wiesen zu liegen und Margeriten zu pflücken! Monsieur Levine, ich habe ihr jeden möglichen Wunsch erfüllt. Ich hab ihr abends bei Madame Lefèbre Margeriten gekauft, und nicht etwa fünf Blüten für einen Franc, nein, eine Unmenge Margeriten, für drei, vier, fünf Francs! Und das oft dreimal wöchentlich! Ich war wirklich nicht kleinlich, Monsieur Levine. Und ich habe ihr auch ihre Launen nicht übelgenommen. Als sie zum Beispiel einmal die Margeriten zertrampelt und zum Fenster hinausgeworfen hat. Bedenken Sie, der Lohn von einem halben Tag angestrengter Arbeit, einfach zum Fenster hinaus geworfen.«

Jean-Pierre an der Theke hat sich beruhigt und hört verwundert Charlots Rechtfertigung zu. Als Charlot atemlos schweigt, sagt er respektvoll zu Monsieur Levine: »Hören Sie, Monsieur Levine, Sie bringen da offensichtlich einiges durcheinander. Einen besseren Mann als Charlot wird Martine nie kriegen. Das weiß sie auch ganz gut. Warum machen Sie ihm also Vorwürfe? Überreden Sie ihn lieber, daß er sie endlich rausschmeißt. Weil sie ihn nämlich sonst ruinieren wird, das Luder.«

Jean-Pierre bemerkt erstaunt, wie sich Charlots Gesicht auf einmal verklärt. Durch den Regen kommt Martine, mit aufgelöstem, tropfendem Haar und eiligen Schritten. Jean-Pierre schaut ihr zu, wie sie sich im Torbogen gegenüber schüttelt und dann gereizt die schwere Tür aufstößt. Und mit der Regenluft, die ins Bistro dringt, weht ihn Rührung an und der leise Duft von vergessenen Kindertagen.

(Juni 1966)

28. 6. 66

Liebe Lotti,
ich habe Deinen Brief erst gestern erhalten. Fred erzählte mir von Deinem Herzanfall. Ich möchte gerne einen Sprung zu Dir kommen, vielleicht gelingt mir das heute noch. Aber schriftlich läßt es sich über vieles besser reden als mündlich.

Zuerst einmal: Du brauchst gar kein schlechtes Gewissen zu haben, wenn Du mir Deine Sorgen erzählst. Ich bin doch kein Mensch, der nur zum Tratschen und auf ein Glas Wein kommt ... Im Grunde sind Deine Probleme auch meine. Ich bin auch fanatisch auf der Suche nach der Wahrheit, aber gleichzeitig bin ich bemüht, aus unserer Ehe doch noch etwas zu machen. Natürlich kann das nicht *ein* Partner alleine schaffen.

Weißt Du, ich bin auch gerade dabei, mich von einigen Träumen zu trennen, dem Traum der allesüberwindenden Liebe zum Beispiel, und ich bin dabei, einige harte Dinge zu begreifen, daß zum Beispiel am »Kampf der Geschlechter« doch etwas dran ist und daß es letzte Dinge gibt, die ein Mann (eine Frau) nicht begreifen kann. Man muß eben lernen, ohne diese Illusionen auszukommen, realistischer zu leben und vor allem dem Partner mehr

Verständnis und mehr Großzügigkeit entgegenzubringen, auch wenn man in der abhängigeren und trostloseren Situation ist. Meiner Meinung nach gibt es wirklich nur zwei Arten von Ehen, die erträglich sind: eine Ehe zwischen ganz unkomplizierten, gutartigen Menschen ohne viel Sehnsucht nach Eigenleben – oder zwischen Menschen, die unendlich großzügig und verständnisvoll sind. Um letzteres bemühe ich mich, aber ich will Dir nicht verheimlichen, daß ich mich manchmal sehr einsam dabei fühle und verzweifle. Auch ich habe schon mit dem Gedanken gespielt, daß wir uns trennen. Aber das ist – jedenfalls in unserem Fall – leichtsinnig und verrückt. Es gibt tausend Gründe, warum das nicht klappen kann. Ich bemühe mich jetzt, mich auf mich selbst zurückzuziehen. Ich weiß nicht, ob Du verstehst, was ich meine. Man darf als Frau nicht allzu abhängig vom Mann sein, auch nicht, wenn man ihn liebt, unser ganzes Unglück rührt ja von dieser Abhängigkeit. Wenn wir es in finanzieller Hinsicht schon sind, sollten wir uns wenigstens bemühen, seelisch unabhängiger zu werden, uns auf uns selbst zu besinnen, in uns selbst zu ruhen, oder nenne es, wie Du willst.

Dabei dürfen wir nicht zu anspruchsvoll sein. Mir kommt jetzt öfter in den Sinn, daß die Männer doch nur »arme Hunde« sind (so nennt es meine Cousine, die viel Erfahrungen hat und eine gescheite Frau ist, die mir imponiert). Man sollte mit dem zufrieden sein können, was vorhanden ist . . .

Ich hoffe so sehr, daß es Dir bessergeht, wenn Du diese Geschichte hinter Dir hast. Ich wünsch Dir dazu schnelle Genesung!

Siebentagefibel

Selten hat mich ein Buch so stark ergriffen wie ›Aus meiner Kindheit und Jugendzeit‹ von Albert Schweitzer: ». . . ist nicht in dem Verhältnis des Menschen zum Menschen viel mehr geheimnisvoll, als wir uns gewöhnlich eingestehen? Keiner von uns darf behaupten, daß er einen andern wirklich kenne, und wenn er seit Jahren mit ihm zusammen lebt. Von dem, was unser inneres Erleben ausmacht, können wir auch unseren Vertrautesten nur Bruchstücke mitteilen. Das Ganze vermögen wir weder von uns zu geben, noch wären sie imstande es zu fassen. Wir wandeln miteinander in einem Halbdunkel, in dem keiner die Züge des anderen genau erkennen kann. Nur von Zeit zu Zeit, durch ein Erlebnis, das wir mit dem Weggenossen haben, oder durch ein Wort, das zwischen uns fällt, steht er für einen Augenblick neben uns, wie von einem Blitz beleuchtet. Da sehen wir ihn, wie er ist. Nachher gehen wir wieder, vielleicht für lange, im Dunkeln nebeneinander her und suchen vergeblich, uns die Züge des andern vorzustellen.

In diese Tatsache, daß wir einer dem andern Geheimnis sind, haben wir uns zu ergeben. Sich kennen will nicht heißen, alles voneinander zu wissen, sondern Liebe und Vertrauen zueinander haben und einer an den andern zu glauben. Ein Mensch soll nicht in das Wesen des andern eindringen wollen. Andere zu analysieren – es sei denn, um geistig verwirrten Menschen wieder zurechtzuhelfen – ist ein unvornehmes Beginnen. Es gibt nicht nur eine leibliche, sondern auch eine geistige Schamhaftigkeit, die wir zu achten haben. Auch die Seele hat ihre Hüllen, deren man sie nicht entkleiden soll. Keiner von uns darf zum andern sagen: Weil wir so und so zusammengehören, habe ich das Recht, alle deine Gedanken zu kennen . . . Alles Fordern dieser Art ist töricht und unheilvoll. Hier gilt nur Geben, das Geben weckt. Teile von deinem geistigen Wesen denen, die mit dir auf dem Weg sind, so viel mit, als du kannst, und nimm als etwas Kostbares hin, was dir von ihnen zurückkommt.«

Schließen Sie drei Menschen in ein Zimmer ein und beobachten Sie, was diese Typen machen, wie sie reden, aufeinander reagieren, vielleicht losgehen und explodieren, wie sie sich verhalten und vielleicht auch verwandeln – und Sie haben ein Stück! So ungefähr, vielleicht nicht so ungeschickt wie ich, hat es Gorki in einem Brief gesagt. Und es ist einfach phantastisch, es ist bestimmt der wichtigste Dreh, den ich in letzter Zeit über Schreiben, Erzählen, über das Handwerk des Schreibens geschluckt hab. Und von einem langen Vortrag über ›Probleme des Realismus‹ von Lukács, ich glaube einer vom Marxismus-Institut hat ihn gehalten, im Schriftstellerheim in Petzow, davon hab ich mir auch nicht viel mehr hinter die Ohren geschrieben als das: Nicht die Menschen beschreiben, sondern alles, was du über sie sagen willst, in Handlung umsetzen! Lukács gibt Beispiele von Zola, Tolstoi, Balzac und anderen, wie einer nur beschreibt, der andere aber seine Figuren handeln läßt und sie in Schwierigkeiten stürzt, in Krisen und wie sie sich verhalten. Nicht behaupten, Anna ist schön, das ist Scheiße, sondern laß Anna Karenina in ein Moskauer Café eintreten, um den Grafen Wronski zu suchen (ich spinne jetzt), und zeige, wie die Gäste an den Tischen plötzlich verstummen, aufblicken, oder wie es einem, mitten im Gespräch mit einem Pelzhändler, plötzlich die Sprache verschlägt und er dieser Frau hinterherstarrt. Na schön, es wäre vielleicht noch deutlicher, wenn er gerade ein hartes Ei ißt und beinahe daran erstickt . . . Dann brauchst du nämlich kein Wort mehr darüber zu verlieren, wie schön diese Anna ist, wie ihre Augen leuchten, wie sie den Kopf trägt und sich bewegt . . . Auch Tschechow, erinnere ich mich jetzt, sagt irgendwo, daß wir nur zeigen sollten, wie Menschen aufeinander wirken. Der Schriftsteller hat nicht zu urteilen, der ist böse, der ist gut – er braucht nur die Wirkung der Handlungen zu zeigen! Das ist eines der Geheimnisse von Tschechow, würde ich wagen zu sagen. Und da fällt mir ein Satz aus der Physik ein: »Das Ganze ist mehr als die Summe der einzelnen Teile!« Ich finde diesen Satz ungeheuer gut, obschon ich kein Wort davon verstehe. Auf Tschechow angewendet jedoch, versteh ich ihn. Ein Literaturwissenschaftler könnte über ›Die Dame mit dem Hündchen‹, sagen wir, eine Analyse anstellen und herausfinden, wie er das macht, von wem er gelernt hat, welchen Traditionen er folgt oder nicht folgt. Merde. Das, was wirklich die Wirkung ausmacht, kann niemand erklären, auch kein Literaturprofessor!

III

Wiepersdorf, 11. 10. 66

Herbert,
ich habe eine Weile gebraucht, um mit alldem fertig zu werden, Vaters Tod, die plötzliche Reise nach Wien, die Beerdigung, das Familientreffen, die vielen Fragen, die Gespräche mit Menschen, die ich jahrelang nicht gesehen hatte. Und dann auch noch Deine für mich neue Existenz, freiberuflich als Journalist, oder wie hast Du Dir das vorgestellt? Deinen Artikel in der ›Volksstimme‹ über die Gammler fanden wir sympathisch und gescheit.

Mama kam letzten Freitag relativ ausgeglichen hier an. Wir haben sie vom Ostbahnhof abgeholt und waren erschrocken, wie rasch ein Mensch aus den Fugen geht. Sie war klein und mager und gebeugt, sah sehr schutzbedürftig aus. Am nächsten Tag blieb sie im Bett. Erkältung, Atemnot, angeblich wie immer um diese Zeit, in Wahrheit eine tiefe Müdigkeit, die man ihr ansah. Und es war schon eine Leistung, sie einen ganzen Tag im Bett zu halten. Ihr Leben scheint nur aus Pflichten zu bestehen. Ich wollte meine Reise hierher, nach Wiepersdorf, abblasen, die ich seit Wochen angemeldet hatte, aber als sie das hörte, stand sie sofort auf und erklärte sich gesund. Na, Du kennst sie ja. Ich habe ein paar blödsinnige Tränen vergossen, weil man ohnmächtig ist gegen ihren Dickschädel. Dann bin ich eben gefahren.

Jetzt hab ich Zeit, über alles nachzudenken und meine Gefühle zu ordnen. (Wie leicht sich so etwas Dummes sagt!) Vor allem über Mama grüble ich nach. Sie zeigt nach außen einen Stoizismus, den ich zwar kenne, aber nie wirklich verstanden habe. Vielleicht ist da nix zu verstehn, und ich werde später genauso handeln. Ebenso unbegreiflich, wirklich unbegreiflich ist mir unser Verhalten, lieber Bruder, Deines und meines, am Tage der Beerdigung. Haben wir eigentlich getrauert und an ihn gedacht? Wie konnten wir nur so herumalbern, lachen, blödeln, fressen – nachdem wir eben unseren Vater begraben hatten? Ich werde an diesem Rätsel noch lange zu kauen haben.

Mama hat mir von Euren Schwierigkeiten erzählt. Ihr wollt Euch also trennen. Zum wievielten Mal? Ich werde abwarten und nichts dazu sagen, niemand kann Euch raten. Und was geschieht mit dem Kind? Entschuldige den apathischen Ton, ich bin müde und offenbar auch in einer Krise. Und es ist so schwierig und beunruhigend, weil ich nicht einmal sagen kann, woran es liegt. – Wir hatten noch eine wunderschöne Sommerwoche, aber seitdem ich hier bin, regnet es pausenlos, regnet, regnet. Und ich sitze völlig benommen und schrecklich müde in diesem alten, ehrwürdigen Schloß der Bettina von Arnim, von der ich gerade ein paar schöne Briefe lese. Außer mir nur noch zwei Damen und drei ältere Herren. Schriftsteller, die ich glücklicherweise nicht kenne. Sie arbeiten, ich höre sie hinter ihren Türen auf der Maschine klappern. Und auch ich bin zum Klappern gekommen.

Heut früh hab ich heimlich das ganze Haus besichtigt und sogar den Keller und danach die Bodenräume erforscht. Seltsame Möbel und ausgediente Geräte stehen oben herum, völlig verstaubt, ein gespenstischer Anblick. Das hat mir noch gefehlt. Aber dabei ist mir die Idee einer neuen Geschichte gekommen. Ich erzähl Dir das nur deshalb, weil es mit unserem Vater zu tun hat. Ich träume von ihm. Als ob er noch lebendig wäre. Er steht vor der Tür, ganz still. Er schweigt. Ich sehe ihn vor dem Fenster hin und her gehen. Draußen, unter dem weit vorspringenden Dach, ist eine wenig benützte Terrasse. Hin und her, hin und her. Kein Wort. Und es ist nicht etwa beängstigend. Im Gegenteil. Wir wollen einfach nicht akzeptieren, daß er tot ist. Ist es das?

Wiepersdorf, 12. 10. 66

Nein, es ist nicht das. Nicht weil wir Vaters Tod nicht anerkennen wollten, feierten wir ein Fest. Das Gegenteil ist wahr. Ich hab die ganze Zeit, vom Augenblick, wo Fred mir die Nachricht brachte, und dann während der Reise nach Wien, beim Hinausschauen auf diese schöne böhmische Landschaft, an ihn gedacht. Beim Essen und Trinken und während ich mit fremden ahnungslosen Leuten redete, plauderte, lachte, hab ich an ihn gedacht und alles ausgekostet, dran geschluckt und gewürgt. Bis zu dem Ausbruch dann, nachts im Bett meiner Kindheit, Mama im Zimmer nebenan, und sie weinte, ich weinte, ich weiß nicht wie lang. Dann endlich Ruhe, vielleicht im Morgengrauen. Und noch nicht alles verstanden, nicht fertig gewebt dieses Netz. Aber Ruhe. Ein Vorgeschmack von Ruhe. Erst wenn wir den Tod angenommen haben, ganz und gar, wenn wir den Becher voll Galle geschluckt haben, akzeptieren wir auch das Leben. Worte sind wie Watte. Untauglich zu sagen, was man wirklich meint.

Später Nachmittag, ich sitze beim Fenster und schaue hinaus. Es regnet nicht mehr, tropft aber von den Bäumen, vom Dach, schwer, träg und gesättigt. Ein merkwürdiger, fetter Nebel kriecht über den Erdboden, deckt alles zu. Ich hab das Fenster weit geöffnet und atme tief und gierig die kalte, feuchte Waldluft. War heute früh wieder auf dem Dachboden, alle schliefen noch. Aus der Küche die ersten Geräusche von Geschirr und Blech. Anheimelnd das Klopfen des Regens an den Fenstern. Dämmerlicht. Die Treppe knarrt nicht mehr, so morsch ist das Holz. Das Geländer wacklig, die Bodentür nur angelehnt, schwerfällig in den Angeln. Feuchte Kühle schlägt mir entgegen. Und als ich eintrete in den großen Raum unter dem Schrägdach, beklemmend wie ein Kirchenschiff, zögere ich wie gelähmt. Eine Märchengrotte, so weiß ist alles von Staub und hart getrocknetem Vogelmist. Spinnweben überall, zerbrochene Fensterscheiben und ausrangierte Kommoden. Vielleicht ein Dutzend verlassene Volieren und ein ganzer Bodenteil mit Drahtgitter begrenzt, wo einmal Tauben hausten. In einem Käfig liegt ein toter Vogel, völlig eingetrocknet. Vielleicht eine Dohle. Überall Spuren einstigen Lebens, Federn und Flaum, Getreidekörner, Stroh und die zerstampften Schalen von hellblauen und gesprenkelten Eiern. Wer war hier König? Irgendein verrückter Alter. Kann man etwas darüber erfahren oder genügt es, sich eine Gestalt auszudenken, ein Leben, von dem diese Spuren geblieben sind? Wahrscheinlich ein Schloßverwalter oder Hausmeister, der hier seine Tauben züchtete.

Später spazierte ich durch den Park, stand eine Weile vor der Schloßkapelle und den halb versteckten Gräbern derer von Arnim. Dieses schöne Gedicht auf der Grabplatte von Achim von Arnim:

»Gieb Liebe mir und einen frohen Mund,
Dass ich dich Herr der Erde thue kund.
Gesundheit gieb bei sorgenfreiem Gut.
Ein frommes Herz und einen festen Muth.
Gieb Kinder mir, die aller Mühe werth.
Verscheuch die Feinde von dem trauten Heerd.
Gieb Flügel dann und einen Hügel Sand.
Den Hügel Sand im lieben Vaterland.
Die Flügel schenk dem abschiedsschweren Geist.
Dass er sich leicht der schönen Welt entreisst.«

(Die Kronenwächter)

Ich gehe weiter, allein und ein wenig bedrückt von Schweigen, unter mächtigen Platanen, Birken und Tannen, bis zum Himmel. Alles ist naß, der Waldboden weich und schwer von schwarzer Erde, Wasser und Fäulnis. Es riecht nach Pilzen. Stille. Große Schwärme Wildenten, die südwärts ziehen.

Wiepersdorf, 13. 10. 66

Was für ein Verlust. In manchen Augenblicken fühle ich diesen Tod wie eine große Leere, sonst nichts. Kann es nicht sagen, nur buchstabieren. Fühle mich ausgebrannt. Von meinem Fenster sehe ich weit über die Lichtung hinter dem Haus und in den Wald hinein. Riesige gefallene Bäume liegen auf dem Rasen. Auch der Torso einer Tanne, dort hinten, nahe der Orangerie, sie ist vom Blitz gespalten und verkohlt. Du liegst wach im Bett, hörst die Turmuhr schlagen. Mitternacht. Bohrender Schmerz, mit einer Art Lust gemischt. Die wohltuende Berührung der Kissen. Der Körper ist geborgen in einem alten, schweren, durchgelegenen Bett. Du atmest. Du lebst. Eine heimliche Glückseligkeit, für die du dich schämst. Und sie nicht zu denken wagst, und doch denkst und dich öffnest für die Welt und alles, was da kommen mag.

Ein merkwürdiger Traum. Fred und ich besteigen einen Turm. Aber es ist eine gewöhnliche Bodenstiege, schäbig, morsch, im Halbdunkel. Ziegelwände, der Verputz abgefallen. In den Fensterluken dicke Schichten getrockneter Vogelmist mit Federn vermischt. Wir steigen nach oben, schon ein wenig atemlos, aber immer noch nicht müde, von einer seltsamen Neugier angetrieben. Sind schon ziemlich hoch, halten manchmal an, um zu verschnaufen und hinauszuschauen. Und immer weiter, immer höher. Fred trägt einen alten Koffer und ich ein Bündel. Später werden wir Koffer und Bündel auf einem Treppenabsatz zurücklassen. Ein großer Himmel, wenn wir hinausschauen, und viele Vögel, die in Formationen fortziehen. Das Land weit unter uns. Wir steigen immer noch, wissen nicht wohin und wie hoch. Aber von einem guten Gefühl erfüllt, Hand in Hand. Und immer wieder ein neugieriger Blick hinaus, das fremde Land unter uns. Dann ist es plötzlich ein Berg. Ohne Übergang. Diese herrliche Sicht, weit über ein Muster von ineinandergeschobenen Bergen und eine uns unbekannte Landschaft. Wir werden Herrn Freud nicht bemühen müssen, diesen Traum zu deuten!

Heute sind neue Gäste angekommen, zwei Männer und eine hübsche junge Frau. DEFA-Leute, wie ich höre, sie arbeiten gemeinsam an einem Film. Beim Essen begrüßt mich einer von ihnen, es ist Wolfgang Kohlhaase, der bekannte Filmautor, wir kennen uns vom Schwielowsee. Ich sehe sie dann durch den Park spazieren und erregt miteinander debattieren. Nachmittags noch eine Gruppe Ankömmlinge. Man muß gelernt haben, sich einzuspinnen und die Mondsüchtige zu spielen, um ungestört zu bleiben. Begrüßung mit jenem freundlich-abwesenden Blick (O ja ... wer ... was sagen Sie ... wieso ... aber nein ... o doch ... vielleicht später ... selbstverständlich ... ich freue mich ... aber ich bin zum Arbeiten hier!), den sich einige von diesen Kopfarbeitern erfolgreich zugelegt haben und den ich hasse. Aber nun doch auch unvermeidlich finde. Nichts ist so tötend wie die mittelmäßigen Gespräche unter Intellektuellen. Ich bin eine arrogante Ziege geworden. Es färbt schon ab. Voilà.

Kleinmachnow, 15. 1. 67

Hallo Gretl,
das ist die Zeit, wo wir uns alle von den Feiertagen erholen. Freds 50. Geburtstag mußte durchgestanden werden,

er wollte am liebsten verreisen, aber das nützt nichts. Die Leute von den Verlagen lassen sich das Vergnügen nicht nehmen. Geburtstage werden in der Arbeitszeit zelebriert, das hat sich in vielen Betrieben so eingebürgert. Fährt man weg, kommen sie nach deiner Rückkehr. Bei uns doppelt kompliziert und zu Dank verpflichtend, weil sie ja Passierscheine für das Grenzgebiet besorgen mußten! Nun kamen sie mit dicken Bücherpaketen und Blumenschalen und wollten belohnt und bewirtet werden. War ganz lustig, so etwas verstehen die Berliner! Und nun ist alles leergebrannt, hätten sie doch gleich Freßkörbe mitgebracht, so haben wir das Haus voller Blumen.

Unser Daniel ist auch schon ein Jahr alt, fängt endlich an, ein paar Schritte zu gehen. In seinem kleinen Laufstall vollführt er wahre Indianertänze, und das Publikum ist sehr dankbar. Kitty lacht sich kaputt, und Berti kugelt sich. Fred nicht minder, wenn Dani die Augen rollt, Grimassen schneidet, gurgelt und quietscht, während er äußerst kraftvoll auf der Stelle hüpft. Ein komisches Talent, scheint es, Kinder lernen rasch das Vergnügen der Selbstdarstellung!

Anderes Thema, Gretl, das Gerede innerhalb der Familie, das Du andeutest, finde ich unerquicklich, über Mamas angebliche Schuld an Vaters frühem Tod! Diese ewigen Streitigkeiten und Quengeleien. So ein Unsinn. Niemand hat das Recht, ihr so etwas vorzuwerfen. Und wenn wir anfangen, Schuldfragen zu erörtern, wer kommt dann ohne Fleck davon? Soviel Unwissenheit, Neid, Egoismus und Gleichgültigkeit, bei jedem von uns. Ich maße mir nicht an, Mama irgendeine Schuld zu geben. Man könnte umgekehrt sagen, daß Vaters Jähzorn, sein extrem heftiger Charakter zu ihrer Unruhe und ihrer Krankheit beigetragen haben. Wir sollten nicht die Richter spielen. Gescheiter wäre es, sich mehr Mühe mit den Lebenden zu geben, als über solche Dinge zu spekulieren. Weniger von den anderen fordern, mehr von sich selbst!

Fred hat aus West-Berlin neue Autokarten von Frankreich, Italien und Spanien mitgebracht. Was für ein Vergnügen, Landkarten von fremden Ländern zu studieren! Kaum ist der Jahreswechsel vollzogen, beginnen bei uns die ersten geheimen Lagebesprechungen. Wie werden wir dieses Jahr verbringen. Und wo? Wann fahren wir in Freds geliebtes Frankreich, vielleicht schon im Mai?

Von Reisen reden, träumen, Pläne schmieden ist wie eine Droge. Fred erzählt mir, wie sie im Jahr 1940, zu Beginn des Krieges nach längerer Internierung in der Bretagne, das Lager zum erstenmal verlassen konnten, als man sie zur Arbeit führte. Das Lager war zur Wüste geworden, alles von Urin verbrannt. Ringsherum war alles grün. Da haben sie sich im Wald zu Boden geworfen, haben sich gewälzt und die Erde geküßt. Und er verrät mir verschämt, daß er das auch jetzt noch manchmal tut, wenn er in Frankreich ankommt ...

Hab eben einen Satz von Herbert Eisenreich gelesen: »Es wird das simple Faktum ignoriert, daß leben nicht im Extrem, sondern immer nur in irgendeiner und sei es auch pendelnden Balance zwischen den Extremen möglich ist!« Eine ziemlich genaue Analyse unserer Art zu leben!

Unsere Zeitungen sind voll von Losungen, wie zum 1. Mai, die Straßen voll von Transparenten, Spruchbändern und Fahnen, für den Parteitag der SED im April. Die nächsten Wochen und Monate wird es nichts anderes geben. Es scheint eine Taktik zu sein, die allgemeine Schläfrigkeit und den Schlendrian mit solchen Kampagnen auszutreiben, wie früher die Dämonen mit gewissen Fastnachtspielen. Mal ein Kongreß, eine Volkskammerwahl, dann Weltfestspiele der Jugend, die alljährlichen Arbeiterfestspiele und alle vier Jahre Parteitag! Alles wird aufgeboten, angekurbelt, verjüngt, renoviert, erneuert. »Das ist wegen der Hitze im Motor«, sagte ein

Schriftsteller, der gestern bei uns vorbeischaute. »Die Hitze, welche die alten Ölrückstände verbrennt, sonst kommen wir nie auf Touren, dann flutscht alles wieder!« Leben zwischen den Extremen. Aber ist es denn irgendwo in der Welt anders? Der Krieg in Vietnam kostet jeden Tag, hören wir, 300 Millionen Mark. Und ein englischer Wirtschaftsexperte erklärte: »Selbst wenn Washington die Rüstungsausgaben nur allmählich verringert, könnte ein Waffenstillstand katastrophale psychologische Folgen haben!« Nämlich für die Wirtschaft der westlichen Welt! Gott Vater, schau obi, wir sind alle schon übergeschnappt. Der Treibstoff der westlichen Weltwirtschaft ist also Blut? Nicht das Blut der eigenen Leute. Auch das Blut der eigenen Leute. Und die Unseren brauchen Kampagnen. No, ist das vielleicht schlecht?

Alles eine pendelnde Balance zwischen den Extremen!

21. 1. 67

Mein heiß geliebtes, armes Cousinchen Ilse,
haben sie Dir endlich den deppaten Blinddarm rausgeholt? Ich hätte Dir ja, nach Deinem letzten Brief, wieder einmal gern die Leviten gelesen, weil Du nur Spitzenhoserln, Parfum, Lacktascherln und Deinen Freund Bibsi im Köpfchen hast. Deinen Fragen nach, die Du stellst, ist Deine Welt also heil geblieben. Schon mal was von Vietnam gehört? Hätt halt auch gern gefragt, ob Du gelegentlich mal in die ›Volksstimme‹ reinguckst oder die ›Arbeiterzeitung‹, hm? Aber ich tu's eh nicht, weil Du ja im Spital liegst und Schmerzen hast. Zum Beispiel tät ich Dir gern auch sagen, daß es halt an der Zeit wär, mal bei Goethe reinzuschauen oder wenigstens Schnitzler und Max Frisch. Aber da ich nachsichtig gestimmt bin, will ich Dir's heut ersparn. Und als sittsame Hausfrau muß ich die Goschn haltn, weil mir die Hände gebunden sind. Wär ich allein, würde ich vielleicht nach Vietnam fahren,

die Kinder in den zerschossenen Dörfern fotografieren und bei uns die Leut damit erschrecken! Die haben nämlich alles vergessen!

Du aber mußt geschont werden, ich weiß. (Alle müssen geschont werden!) Und ich beeile mich deshalb auch mit der Beantwortung Deines lieben Briefes, weil Du wahrscheinlich ziemlich hinnig im Spitalbett liegst, wenn meine kritischen Zeilen Dich erreichen. Kann Dir genau sagen, wie Du Dich grad fühlst, brauchst mir also nichts vorzujammern. (Hab das gleiche kürzlich durchgemacht.) Vor allem plagt Dich ein wüster Hunger, und die geben Dir nix. Der Durst ist auszuhalten, weil Du Pfefferminztee trinken darfst, mit Maßen allerdings, aber immerhin. Zweitens ist Deine Lage ziemlich beschissen. Du kannst nur auf dem Rücken liegen und jede Bewegung ist 'ne Tortur. Stimmt's? Lustig wird's erst, wenn Du zum erstenmal versuchst, die Beine über den Bettrand baumeln zu lassen. Da hörst Du alle Engeln singen. Und schwören könntest Du, weil es so weh tut, daß der Chirurg das Messer in Deinem Bauch vergessen hat. Ferner amüsiert Dich besonders die Schüssel, wenn's so schon unentschlossen tröpfelt. Aber sei tapfer, Cousinchen, es werden im Leben schlimmere Dinge Deiner harren, das ist nur die Ouvertüre, die Dir kündet, daß Du nicht mehr die Jüngste bist (wie alt, 22?) und die Welt voller Fallen! – Das Foto von Deinem geliebten Bibsi werde ich in Ehren halten, was für ein Künstler ist er denn, Musiker? Wo treten die auf. Du deutest gute Verdienste an. Und was macht also Dein Gschamster mit dem vielen Geld? (Außer Lacktascherln kaufen!) Wann denkt Ihr ans Heiraten?

Ilsekind, ich hör schon auf. Wahrscheinlich sind Dir, trotz Schonung, meine sanften Hinweise etwas lästig. Außerdem hab ich viel zu tun und möcht auch gern mit den Kindern spazierengehen. Es ist so eine Ahnung von Frühling in der Luft, wolkenloser blauer Himmel und Vogelgezwitscher, fast wie im März. Dani wartet schon draußen im Wagerl und lutscht vergnügt am Daumen. Müssen leider bald wieder zurück sein, gebe Nachhilfestunden, einem Bub aus Kittys Klasse. Aber bei diesem schönen Wetter werden wir keine Lust zum Lernen haben, wir werden Kuchen essen und Kakao dazu trinken. Oh, entschuldige, Dir so was zu erzählen, wo Du so leidest. Wenn Du wieder gesund bist, werde ich anfangen, ernsthaftere Fragen an Dich zu stellen. Zum Beispiel, falls Ihr doch heiratet, worüber Du Dich mit Deinem Bibsi ein Leben lang unterhalten willst? Der Wortschatz der Kosmetika und der Mode ist äußerst begrenzt. Und über vierzig hört auch das Interesse für Lacktascherln und Spitzenhoserln allmählich auf. Aber das alles erst, wenn Du wieder gesund bist!

21. 1. 67

Siebentagefibel
»Die Geburt ist nicht ein augenblickliches Ereignis, sondern ein dauernder Vorgang. Das Ziel des Lebens ist es, ganz geboren zu werden, und seine Tragödie, daß die meisten von uns sterben, bevor sie ganz geboren sind. Zu leben bedeutet, jede Minute geboren zu werden. Der Tod tritt ein, wenn die Geburt aufhört.« Sagt Erich Fromm. Und dann müßte man hinzufügen, daß ja ein Geburtsakt etwas sehr Anstrengendes ist. Da liegt eine Frau und schreit vor Schmerzen. Die Wehen kommen und gehen, immer schneller. Und zuletzt ist es eine Art Zerreißprobe. Und wieder Atemholen. Und wieder Schmerzen. Und es erinnert mich daran, wie Fred manchmal sagt, daß wir nichts im Leben davon erreichen, was wir wollen, ohne große Mühe, Anstrengung und Bewährung. Und daß nach all den großen Mühen am Ende nix anderes übrigbleibt als – du selbst!

25. 1. 67

Liesl,
Du fragst aber naiv. Jawohl, so leben wir, jeder mit seiner fixen Idee. Du mit Deiner fixen Idee, Deine Kinder vor allen bösen Einflüssen zu bewahren und ihnen einen guten Start in der westlichen Welt zu geben. Bestimmt die beste aller fixen Ideen. Und ich mit der Idee, immer neue Geschichten zu erfinden. Warum? Weiß ich nicht. Schreiben kann ich übrigens nur in einer fremden Umgebung, ohne Belastungen durch den Haushalt, in diesem Haus werde ich meistens steril und blöd. Fred geht es natürlich ebenso. Im Feber fährt er wieder in das Heim in Petzow, wo er schon sein ständiges Zimmer hat, ganz oben, mit Blick auf den See. Aber sosehr er sich auf seine Arbeit freut, so jammert er auch über die Trennung. Ich kenne niemanden, der so zwischen den Extremen lebt und pendelt, so unruhig ist, der von großen Reisen träumt, wenn er daheim ist, und sich nach Hause sehnt, sobald er die Nase in die Welt gesteckt hat.

Das Paris-Buch hat ihm den Fontane-Preis eingebracht. Das bleibt in diesem Land nicht ohne Wirkung. Von allen Seiten Aufmerksamkeit und Gratulationen. Na, so groß ist dieser Preis nun wieder auch nicht. Alte Bekannte melden sich, langweilen uns mit ihrem Respekt vor dem Orden. Die Bezirksleitung der SED, so haben wir den Eindruck, wird uns vielleicht eine Wohnung außerhalb des Grenzgebietes besorgen. Einige Verlage verhandeln jetzt mit Fred über neue Bücher. Auch Reisebücher. Es wäre dringend notwendig, für einige Zeit hier herauszukommen. Oft ertappen wir uns dabei, daß wir den einen oder anderen Fall von Unfähigkeit und Schlamperei nicht so erbittert mißlaunig betrachten würden, wenn er sich etwa in Wien oder Paris ereignet hätte. Wir sind entwurzelt. Fred bemängelt das übrigens auch an meinen Geschichten. Er sagt, sie sind weder wienerisch noch deutsch, sie klingen wie Übersetzungen aus dem Englischen. Na, ich tröste mich, denn eine große Schriftstellerin werde ich doch nicht! Ein Dichter braucht den Boden, in dem er und seine Sprache wurzeln, wovon er sich nährt.

21. 1. 67

Immer wieder die Frage, warum ich schreibe. Hab ich denn etwas zu sagen? Aber das ist es wohl nicht. Nicht weil ich glaube, die Welt ist aus den Fugen, und ich soll die Tür wieder einhängen ... Ganz anders. Ich male. Wie ein Tupfen Farbe auf einem Blatt Papier, würde ich sagen, und dann breitet sich das wie von selbst aus. Ich hab 'nen Einfall, wie zwei Menschen einander begegnen, etwa in der Eisenbahn, zwischen Berlin und Prag ... Und wie geht es weiter? Es sind immer Beziehungen zwischen Menschen, die sich ausweiten wie ein Spinnennetz. Und dann wird das Netz von einem Windhauch zerrissen ...

2. 2. 67

Hab einen Satz bei Pavese gefunden: »Deine Dichtkunst ist gezwungenermaßen dramatisch, weil ihr Auftrag die Begegnung zweier Personen ist – das Geheimnis, der Zauber und das Abenteuer dieser Begegnung. Nicht das Bekenntnis deiner Seele.« Ist das nicht wunderbar?

Frühling in der Luft, draußen singen die Amseln, geben die Partitur von einem Dachfirst zum andern weiter, jubeln, schmettern, viel zu früh, ist doch noch lange nicht Frühling! Und wir räkeln uns noch, sind noch nicht wach. Das Fenster weit offen, die Luft schneidend kalt, aber wie frisch und bekömmlich. Aufstehn, he! – Guten Morgen, Alter, warum sagst du nie guten Morgen? – Guten Morgen, sag ich doch eben! – Hast du gut geschlafen? Wir machen uns heut ein bombastisches Frühstück!

Nein, soviel Dummheit am frühen Morgen. Und es ist immer das gleiche, mit winzigen Änderungen im Text. Und wie schön das ist. Ein bombastisches Frühstück heißt, alles auf den Tisch packen, was da ist. Und langsam essen und stark duftenden Kaffee schlürfen. Und einander ansehen. Heimlich. Und sehr glücklich. Und reden. Viel erzählen. Wieso gibt es immer wieder und jeden Tag von neuem soviel zu reden bei uns? Vielleicht, weil wir nicht sehr gescheit sind und imstande, das tausendmal Gesagte hin und her zu wenden, wie der Bäcker den Teig, falls er die Brötchen noch mit der Hand macht. Handarbeit. Handgearbeitetes, winzig kleines Glück. Gibt es überhaupt ein anderes?

22. 2. 67

Liebe Rosi,
Dein Anruf war vergeblich, Fred ist wieder einmal abgehauen. Und das ist wirklich der deutlichste Ausdruck für sein Verhalten. In gewissen Abständen haut er ab, macht sich auf die Socken. Er fährt gerade mit dem Wagen die Saale flußabwärts und am andern Ufer wieder zurück, bis zur Grenze und wiederum bis zur Mündung an die Elbe. Was er sich davon verspricht? Eine neue Geschichte! Eine Flußgeschichte, eine Menschengeschichte an einem Fluß. Vastehst? Er hat das dem Fernsehfunk vorgeschlagen und die wolln's haben. Und warum eine neue Geschichte, wirst Du mit Recht fragen, er hat doch schon drei Säcke voll Geschichten, die noch nicht geschrieben sind! Ich werde es Dir sagen. Er sucht eine Gelegenheit zu verschwinden. Nicht, daß er vor mir flüchtet und mich nicht mehr liebt. Ich denke, daß seine Liebesbeteuerungen echt sind. Lügen kann er nicht, und wenn er es mal probiert, verrät er sich sofort. Nein, er muß einfach wieder mal fort, das ist es! Sonst gar nix!

Ich liebe dich
Acht vorbei. Er kommt nicht. Stundenlang kann man die Freude in sich stauen, bei jedem Bus, der vorüberfährt, wieder hoffen. Aber jetzt bin ich innerlich ganz leer.

Kühl ist es hier draußen. Ich sollte die Sessel wegräumen und zu Bett gehen.

Wenn er nun aber doch mit dem Halbneunbus kommt?

Kann ich mir das Warten nicht abgewöhnen? Nach zwölfjähriger Ehe benehme ich mich wie ein verliebtes junges Ding. Wie viele gute Vorsätze hatte ich schon, wie oft habe ich eingesehen, daß ich unvernünftig bin! Aber was hilft das, der Mensch ändert sich nicht.

Er ändert sich ja auch nicht. Wie oft hab ich ihm schon gesagt, er soll mir nicht auf die Schulter klopfen, ich bin doch kein Pferd. So eine Kleinigkeit, er aber kann es sich nicht abgewöhnen. Wie einem die kleinen Gewohnheiten auf die Nerven gehen! Aber man schluckt immer wieder allen Ärger, möchte ihm ein glückliches Gesicht zeigen. Er hat es so gern, wenn ich ausgeglichen bin.

Wenn ich weine, macht es ihn wahnsinnig. Ich glaube, er fühlt dann gar nichts für mich. Mit Tränen kann man die alte Liebe auch nicht wiedererwecken. Man kann sie überhaupt mit nichts erzwingen. Nach so langer Ehe ist eben nichts mehr neu und nichts mehr prickelnd.

Er kann sich ohne weiteres damit abfinden. *Ich* nicht. Das ist unsere Tragödie.

Der Unterschied zwischen Mann und Frau besteht darin, daß wir eben mehr Phantasie haben, anpassungsfähiger, wandlungsfähiger sind und uns länger unsere Illusionen bewahren. Wir ermüden in der Ehe nicht so leicht wie die Männer.

Vielleicht sind die Männer ehrlicher, härter als wir. Gerade das werfen wir ihnen vor! Wenn ich daran denke ... Was für ein Getue im Bett! Und dabei macht es mir selten wirklich Spaß, denn er ist längst nicht mehr so reizvoll für mich wie früher. Aber um nichts in der Welt würde ich das zugeben. Damit hätte er ja einen Freibrief, mich ebenso reizlos zu finden. Und wenn ich auch ahne, daß es so ist, will ich doch verhüten, das von ihm zu hören. Wenn *ich* ihn nicht zufriedenstelle, dann tut es eben eine andere. Deshalb spiele ich die glückliche, zufriedene Gattin.

Ich bin müde. Alt fühl ich mich ... War ich nicht immer eine aufrichtige Frau? Ich habe mich so an die Rolle, die er von mir erwartet, gewöhnt, daß ich den Betrug gar nicht mehr fühle. Und doch ist es Betrug.

Warum ist es so schwer zu verstehen, daß nach so vielen Jahren die großen Leidenschaften vorbei sind, daß unser Leben ruhiger, gleichmäßiger dahinfließt. Langweiliger.

Ach, er sucht ja Abwechslung, etwas Prickelndes – aber außerhalb unserer Ehe. Das ist der Unterschied. Ich würde nicht einmal denken an einen anderen Mann ...

Und wie war das mit Heinz? Du bist ihm nur deshalb ausgewichen, weil er so jung war und du dich schämtest, ihm schöne Augen zu machen. Weil du dich nicht blamieren wolltest. Aber gefallen, gefallen hat er dir sehr! Und wenn du hundert Gründe fandest, warum dieser Heinz so gar nicht dein Typ wäre, so waren es eben nur Ausflüchte. Zwei Wochen lang hast du dich wie eine Gans herausgeputzt, hast auf deine Stimme geachtet, auf deinen Gang, hast jedes Wort auf Wirkung berechnet. Ach, du warst zu dumm. So benimmt sich eine wirklich erfahrene Frau nie!

Der Neunuhrbus. Nun ist die Sonne gleich weg. Die Wäsche wird doch noch trocknen. Und das Gras müßte geschnitten werden. Schön ist unser Garten. Als junges Mädchen in der lichtlosen Stadtwohnung habe ich mir immer so einen üppiggrünen Garten erträumt, für meine zukünftige große Liebe. Und jetzt? Jetzt haben wir den Garten und die schöne Wohnung und das Telefon und das Fernsehen, und ich bin leer und kann mich nicht mehr richtig freuen.

Ich habe ganz verlernt, mit mir etwas anzufangen. Wie kommt das nur? Immer war ich auf ihn eingestellt, all meine Gedanken und Gefühle galten ihm. Ihn habe ich beobachtet, behütet. Wenn er glücklich war, war ich's auch, wenn er traurig war, war ich's auch.

Was ist das für ein Leben?

Vielleicht hätte ich einen Beruf erlernen sollen. Aber ich wollte die Kinder nicht aus dem Haus geben, ich wollte nicht, daß er auf seine Bequemlichkeit verzichten müsse. Ich meinte immer, ich könnte ihn an mich fesseln, solange ich ihm ein behagliches Heim biete.

Aber was bin ich ihm denn geworden? Eine gute Köchin, seine Wirtschafterin, im besten Fall seine Gefährtin und die Mutter seiner Kinder. Er sieht nicht mehr die Frau in mir, er macht mir keine Komplimente mehr, er beachtet nie, was ich anziehe. Er müßte mal erleben, daß ich auch anderen Männern gefalle.

Ich bin eine Dutzendfrau. Mein Verstand reicht gerade, um das zu erkennen. Ich habe keine Passion, keine Begabung. Ich habe nichts geleistet, außer meinen Kindern eine gute Mutter zu sein. Aber das behaupten viele Frauen von sich.

Ist das meine Schuld allein? Wir glauben beide an die neue Gesellschaft, aber erzogen wurden wir doch von der alten. Man kann an die Gleichberechtigung glauben und für sie eintreten.

Aber lebe erst einmal danach! Wie macht man das? Wer lebt es uns vor?

Kalt ist es. Die Sonne ist weg. Und weg sind jetzt auch deine Hoffnungen auf seine Zärtlichkeiten, die er schon lange nicht mehr zu geben bereit ist. Jedenfalls *dir* nicht.

Wie finster es ist, Angst könnte man kriegen ... Ach, da liegt ja noch Senta im Gras und schaut dich ahnungslos aus ihren Hundeaugen an. Und dort im Zimmer schlafen deine Kinder und brauchen dich.

Natürlich, sie brauchen mich. Es ist schon alles in Ordnung.

Nein, untreu ist er nicht. Das ist er nicht. Bestimmt nicht. So was merkt man doch. Er hat doch erst vorige Woche gesagt, ganz unverhofft: »Ich bin glücklich mit dir und den Kindern und dem Garten und der schönen Wohnung.« Ach, hätte er doch gesagt: Ich bin glücklich mit dir, und wenn wir allein in der Wüste wären! Aber nein, er ist ehrlich. Das ist ja das Schöne an ihm ...

Er wird im Betrieb aufgehalten worden sein.

Halb zehn. Krach nebenan? Sogar Annas Mann ist heute schon daheim ...

Worüber beklag ich mich denn eigentlich?

Es ist schon alles in Ordnung. Ich habe einen aufrichtigen, ruhigen Mann, der nicht trinkt und nicht herumhurt, der gut zu mir und den Kindern ist, der mich versteht und immer zu mir halten wird. Das ist doch schon sehr viel. Warum fordere ich mehr für mich, als andere Frauen haben?

Das Telefon! Ganz steif bin ich geworden. Daß es nur die Kinder nicht weckt. Nun kann ich ihm doch noch die Kartoffeln rösten.

Ja? ... Ja, du ... Kommst du, ja? ... Nein, wo denkst du denn hin, ich warte doch nicht ... Bin nicht bös ... alles in Ordnung ... Ich freu mich, ja, ich warte auf dich, Lieber.

15. 3. 67

Mütterlein,
heute nur Tatsachen, wir planen also diese Reise für den Sommer, aber zunächst sollst Du Dich kurieren, ein Gallenstein ist kein Lutschbonbon, kann sich nicht so rasch zersetzen, und Operationen hast Du wahrlich schon genug gehabt. Folge dem Rat der Ärzte und versuche es geduldig mit chemischen Mitteln. Wir haben noch keine Devisen für die Reise, das dauert noch, und der Vertrag ist auch noch nicht abgeschlossen. Jedenfalls

wird es wieder ein Reisebuch. Südfrankreich oder Spanien. Oder Kilimandscharo, irgendwas, was weiß ich. Aber es eilt nicht, wir werden mit Dir erst rechnen, wenn Du wirklich gesund bist. Und falls es Herbst wird, macht es auch nix, im September ist die schönste Reisezeit. Wenn wir uns aber jetzt schon mit Vorbereitungen befassen, soll Dich das nicht aus der Ruhe bringen. Hier drehen sich die Mühlen langsam, jedes Unternehmen muß siebenfach ausgedacht, geprüft, begründet, verhandelt und genehmigt werden. Leider verliert man auf dem langen Weg durch die Ämter oft die Lust daran. Eine Idee, sagt Fred, ist wie Eisen, sie muß glühend und rasch gehämmert werden! Allerdings fügt er dann beschwichtigend hinzu, haben Ideen auch als Idee, nämlich im Kopf, eine heilsame Wirkung. Für uns ist es eine Art Therapie, schon jetzt, während des langen Winters an die Reise zu denken, das erleichtert das Atmen.

Ob Kitty von unseren Plänen weiß? Ja. Falls Du nicht kommen kannst, ist sie auch bereit, im Sommer zu Dir nach Wien zu fahren. Berti bringen wir dann bei Freunden unter. Soviel Arbeit und Ausgaben für drei Kinder wollen wir Dir nicht zumuten, auch wenn Du hundertmal erklärst, daß es Dich freuen würde. Oma, ich finde es überhaupt nicht lächerlich, wenn Du extra zum Predigtstuhl fährst, um für Vaters Grab frische Blumen aus seinem Garten zu bekommen. Habt Ihr denn schon Frühlingsblumen hinter dem Schuppen? Wie schön. Nun eine Neuigkeit, wir haben endlich die Chance, ein kleines Haus in Michendorf zu bekommen. Erinnerst Du Dich, ganz nahe von Petzow, vielleicht vier Kilometer vom Schwielowsee entfernt. Endlich raus aus dem Grenzgebiet, wir sind hier völlig isoliert. Das neue Haus ist leider ein ganz altes Haus, und wir werden, falls wir es bekommen, sehr viel Geld und Arbeit hineinstecken müssen! Wir überlegen noch, aber wir werden zugreifen, denn wir kämpfen schon Jahre gegen Windmühlen, um aus dieser Falle herauszukommen. Vielleicht bietet sich die Möglichkeit für einen Ringtausch, aber wenn sich bis Juli kein Ausweg zeigt, werden wir nach Michendorf ziehen. Und man müßte schon jetzt die Handwerker bestellen und sich um Dachschindeln und Toilettenmuscheln bemühen. Das Haus stand einige Monate lang leer und ist in sehr schlechtem Zustand. (Ein Haus, das längere Zeit verlassen ist, verschwindet ziemlich rasch, löst sich in Staub auf. Die Leute kommen nachts mit dem Wagen und reißen alles ab!) Natürlich wären wir froh, wenn Du in dieser Zeit bei uns sein könntest, denn jemand muß sich um die Kinder kümmern. Wenn alles schiefgeht und wir weiter in Kleinmachnow sitzen müssen, bleibt uns als Trost eine Fahrt ins Vogtland, zu unserer Bauernfamilie, die uns wieder eingeladen hat. Alles in allem ist unsere Lage wieder völlig unterminiert. Nichts ist sicher. Und so war es eigentlich immer. Tut mir leid, Dich mit solchen Gedanken zu belästigen. Ob es wirklich nur an unserem Charakter liegt, wie Du zu denken scheinst?

28. 3. 67

Apropos Toilettenmuscheln. Wir haben gestern wieder das Haus in Michendorf besichtigt. Die Löcher im Dach sind inzwischen größer geworden, die Dachziegel vom Schuppen sind weg. Es ist mehr oder weniger eine Ruine, und man müßte sofort die Hand drauf legen, wenn man das Haus retten will, und anfangen zu restaurieren. Das würde aber unsre ganze Kraft und unsere Zeit in Anspruch nehmen, das können wir gar nicht. Ein paar Tage lang haben wir daran geglaubt. Eine faszinierende Sache, ein Haus aufzubauen. Selbstverständlich haben wir uns bei Freunden und Nachbarn informiert. Und da erfährt man erstaunliche Dinge. Ein Haus bauen, in unserer Gesellschaft, ist ein Abenteuer. Wie sich jetzt zeigt, sind in unserer nächsten Umgebung mehrere Familien seit

Jahren in dieses Abenteuer verstrickt. Und wie sieht das aus? Zum Beispiel die Klinckes, schräg gegenüber. Sie basteln an einem Siedlungshaus, das sie vor fünf Jahren vom Wohnungsamt zugewiesen bekamen und dann gekauft haben, für sehr wenig Geld. Damals eine Ruine. Beide sind Lehrer, mit zwei Kindern, nicht arm, auch nicht wohlhabend. Da sie keine Beziehungen haben, kommen sie auf »normalem« Weg kaum an Baumaterial heran. Wir haben einen angenehmen und lehrreichen Abend bei ihnen verbracht.

»Also für Ziegel, Dachziegel, Blech, Holz und Zement, da müssen Sie sich ein System schaffen!« Was für ein System? Und schon erzählt uns Herbert Klincke, vom fröhlichen Lachen der Frau und Kinder begleitet, den letzten Schwank: Vorigen Monat in Güterfelde-West, dort sollte es einem Gerücht nach Ziegel geben. Bei der »Baustoffversorgung« sei ein Waggon Ziegel angekommen! Er spricht dort vor, und man sagt ihm, ja, er könne 3000 Steine bekommen, müsse aber eine Genehmigung von seiner zuständigen Behörde und seinem Betrieb vorlegen. Es dauert drei Tage, denn die Genehmigung muß an mehreren Stellen unterzeichnet werden. Als er wiederkommt, sind die Ziegel weg. Andere waren schneller. Der nächste Waggon, zwei Wochen später, landet in Saarmund. Klincke ist inzwischen 200 Kilometer mit seinem Trabi »über die Dörfer« gefahren, in Sachen Ziegel. Nun besitzt er ausreichend Genehmigungen, aber der Waggon ist nicht angekommen. Irgendwo hängengeblieben. Vor der Baustoffversorgung von Saarmund haben 15 Trabis stundenlang vergeblich gewartet. »Kommen Sie morgen!« heißt es. Er fährt am nächsten Tag wieder hin, wie er das mit seinem Beruf zuwege bringt, ist seine Sache. Nun erklärt man ihm, aus Gründen, die nur amtlich bekannt sind, ist der Waggon inzwischen in Bergholz-Rehbrücke beim Abladen. Als er dort hingelangt ist, sind die Steine wieder weg. Verschiedene Leute sind noch besser organisiert, haben das bessere System!

Nun platzt Herbert Klincke und macht Krach. In der Verkaufsstelle sitzt eine junge und sehr hübsche Frau. (Überall in der Baustoffversorgung sitzen ungewöhnlich hübsche Frauen, sagt Klincke, warum, weiß er nicht!) Die junge Frau bedeutet ihm, daß er zwar keine Ziegel, jedoch Fliesen fürs Bad bekommen kann. Ob er zehn Quadratmeter Fliesen haben will? Natürlich will er. Und bedankt sich mit einem kleinen Geschenk.

»Und Sie brauchen wirklich Fliesen?« frage ich.

Nein. Er hat schon Fliesen in seinem Schuppen, für zwei Küchen, drei Bäder und vier Toiletten. Aber es hätten ebenso verzinkte Regenrinnen oder Fensterrahmen sein können, Tonröhren oder Waschmuscheln. Regenrinnen hat er übrigens auch. Jede Menge. Was er damit macht, wollen wir wissen? Die Klinckes haben großes Vergnügen mit uns, sie schauen sich gegenseitig belustigt in die Augen, grinsen, kichern über soviel Unwissenheit. Für Fliesen, die fast noch schwieriger zu bekommen sind als Ziegel, kann man Bretter haben, im Tauschweg, versteht sich, Dachbalken, Zement oder eben auch Ziegelsteine, von jemandem, der durch Tüchtigkeit, Glück, Improvisation, Frechheit und Mut einen halben Waggon Ziegel hat einlagern können, und zwar mehr, als er braucht. Alles regelt sich auf diese Weise. Allerdings verteuert es das Vergnügen, denn man muß dauernd »über die Dörfer« fahren! Klincke besitzt auch drei Toilettenmuscheln. Toilettenmuscheln sind bei uns das Höchste! Nicht zu bezahlen. Was er damit macht? Wieder eine kleine Belustigungspause, sogar die Kinder kommen aus dem Gelächter nicht heraus. Aufheben. Aufheben bis zum Schluß. Für Toilettenmuscheln kann man überhaupt alles haben!

Im Verlauf des Abends kommen wir auf die Philosophie zu reden. Ob sie das alles nicht schrecklich finden, fragen wir. Klincke kratzt sich am Kopf. Alle sind höchst vergnügt. Die Frau hat gerade Kaffee serviert. Westkaffee. Sie haben eine Mutter *drüben* und zwei Tanten. Ohne diese und ohne Kaffee würden sie das alles nicht schaffen.

Nein, er findet das überhaupt nicht schrecklich, im Gegenteil. »Schauen Sie«, sagt er lachend, »das alles beschäftigt die Menschen ein Leben lang. Na, ist das vielleicht schlecht? Sie haben keine Zeit, darüber nachzudenken. Und es trainiert die Hände, den Kopf, den ganzen Klan. Es ist das System, was zählt!«

Wir sind fremde Leute für sie, aber immerhin Ausländer, zu denen man offen reden kann. Dennoch muß man sich vielleicht nach hinten absichern. Meint er das alles ernst? Sein Lachen ist schwer zu deuten. Und als Lehrer muß man sich sowieso nach allen Seiten hin »'ne Folie anlegen, die zurückreflektiert«! Ganz gut gesagt, aber was meint er damit? Er sagt auch nicht, was für ein System er meint. Sein intelligentes Gesicht, schlau und doch angenehm, ist voll Bewegung. Steht er diesem jungen Staat wirklich freundschaftlich gegenüber, oder ist auch das sein System, einfach aus allem das Beste zu machen und mit einem lachenden Gesicht zu bestehen?

Geltow, 3. 4. 67

Hallo Gretl,
ich bin ausgerissen, konnte nicht mehr, und Fred hatte den Mut, den Haushalt zu übernehmen. Diesmal bin ich im Komponistenheim (weil in Petzow kein Zimmer frei ist). Ziemlich leer hier, nur fünf oder sechs Leute, die ich nicht kenne. Habe ein ruhiges, bequemes Zimmer zum Garten, bekomme die Mahlzeiten vorgesetzt und brauche mich um nichts zu kümmern. Kann wieder auftanken, mit mir ins reine kommen und vielleicht meine Geschichte beenden, die mich nicht in Ruhe läßt. Gehe viel spazieren, habe ganz wenig Kontakte, aber mit sympathischen Menschen, schlafe viel, lese viel. Ein erstes Gespräch mit einem älteren Herrn. Er ist taktvoll und zu-

rückhaltend. Auch die Angestellten im Haus sind auf eine wohltuende Weise freundlich und reserviert. Die Menschen haben gelernt, im Gesicht eines anderen zu lesen, Stimmungen zu erkennen und zu respektieren, es gibt sehr viel mehr ruhige, unaufdringliche Teilnahme hier unter den Menschen als im Westen. Das ist doch interessant!

Mein armer geduldiger, unvergleichlicher Fred. Er versorgt inzwischen die Kinder, gestern kamen sie mich alle vier besuchen, Fred etwas mitgenommen, aber immer noch geduldig. Daniel, der verwöhnte Schreihals, schikanierte uns alle, bis ich sie wieder hinauswarf. Kitty blieb über Nacht bei mir, mit ihr versteh ich mich am besten, fast wie mit einer Freundin. Wir haben abends in der Dunkelheit eine »Bärenjagd« im Wald veranstaltet. Solche Geschichten denkt sie sich öfter aus. Mir zitterten die Knie in dem dunklen Wald, bei ihrem aufgeregten Getue, aber natürlich durfte ich mir nichts anmerken lassen! Wir haben also einen jungen Bären gefangen und in unser Zimmer geschleppt. Haben ihn hinter unseren Betten versteckt, ihn beschwichtigt und dann haben wir bis zehn Uhr getratscht.

Hab heut Kitty in den Bus gesetzt und danach ein wenig geweint.

Wie ahnungslos die Kinder sind, wie leicht in Freude und Begeisterung zu versetzen. Und was wird mit ihnen geschehen? Das Haus in Michendorf werden wir nicht nehmen. Haben uns gestern von einem Bekannten hinfahren lassen, es liegt ganz nahe. Kitty hat einen kleinen See im Wäldchen entdeckt, nahe vom Haus. Sie war ganz außer sich vor Freude. Aber ich bekam Angst. Die Kinder würden in einem unbeaufsichtigten Augenblick hingehen . . . Und diese dunkle, fast schwarze, magische Wasserfläche macht mir angst!

Geltow, 7. 4. 67

Lieber Ernst,
Dein letzter Brief hat sehr verschiedenartige Gefühle in mir ausgelöst, und ich werde sie nicht genau definieren, weil ich das gar nicht will. Du meinst also, diese Reise wäre möglich und völlig »unbedenklich«, mit Dir allein zehn Tage durch die Schweiz.

Nein, Ernst, trotz aller Versicherungen, die ich Dir übrigens glaube, werde ich nicht kommen. Nicht weil meine »Pariser Laune« verflogen ist; meine Freundschaft und meine Zuneigung zu Dir ist ziemlich konstant, aber ich bin nicht leichtsinnig genug, um mit den Gefühlen anderer zu spielen und viel zu riskieren. Vor allem möchte ich Eure Freundschaft nicht verlieren. Auch wenn Du mir hundertmal erklärst, Ate hätte überhaupt nichts dagegen, was bedeutet das schon. Freds Großzügigkeit solltest Du auch nicht überschätzen. Er hat mir zwar in all den Jahren immer wieder sein Verständnis für alles »Menschliche« versichert, aber ich habe dieses Verständnis nie ernsthaft strapaziert. Außerdem kenne ich mich und Dich zuwenig, um zu wissen, wie man sich in einer solchen Situation verhält und wie weit man dieses Experiment treiben kann. Man verliert mit den Jahren zwar nicht die Lust am Wagnis, aber doch die Begabung dafür.

Du bleibst also in Luzern und willst auf mich warten? Nein, ganz ernsthaft, Ernst, fahr lieber allein. An Ate hab ich inzwischen zwei Briefe geschrieben. Warum schreibst Du nie ein Wort über Daniel, wie geht es ihm, hat er endlich eine Behandlung akzeptiert? Daß Ate dieses Thema meidet, kann ich verstehen, aber aus der Schweiz könntest Du uns wenigstens informieren, wie es um den armen Daniel steht. Denkst Du noch daran, nach Berlin zu kommen? Wir würden uns beide sehr über Deinen Besuch freuen. Und nimm mir bitte meine Offenheit nicht übel!

Geltow, 7. 4. 67

Cousinchen,
was interessiert Dich an den Künstlerkreisen bei uns? Wir gehören nicht dazu, falls Du das meinst. Es sind im Grunde ganz nette Leute, wie auch wir, die aus dem Kleinbürgertum kommen, nix anderes! Falls Dir diese Bezeichnung etwas sagt. Und sie sind Kleinbürger geblieben, trotz proletarischer Redensarten auf der einen Seite und künstlerischem Gehabe auf der anderen. Wenn solche Künstler wohlhabend werden, einflußreich oder gar berühmt, was ja vorkommt, dann benehmen sie sich oft noch spießiger als die anderen, sie schaffen Sachen an. Wie die Handwerker, wenn der Klempnerladen floriert. Was ich übrigens keinem übelnehme, schon gar nicht den Handwerkern! Sachen anschaffen ist der allgemeine Trend. Es gibt dann das Einfamilienhaus in Kleinmachnow oder in Grünau, den elektrischen Rasenmäher aus dem Westen, die zwanzig anderen elektrischen Geräte und den Fernseher ebenso aus dem Goldenen Westen. Und überhaupt richtet sich der Grad der Bedeutung einer Persönlichkeit nach dem, was einer aus dem Westen hat. Viele von ihnen bekommen fast alles von drüben, essen sogar Konserven nur von dort, waschen sich mit Westseife und wischen sich den Hintern ausnahmslos mit gutem, weichem Westklopapier. Anfangs wurden wir von diesen Leuten zwei- oder dreimal eingeladen. Nur einmal gingen wir hin. Es war eine Geburtstagsparty mit viel Alkohol. In dem Augenblick, als eine Dame anfangen wollte, Striptease zu machen, platzte ich mit meinem unwissenden Gelächter heraus. Das fiel unangenehm auf. Und Fred liebt es nicht, aufzufallen. Er genierte sich ein wenig, weil ich immer solche Sachen mach. Wir verdufteten ungesehen, und zu Hause lobte mich mein Fred. Nicht daß ich etwas gegen Striptease habe, verstehst Du, nur gegen die kleinbürgerliche Variante davon! Danach gab es keine Einladungen mehr. Die hatten verstanden, daß wir nicht dazugehören!

29. 5. 67

Mütterlein,
der liebe Gott hat mich gestraft und mich die Treppe runterfallen lassen. Sehnenzerrung. Und auch im Rücken Schmerzen, aber ängstige Dich nicht, es sind alles Kleinigkeiten, verbunden mit ersten Alterserscheinungen. Tagsüber vergesse ich meine Wehwehchen, man muß sich nur bewegen und ins volle Menschenleben stürzen, das ist die beste Medizin! Auf die Reise möchte ich auf keinen Fall verzichten, Fred hat sich fotografisch großartig ausgerüstet und braucht mich. Falls Du die Kraft und Geduld hast, es mit den Kindern auch eine Woche länger auszuhalten als geplant, wollen wir – was schon lange auf unserem Programmzettel steht – ein paar Tage Südfrankreich anknüpfen. Aber noch ist das alles utopisch, wie immer in unseren Verhältnissen. Fred wird also nächste Woche nach Wien fahren, vielleicht auch den Globus-Verlag anspitzen und Dich abholen. Wahrscheinlich kannst Du am 8. Juni mit ihm rechnen und gefüllte Paprika für ihn machen, wie immer, er freut sich schon darauf! Hoffentlich ist Dein Visum bis dahin genehmigt. Kitty ist ganz kribbelig vor Freude. »Wenn nur Oma schon hier wäre!« Ansonsten freuen wir uns über die schönen Sommertage, sind viel im Garten, essen draußen, tippen sogar im Freien. Momentan bearbeite ich Freds neues Manuskript, das kann man auch sitzend. Dafür macht Fred einen Teil der Hausarbeit. Er ist wirklich bedauernswert, kommt nicht zu seiner Arbeit, und das macht ihn ganz desperat. Das alte Lied. Nimm's nicht tragisch. Wir werden schon durchkommen!

29. 5. 67

Liebe Ira, Irene, Reni,
so oder so will ich Dich ab heute nennen, such Dir was aus, Ilse gibt es schon zwei andere in meinem Leben, oder meinst Du, daß ich Dir mit einem anderen Namen etwas anhänge, was Du nicht bist? Wir hängen unseren Freunden immer etwas an, was sie nicht sind, wir basteln sie uns zurecht, denn in einem Zimmer, das ich mir selbst einrichte, kenn ich mich besser aus. Auf deutsch gesagt, wir wissen nix einer über den andern, und deshalb denk ich mir bei Dir was Schönes aus! Und nun will ich Dir beichten, ich werde alt! Bin die Treppe runtergefallen und gleich liegengeblieben, so weh hat mir alles getan. Eine miese Nacht, und am nächsten Morgen hat Fred mich in die Poliklinik gefahren. Ich dachte mindestens an Oberschenkelbruch, aber es ist nur eine langweilige Sehnenzerrung, und ich bekomme einen Zinkleimverband und mehrere Wochen Ruhe und Schonung verschrieben. Stell Dir das vor. Die lieben Kinderchen haben einen Krückstock besorgt und sich kaputtgelacht, als ich die ersten Gehversuche machte. Ich habe nun schon drei Tage herumgelegen, im Garten, auf der Terrasse und auf der Couch. Und hab gegrübelt. Und auf einmal einiges gesehen. Die Flecken an der Wand. Unsere billigen und häßlichen Möbel. Eine gewisse Schäbigkeit und Lässigkeit in unserer Wohnung, weil wir ja immer wegwollen, nicht wissen wohin und seit Jahren sozusagen auf gepackten Koffern sitzen. Ein Zustand, den Fred seit seiner Kindheit nicht anders kennt. Und doch glaube ich nun, sollte man sich richtig einrichten, so gut es geht und so schön, als es gerade möglich ist, auch wenn man nur in Tagen rechnet. Diese Schlamperei der Emigranten, Fred hat oft darüber erzählt und geschrieben, aber wie kommt man davon los? Auch daran kannst Du sehen, daß ich alt werde und weise. Trübe Gedanken. Und hier ein Auszug aus meinem Tagebuch: 24. Mai, ich bin grün und gelb im

Gesicht, von der Galle. Schwöre wieder einmal vergebens, daß ich strenge Diät halten will. 25. Mai, hurra, der Heuschnupfen ist wieder da, gewaltige Nasenstürme, trotz der 20 Spritzen, die ich im Winter bekommen habe. Und nun 26. Mai, ich falle die Treppe runter, und das in einem Augenblick, wo wir in einem Anfall leichteren Wahnsinns gerade ein großes Zelt gekauft haben, Luftmatratzen, Schlafsäcke und Campinggeschirr. Wir wollen nämlich in Frankreich campieren, weil wir keine Devisen haben!

Dieser Spleen wurde von einer neuen Auflage unseres Paris-Buches ausgelöst. Habt Ihr das mitgekriegt? Ziemlich viel Geld, mit dem wir eigentlich nicht gerechnet hatten. Aber eben Geld, das uns in Frankreich nichts nützt. Übrigens haben wir uns gestern wieder ein Haus angesehen, wieder in Michendorf. Aber wir können uns nicht entschließen, Fred wälzt in seinem Kopf weiterreichende Pläne. Und da scheint uns Michendorf eine Sackgasse. Wieder anfangen, sich einrichten, alles in die Wege leiten, alles auf eine Karte setzen? Ein zu anstrengendes Unternehmen, wenn man eigentlich immer unterwegs sein möchte! Und sonst nichts. Auch ich fühle, daß alles ganz anders kommen wird, vielleicht doch für einige Jahre nach Frankreich? Wir sind wohl beide nicht für ein geordnetes Dasein auf festem Boden geschaffen. Hab ich Dir von Julia Arendt erzählt, wir sind uns in Petzow begegnet, und sie sagte: »Warum bleiben Sie hier, Sie sind jung, und man kann im Süden viel leichter leben!« Sie meinte tatsächlich, wir sollten uns auf einer der spanischen Inseln ansiedeln, auf Ibiza oder Formentera, es sei wahnsinnig billig und die Kinder würden dort gut gedeihen.

6. 6. 67

Ilse, meine arme Freundin,
Du hast gestern in Deinem Brief gesagt, daß Ihr optimistisch seid, wegen Israel. Aber da war schon Krieg, fielen schon Bomben. Wie naiv Du bist, wie unwissend wir alle ... Ich hätte gern Deine Stimme gehört, überhaupt eine menschliche Stimme. Ich glaubte ein merkwürdiges Singen in der Luft zu vernehmen, monoton und verhängnisvoll. Aber Worte sind nichtssagend und banal in solch einer Situation, ein Gestammel aus Hilflosigkeit. Wir haben uns schweigend die Nachrichten im Westfernsehen angehört. Über unsere eigene Berichterstattung kam noch nichts. Ich war fasziniert von dem Spiel der Männer, das wir »Krieg« nennen. Sie handhaben diesen Krieg wirklich wie ein großes Turnier mit festen Spielregeln. Dazu noch der verlogene Bericht über den Mord an dem Westberliner Studenten. Man könnte wieder hassen lernen. Soviel Scheinheiligkeit, Phrasen, scheindemokratisches Getue.

Der 5. Juni 1967 also! Der Anfang von einem neuen Weltkrieg? Wie wird das alles enden. (Hoffentlich irre ich mich!) Und was werden die Großmächte tun. Im übrigen ist meine Angst ebenso belanglos wie der Optimismus unserer Pariser Freunde, die von einer »günstigen Weltlage« schrieben. Soviel Unwissenheit auf allen Seiten, man ist immer wieder überrascht, was alles an wirklicher Information wir versäumt, vertan, verschlafen haben. Man müßte etwas tun. Und wird man dann wieder sagen, ich habe nichts gewußt? Die Wahrheit über den Nahen Osten, wer kann sie mir wirklich sagen. Man hätte eine Menge darüber lesen können. Warum tun wir das nicht? In meiner Schwäche und Ohnmacht verspüre ich zum erstenmal das vage Bedürfnis, zu einem unbekannten Gott zu beten, Herr, laß sie dieses verfluchte Spiel nicht spielen. Ach, meine großen, unbeholfenen dummen Worte ...

8. 6. 67

Ich kann nicht Schutz und Zuflucht geben, wenn ich selbst Zuflucht entbehre, zu vieles mitschleppe aus der Vergangenheit. Ich kann mit den Meinen leben, mit Fred, Kitty, meinesgleichen – ein Provisorium, zigeunerisch, mal da, mal dort, mal düster, mal heiter, eingebettet in Freundschaft, Zuneigung, gleiche Interessen, Verständnis füreinander ... Aber nichts von Dauer und für die Ewigkeit, da wieder Krieg ist, Unsicherheit und Angst. Nur Schizophrene können wirklich glücklich in ihren vier Wänden leben, in dieser Zeit. Man hat soviel Mühe, sich selbst zu verstehen, anzunehmen, oder gegen sich selbst zu kämpfen.

8. 6. 67

Leichte Übelkeit bei jedem Erwachen, morgens, wie nach einem bösen Traum. Krieg. Und es ist kein Traum. Aber dann schau ich aus dem Fenster und entdecke Fred, der eben die Blumen auf unserer Terrasse begossen hat und nun den Rasensprenger anstellt, wie jeden Tag. Und die Amseln kommen von allen Seiten, sie haben schon darauf gewartet und tummeln sich unter dem glitzernden Sprühregen, spreizen vergnügt die Flügel, flattern, piepsen, nehmen ihr Morgenbad und hüpfen aufgeregt hin und her, auf die Würmer wartend, die bald aus dem Boden kriechen werden. Und doch ist Krieg. Sich vorzustellen, sich das einmal vorzustellen, ganz naiv, falls das noch möglich ist, diese Ansammlungen junger Männer in den Aufmarschgebieten, Autokolonnen voll Menschen, die sich gegenseitig mit Bomben bewerfen werden, mit Brandflaschen, mit Patronen, die ihnen die Gesichter, die Hände, die Glieder zerfetzen! Und dann ruft Fred. Ja, ich komme, antworte ich. Natürlich geht alles weiter. Ich mache Kaffee und stecke die Brötchen von gestern in die

Röhre, um sie knusprig zu machen. Und wir werden alle beisammen draußen im Schatten der Markise sitzen und die Brötchen mit Butter und Marmelade bestreichen. Absolut schizophren. Die Brötchen schmecken uns. Und doch ist alles anders. Wir reden und merken den falschen Ton. Aber was sollen wir tun? Alles ist wie jeden Tag, und doch hat es eine unheimliche Bedeutung.

9. 6. 67

Die Kinder haben hinten im Garten einen toten Vogel gefunden. Berti hat die Schaufel geholt und ein kleines Grab ausgehoben. Sie haben den Vogel schweigend begraben. Sie haben wirklich nichts gesagt, was ich erstaunlich finde. Kitty kam dann in die Küche und trank ein Glas Wasser. Sie war ganz gelb im Gesicht, die Augen ungewöhnlich groß, durchsichtig und verstört. Ich hab sie noch nie so gesehen. Man sollte verhindern, daß sie abends im Fernsehen die Nachrichten miterleben. Sollte man es wirklich verhindern? Ich weiß es nicht. Kurz darauf kam Kitty wieder in die Küche und verlangte Wasser. Ich hab ihr ein Glas Kirschensaft hingestellt. Sie hat daran genippt, dann ist sie verschwunden. Hab eine Weile gewartet, dann nachgesehen. Sie saß im Wohnzimmer und las in ihrem Lieblingsbuch, Grimms Märchen, völlig versunken. Wie arbeiten die Mechanismen der Verdrängung. Wie rasch lernen Menschenkinder die Welt begreifen, ihr widerstehen. Das Leben ist schön, gaukeln wir ihnen vor, alles ist bestens, alles geht weiter. Jawohl, aber nur geistig Verkümmerte können blind zur Tagesordnung übergehen. Hab ich da recht? Und die hunderttausend, die nie von irgend etwas, das nicht sie selbst und ihre Familie berührt, ergriffen werden, die in völliger Teilnahmslosigkeit dahinvegetieren?

10. 6. 67

Gestern abend in den Nachrichten eine kurze Szene der Hinrichtung von fünf jugendlichen Gewaltverbrechern in China. Man bindet ihnen ein schmales Brett aufs Kreuz, das ihren Kopf um einen halben Meter überragt, wo ihre Missetat und das Urteil geschrieben stehen. Dann werden sie auf offenem Lastwagen zum Marktplatz gefahren, wo man sie inmitten der Menge – zufällige Passanten, kein bestelltes Publikum – auf die Knie zwingt. Ihre Hände sind auf den Rücken gebunden, und nun werden sie vom Scharfrichter, einem Polizisten, der Reihe nach durch Genickschuß liquidiert. Sie fallen vornüber, mit einem Ruck, wie von einem schweren Schlag. Die Passanten sehen eine Weile zu, gleichmütig, wie es scheint, viele gehen weiter, ohne aufzublicken... Kitty stand bereits in der Tür, um schlafen zu gehen. Eigentlich sollte sie die Nachrichten nicht sehen. Sie hat glücklicherweise nichts begriffen. Heute früh fragt sie mich, warum denn das Fernsehen so blöde Filme dreht? Sie wußte nicht, daß es Wirklichkeit war!

11. 6. 67

Ist es denn verkappte Grausamkeit oder was sonst, wenn wir einer Hinrichtungsszene im Fernsehen aufmerksam folgen? Oder ist dieses Gefühl nicht sehr viel komplizierter zusammengesetzt? Dann vielleicht wieder der Augenblick, wo wir nicht hinblicken wollen oder können. Darf man die Augen vor der Wirklichkeit verschließen? Eine Frage, über die wir oft reden, uns aber kein abschließendes Urteil erlauben wollen. Und noch etwas: Ich lausche immer mit Spannung, die gewiß auch etwas von heimlichem Vergnügen hat, wenn Fred vom Konzentrationslager erzählt. Vor allem, wenn er Beispiele bringt, wie sich die Häftlinge dort eingerichtet haben, wie er es nennt. Sich einrichten in einem Sklavenhaus, wo es keinen Ausweg gibt? Das Beispiel mit dem Nagel. Fred erzählte Jugendlichen, bei einer Lesung, wie er heute noch, wenn er einen Nagel auf der Straße findet, sich unwillkürlich bückt und ihn einsteckt. Damals nämlich, wenn sie auf dem Marsch zum Lager waren, nach der Arbeit, und unterwegs ein Stück Holz fanden, eine leere Blechbüchse oder einen Nagel, das war immer ein unverhofftes Glück. Den Nagel konnte man, wenn man völlig erschöpft und durchnäßt in die Baracke kam, in die Wand über der Pritsche schlagen, dann hatte man etwas, um seine Sachen zum Trocknen aufzuhängen. Das Glücksgefühl bei solch kleinen Funden kann er heute noch spüren. Und ich hör mir das immer wieder begierig an und beobachte auch andere, nicht viele allerdings, die es sich gern anhören. Liegt in dieser anrüchigen Neugier und dem heimlichen Vergnügen daran nicht auch ein Stück Staunen und Bewunderung, wie Menschen eine unlösbare Aufgabe auf einfache Weise lösen, sich in eine unerträgliche Lage fügen und bestehen, um zu überleben. Wodurch? Durch eine seelische Kraft, ganz gewiß, die wir nicht kennen. Wir werden sie erfahren. Unsere heimliche Neugier wird vielleicht eines Tages befriedigt werden, wenn wir einer Katastrophe gegenüberstehen, einem vielleicht schrecklichen Ende!

20. 7. 67

Hugo erzählt mir am Telefon, wie Ilse sich in die ›Verzauberte Seele‹ versenkt und kaum noch anzusprechen ist. Find ich nicht gut. Nicht in diesen Tagen. Mir ist plötzlich klar, wie manche Menschen vor der Realität fliehen. Und wie Ilse immer schon das Seelchen spielte, das die harte Wirklichkeit nicht ertragen kann, und uns alle mit ihrer Güte terrorisierte! Vor kurzer Zeit noch haben mich gewisse Romane entzückt, jetzt verlangt es mich nach Essig. Ich lese die Beauvoir und Enzensberger. Seine blitzgescheiten Gesellschaftsanalysen muß man mit dem Teelöffel in kleinen Portionen aufsaugen. Dieser Hunger nach kritischem Denken, warum habe ich das nicht schon öfter verspürt, muß es erst Krieg geben?

Wir haben das Glück, Christa Wolfs neues Manuskript lesen zu können. Ist sie eine Beauvoir? Ich denke, sie hat das Zeug dazu. Christa hat im Klub aus ›Nachdenken über Christa T.‹ vorgelesen, ich habe die Gesichter der Zuhörer beobachtet. Eine unglaubliche Wirkung. Solch eine Spannung bei einer Lesung haben wir selten erlebt. Und sie liest gut und wirkt durch ihre Zurückhaltung, ihre Klarheit und Aufrichtigkeit, durch ihren unbeabsichtigten Humor und ihre starke Persönlichkeit. Nun kennen wir sie so lange und kennen sie doch nicht. Es wird ein viel besseres Buch als ›Der geteilte Himmel‹, überhaupt kein Vergleich. Das ist eine neue Qualität, eine neue Autorin! Ich habe ihr leider eine meiner Geschichten zu lesen gegeben. Nach diesem Klubabend hätte ich nicht mehr den Mut dazu gehabt. Sie sagt mir, ich hätte Talent und sollte versuchen, längere Geschichten zu schreiben. Wie lieb von ihr. Das sagt sie, weil sie mir helfen will und weil sie weiß, wie sehr es mich treffen würde, wenn sie die Wahrheit sagte. Natürlich glaub ich ihr nicht!

2. 8. 67

Evi,
daß Du die Ferien verfluchst und Dich schon wieder nach Betätigung in der neuen Schule sehnst, voll Neugier und Erwartung, finde ich prima, von mir aus könnten die Ferien auch schon vorbei sein, in diesem Sommer ist aber auch alles schiefgegangen, nichts kam so, wie wir es planten. Aber ist es eigentlich jemals anders bei uns? Papa ist vorgestern mit den zwei Großen und Oma auf

unsere Alm gefahren. Eigentlich keine Alm, ein hübsches Dorf im Vogtland, nahe der tschechischen Grenze und nur 600 Meter hoch. Wir nennen es Alm, weil's so romantisch klingt. Und die Bauernfamilie, wo wir schon zweimal waren und die uns immer einladen, sind prima Leute, die sechs Kühe haben, ein paar Ziegen, Hunde, Katzen, ein Paradies für Kinder. Die Leute sind ärmlich und sehr gescheit, Bauern, die Bücher lesen! Ich muß mit Daniel hier bleiben, er würde uns alle durcheinanderbringen mit seinen Ansprüchen und seinem Geschrei. Wie er sich macht, willst Du wissen? Na ja, er ist offensichtlich ein Spätzünder, ein fauler Bub, aber nicht auf den Kopf gefallen, im Gegenteil, gescheit, sehr temperamentvoll und meschugge, mit einem Dickschädel wie sein Großvater und sehr hübschen Augen! – Fred kommt in den nächsten Tagen mit dem Wagen zurück, und die Oma soll mit den Kindern möglichst lange dort bleiben. Von Kitty viele Busserln für Dich. Sie ist, was das Malen betrifft, nicht so begabt wie Du, dafür aber musikalisch etwas besser. Unlängst hat sie uns allen ein kleines Konzert beschert, mit Stücken von Schumann und Bartók. Berti ist ein Kasper, ein schwieriger allerdings, lernt aber viel leichter, als wir vermutet hatten. Es wär schön, Euch Kinder wieder einmal alle auf einem Haufen zu haben!

16. 8. 67

Winnie,
das ist ein Kurzbericht über einen schwarzen Tag, mitten in einem wunderschönen, heißen Sommer. Und etwas, das ich Dir sozusagen am Rande mitteile, weil Du Deine eigenen Sorgen hast und weil ich sehr stark mitempfunden habe, was Du neulich über den Zustand Deiner Tochter sagtest, ich aber nicht imstande war, auch nur ein Wort des Mitgefühls ins Telefon zu lispeln. Ich hoffe sehr, es geht Deiner Karin besser! Es war also so, vor vier

Tagen rief meine Mutter aus dem Vogtland an, Kitty sei plötzlich erkrankt, akute Blinddarmentzündung, und auch bereits operiert! Man habe nicht die Zeit gehabt, sie ins Bezirkskrankenhaus nach Plauen zu bringen, aber der zuständige Arzt, ein alter Herr und ein Chirurg, habe nicht lange gezögert und sie sofort operiert! Alles sei gut verlaufen, alles okay. Erst dachte ich, sie mache Spaß. Aber meine Mutter pflegt in letzter Zeit selten zu spaßen. Ihre Stimme klang zittrig, und ich konnte mir dieses Zittern nicht deuten. War es ein Nachbeben des eben erlebten Schocks oder verheimlichte sie uns etwas? Es war acht Uhr früh, und Fred machte sich auf der Stelle fertig, um ins Vogtland zu fahren, dreihundert Kilometer weit, konnte aber die Wagenpapiere nicht finden. Etwas, das einen bei seiner Unordnung und Zerstreutheit nicht wundern kann. Es folgten mehrere Stunden angestrengten Suchens, aber die Papiere fanden wir nicht. Das ganze Haus wurde durchwühlt, sein Arbeitszimmer auf den Kopf gestellt. Wir gerieten beide immer mehr in eine Art Panik, und wie vielleicht zu verstehen ist, auch in Gereiztheit, Hektik und Streit. Dann erinnerte sich Fred, daß er am Abend zuvor wie immer seinen Spaziergang machte und streckenweise gerannt sei. Dabei konnte er die Brieftasche, die er in der hinteren Hosentasche trug, verloren haben. Er war dann zwei Stunden unterwegs, hatte sogar die Büsche am Wegrand abgesucht. Danach bei der Polizei angefragt. Nichts. Am Abend dieses schrecklichen Tages setzten wir uns hin, um in Ruhe alles noch einmal zu überdenken. Und da hatte Fred eine Idee. In letzter Zeit hatte Daniel zwei- oder dreimal schon kleine Gegenstände geklaut und unterm Teppich versteckt. Ähnliches hatten wir auch schon von Freunden gehört, daß Kleinkinder in einem gewissen Entwicklungsstadium so etwas tun. Wir suchten unter allen Bettvorlegern und Teppichen. Und wir fanden das Lederetui. Zufall? Verhängnis? In manchen Augenblicken möchte man an höhere Mächte glauben, die uns warnen möchten oder herausfordern. Fred fuhr am nächsten Morgen schon um vier Uhr los, als es gerade anfing hell zu werden, völlig unausgeschlafen und zerknittert. Ich hab ihm noch rasch starken Kaffee gemacht, er sah mich jedoch kaum an. Und dann hatte ich das Vergnügen mitzuerleben, wie er draußen den Wagen zu starten versuchte, die alte Kiste springt manchmal schlecht an, und Fred wurde wütend, dann sah ich den Wagen um die Ecke flitzen. Natürlich hab ich den ganzen Tag gezittert und mir Vorwürfe gemacht. Leider verliere ich oft ziemlich leicht die Nerven, und in solcher Situation sollte man ganz ruhig bleiben können und sich nicht auch noch gegenseitig fertigmachen! An manchen Tagen, was Du vielleicht auch kennst, Winnie, kann ich mich bis zum letzten Blutstropfen selbst zerfleischen. Abends rief Fred dann an, Kitty sei völlig in Ordnung, nur etwas schlapp. Seine Stimme klang ruhig und versöhnlich. Aber ich bin an diesem Tag fast gestorben. Nun ist Kitty wieder bei uns, sehr dünn und klapprig, und alles ist gutgegangen. Nur meine Mutter ist noch hysterischer geworden, als hätten wir das alles absichtlich verschuldet. (Ganz unrecht hat sie wohl nicht, soviel Schlamperei und blindes Vertrauen in einen guten Gott, der immer schützend die Hand über uns halten wird!) Geblieben ist die Erinnerung an diesen schrecklichen Tag. Dieses Gefühl, vor einer grauen, unbarmherzigen Wand zu stehen, einem Zusammenprall unglücklicher Fügungen und Bedrohung ...

17. 8. 67

Meine arme Mutter leidet offenbar Höllenqualen in unserem Haushalt, ich finde dagegen ihre kleinliche Sparsamkeit unerträglich und manchmal erniedrigend. Aber habe ich wirklich recht? Heute im Werderladen Obst und Gemüse eingekauft. Einen großen Kürbis, sehr billig, sie sagt, man kann daraus einen guten Eintopf machen. Brrr. Und Pflaumen gab es endlich, hab eine große Tüte voll davon genommen, aber erst zu Hause gesehen, daß sie alle wurmig sind. Ich werfe sie wütend in den Müll. Die Mutter aber geht mit ihrem verbissenen Schweigen an den Eimer und holt die Pflaumen wieder heraus, entfernt die Kerne und alles Schlechte, wäscht das Fruchtfleisch gründlich und kocht daraus Kompott – eine große Schüssel voll steht dann auf dem Tisch und duftet. Fred kommt ahnungslos herein, kostet und ist entzückt. Und meine Mutter guckt mit einem Ausdruck im Gesicht, der eine Tochter vernichten kann!

Das alles vergiftet die Atmosphäre, aber habe ich wirklich recht? Wir sind schon so verwöhnt und verweichlicht, daß wir alles vergessen haben, wie es früher war. Nicht meine Mutter! Leute, die ein ganzes Leben lang so gelebt haben wie sie, vergessen nichts! Und wir verteidigen das gute Leben. Dieses gute Leben wird uns alle umbringen. Das gute und schöne Leben, das wir uns alle wünschen und in unseren Lehrbüchern verherrlichen, ein Leben ohne Krieg, ohne Hunger und Not, in Wohlstand und im Überfluß ... Was wird es uns bringen? Menschen ohne Gefühl, die keine Eckzähne mehr haben, keine Kraft und keinen Saft. Und auch keine Nerven, um mal eine Situation, wenn es hart auf hart geht, zu bestehen!

20. 8. 67

Liebe Finnie und Gretl,
ein Gemeinschaftsbrief, der nicht durch Mamas Zensur gehen soll, sie macht uns nämlich große Sorgen. Zwar behauptet sie, es fehle ihr nichts, sie hätte keine Beschwerden, aber sie ist ständig in einem krankhaften Zustand von Gereiztheit und Hektik. Seit der Rückkehr von der Alm ist es überhaupt unerträglich geworden. Sie sind seit Freitag wieder hier, Kitty sieht blaß aus und

durchsichtig, mit einem schmalen, großäugigen Gesichterl. Aber sie hat keine Schmerzen mehr, den Bauch trägt sie eingebunden, Mittwoch soll der Verband runter. Sie hüpft schon herum, ißt wenig und lustlos und freut sich auf die Schule. Berti dagegen möchte davon nichts wissen, und Mathe hat er völlig verschwitzt, wie sich jetzt herausstellt! Oma ist außer sich, daß man Kinder zwingt, soviel Mathe zu lernen, wenn sie doch überhaupt nicht dazu taugen! Wie stur sie sein kann, und sie hat nicht recht. Berti ist doch nicht auf den Kopf gefallen, wenn man ihn genügend animiert, lernt er recht gut.

Ich war übrigens froh, Tante Finnie, daß Du in Deinem Brief Deine Schwester an Eure Jugendstreiche erinnerst. Sie schmunzelt, behauptet aber, sie wäre nicht dabeigewesen, hinter dem Spritzwagen bist nur Du hergelaufen und hast Dich dreckig gemacht! Nicht, daß Mama leugnen will, auch Dummheiten begangen zu haben, mein Eindruck ist, daß sie vieles aus ihrer Kindheit verdrängt oder wirklich vergessen hat. Es muß damals Erlebnisse gegeben haben, über die wir nie etwas erfuhren. Und da könntest Du mir helfen, ich möchte mehr wissen über Euch! Berti sieht übrigens prima aus, braun und hübsch, mit einer langen blonden Beatlefrisur, sehr zufrieden und selbstsicher, viel besser als im vorigen Jahr!

31. 8. 67

Herbert,
ich schreibe in ziemlich niedergedrückter Stimmung. Deinen Brief haben wir bekommen, Mama hat geweint darüber, aus Freude oder ich weiß nicht warum. Sie ist völlig von Deiner Gunst abhängig, und das ist nicht gut. Mir ist klargeworden, daß sie wirklich nur noch für uns lebt und durch uns. Aber wir können deshalb nicht unser Leben auf den Kopf stellen und uns ihren Vorstellungen

und Wünschen fügen. Das ist bitter und deprimiert mich sehr, aber Du kannst Dir nicht vorstellen, wie schwierig sie geworden ist. Ein einigermaßen erträgliches Zusammenleben ist nur möglich, wenn man schweigt. Sie erträgt nicht die geringste Gegenmeinung und läßt außer ihrer sehr tristen Lebensweise überhaupt keine andere gelten. Wenn ich so leben würde wie sie oder wie viele Frauen ihrer Generation, so anspruchslos und grau und nur auf die Kinder und den Haushalt eingestellt, dann wäre sie mit mir zufrieden. Und es geht ihr einfach nicht in den Kopf, wie ich mit *dem* Mann glücklich sein kann. Dabei ist Fred gerade jetzt ein artiger, ausgeglichener Hausvater, geht nie weg, jedenfalls nicht ohne mich, widerspricht nie, ist immer freundlich und entgegenkommend zu ihr und hat überhaupt viel mehr Geduld mit uns, als wir verdienen. Ich kann Mama nicht verstehen, sie ist mir fremd. Nur wenn sie wieder in Wien ist, liebe ich sie und schreib ihr jeden Tag einen Brief. Sie müßte doch merken, wie gut wir miteinander leben könnten, mit ein wenig Toleranz. Sie hat fortwährend den Drang, sich für die Familie aufzuopfern, läßt es aber jeden von uns auch fühlen. Es ist jener Terror, der Dich weggetrieben hat, der Generationen von jungen Leuten aus dem Elternhaus treibt.

Von alldem abgesehen, könnten wir wirklich glücklich sein. Die beste Zeit mit Fred und den Kindern. Das hübscheste Kind im Gitterbett, einigermaßen Geld, um leben zu können. Durch die allgemeine menschliche Schizophrenie kann man sogar die Kriege, die Krisen in der Welt, den Hunger und die Ungerechtigkeit zur Kenntnis nehmen und damit existieren. Im September, wahrscheinlich am 12., wollen wir endlich nach Paris fahren. Mama drängt uns, länger zu bleiben, als wir planen, na klar, sie regiert dann allein im Haus, aber dazu reicht weder das Geld, noch hätten wir die Nerven, Oma so lange mit drei Kindern allein zu lassen.

Noch was, Oma hat uns angeboten, im nächsten

Frühjahr für eine Weile in der Wattgasse in ihrer Wohnung zu wohnen, um Wien wieder einmal ohne Kinder zu genießen. Sie würde einstweilen hier das Haus hüten. Unter uns gesagt, ich hab oft Sehnsucht nach Wien, aber erzähl das bitte niemandem von unseren Verwandten, um nicht Wasser auf diverse Mühlen zu gießen! Oma hat sich sowieso noch nicht damit abgefunden, daß wir hier leben. Und die Frage, die uns einige von unseren Lieben ständig stellen, wie lange wir hier bleiben werden, ist ganz einfach eine Frage unserer Existenz. Wovon sollten wir in Wien leben? Wir reden sehr oft davon, Fred und ich, und kommen jedesmal zu dem Schluß, daß es im Grunde darum geht herauszufinden, was für die Kinder besser wäre, hier zu bleiben oder ein neues Land zu finden. Nach Wien zurück möchte Fred nicht gern. Hast Du eine Antwort auf diese Frage? Wir nicht.

Wiepersdorf, 21. 10. 67

Hallo Winnie,
ja, wir waren in Paris und haben neue Bilder gemacht. Aber nicht die üblichen Ansichtskartenfotos, wir planen ein neues Buch. Noch nicht ausgebrütet, kann daher nicht viel sagen. Menschengesichter! Vielleicht. Ist es nicht merkwürdig, daß in unserer Sprache die Worte Gesichter und Geschichten so ähnlich klingen? Ich habe drei Frauen aufs Korn genommen, eine aus dem Hotel, in dem wir wohnten. Zwei junge Frauen und eine Alte. Die alte Frau ist Ungarin, die seit dreißig Jahren in Paris lebt, sie ist aber viel pariserischer als die meisten anderen Frauen. Und was für ein Leben! Leider hab ich darüber nicht viel erfahren können, nur Andeutungen – Deine Freundin Frau Kellermann vom Rundfunk hat mir kurz geschrieben, sie sei an meinen Frauenskizzen interessiert. Selbstverständlich freut mich das, nur scheint es mir ziemlich unverbindlich. War es vielleicht eine Höflich-

keitsfloskel? Ein paar persönliche Bemerkungen wären besser gewesen, auch kritische Einwände zu meinem Entwurf, irgend etwas, woran man sich halten könnte. Vielleicht irre ich mich und Du redest noch einmal mit ihr, Anfänger sind empfindlich, ein ganz kleiner Erfolg, ein Zeichen von echtem Interesse wären ein großer Ansporn! – Meine Cousine Rosl will in ihrem Blatt auch einiges von mir veröffentlichen, aber ich bin ehrlich gesagt nicht versessen darauf, gedruckt zu werden. Das alles ist noch zu unreif, ich weiß! Aber ich liebe ein klares Ja oder Nein. Die Skizzen über die drei Frauen sende ich Dir bald!

PS. Es ist inzwischen Abend geworden, und Fred ist noch nicht von seinem Dreistundenmarsch zurück. Zwei Stunden renn ich ja geduldig mit ihm, aber wenn er mich länger durch die Wildnis schleppt, werde ich grantig. Wie geht es Deiner Karin, kann sie wieder laufen? Meine Kitty hat sich erholt, nur ist ihr eine furchtbar große Narbe geblieben, mit über zwanzig Stichen! Entweder war es wirklich so schlimm oder der Chirurg ein Stümper. Ich werde es nie erfahren. Sie ist immer noch sehr blaß und irgendwie älter geworden, reifer, als hätte sie begriffen, was ihr drohte! Geblieben ist nur der Schreck, der mir noch in den Knochen sitzt . . .

Wiepersdorf, 22. 10. 67

Ilse, Hugo,
in Eure Zerwürfnisse wollen wir uns nicht einmischen, und daß Ihr Euch nun nach so vielen schönen Jahren trennen wollt, finden wir absurd. Warum – weil Hugo Dir Dein schönes Geschirr zerschlägt? Oder weil Dir, Hugo, die Ilse furchtbare Dinge sagt? Passiert überall, ist überhaupt kein Grund. (Ich weiß, es gibt noch andere Gründe!) Aber in Eurer Situation, und das sind ungefähr

die Worte von Fred, sind große und harte Entscheidungen zwar denkbar, aber kaum zu verwirklichen. Nichts übers Knie brechen, Zeit gewinnen, jede weitere Verkrampfung meiden, falls das noch möglich ist!

Wir haben in den letzten Tagen viel an Euch gedacht und uns das Hirn zermartert nach einem Ausweg. Jetzt merke ich, daß Schweigen wahrscheinlich besser wäre. Das Problem ist aber, daß ich nicht schweigen kann und wieder in Versuchung gerate, irgend etwas zu tun, um Eure Lage verändern zu helfen. Ilse ins Krankenhaus? Natürlich, sofort! Die Kinder nach Wien zur Verwandtschaft? Müßt Ihr selber entscheiden. Eine Frau finden, die Euren Haushalt besorgt, damit Hugo seine Arbeit machen kann? Könnte mich umsehen. Ich weiß, Ihr wollt das alles nicht hören, weil Ihr von all den Aufregungen verlernt habt, die Lage realistisch zu sehen ...

Themawechsel: Ich sitze im Atelier von Schloß Wiepersdorf, es ist Sonntag vormittag, Ilse, zwei wundervolle Tage liegen hinter uns, und bald wird der lange Herbstregen kommen. Ich wohne diesmal in Deinem Zimmer vom vergangenen Oktober, in dem wir ein paar traurigschöne Tage verbrachten. Fred hat das Zimmer gegenüber, aber es ist so düster und von einem merkwürdigen Geruch erfüllt, so daß er lieber bei mir arbeitet. Mal klappert er auf seiner Maschine, dann ich auf meiner. Er hat mich Freitag hergebracht und fährt morgen abend nach Kleinmachnow zurück. Ich werde dann noch einige Tage hierbleiben, vielleicht bis Samstag. Die letzte Zeit mit meiner Mutter war so schwer zu ertragen, daß ich eine Woche Wiepersdorf wirklich nötig habe. (Und ich möchte alles durchdenken und die Geschichte meiner Mutter aufschreiben, aber ich weiß sehr wenig über sie, und immer wenn ich damit anfange, sträubt sich alles in mir!) Kann mir schon denken, Ilse, wie das in Deinen Ohren klingt, ich unterschätze Dein Unglück nicht, aber so einfach und ohne wirkliche Konflikte, wie Du es in

Deinem Brief bezeichnest, ist mein Leben auch nicht. Wahrscheinlich bin ich glücklich mit Fred und wünsche mir keinen anderen Mann. Aber es gibt immer noch soviel Undeutbares, Unaussprechbares und viele Versuchungen. Nicht das, was man allgemein darunter versteht, ich meine die Versuchung, anders zu leben, alles ganz anders zu machen, sich verändern, sich verwandeln, die Umstände verändern, ja, aber nicht auf Kosten anderer Menschen!

So, das wäre fast mein Glaubensbekenntnis, Ilse, und nun gongt es gerade zum Mittagessen. Heut gibt es Ente mit Rotkohl. Pfui Teufel!

13 Uhr. Sie haben mich mit Ente verschont! Hab stattdessen ein Stück zähes Rindfleisch bekommen, über das sich der Kettenhund vom Nachbarhof freuen wird. Er bellt eh schon weniger, wenn er mich sieht. Ich lese diesen Brief gerade noch einmal, Ilse, bevor ich ihn absende. Soll ich ihn absenden? Er wird wieder zu Mißverständnissen führen, wie in letzter Zeit schon öfter. Und eigentlich, nicht wahr, schreibt man solche Briefe immer an sich selbst!

Wiepersdorf, 23. 10. 67

Letzte Nacht saßen wir lange mit Rudi B. und Peter E. beisammen, neben irgendeinem beschränkten Professorenehepaar. Peter erzählte einige seiner jiddischen Witze, und wir haben wie immer Tränen gelacht. Wir haben natürlich lange von Euch gesprochen, wie Du Dir denken kannst. Rudi mag Dich sehr, Ilse, und Hugo verehrt er. Peter E. geht uns beiden auf die Nerven, schade, er ist so begabt, aber mir schwirrt der Kopf von all den Namen bedeutender Leute, die er kannte, liebte, haßte, förderte, vernichtete! Seine maßlose Eitelkeit überdeckt alle guten Eigenschaften, die er zweifellos hat.

Nun scheint wieder die Sonne, und Fred lockt mich zu einem langen Spaziergang durch den Wald. Wir haben uns mit Futter versorgt, für den Kettenhund, für die Enten im Schloßteich, die Eichhörnchen und eine weiße Katze auf einem verlassenen Bauernhof. Ich habe eine gute Zeit, Paris liegt mir noch im Blut, das Licht und auch der Geruch, vor allem aber drei oder vier neue Geschichten. Frauengeschichten!

8. 11. 67

Liebe Mutter,
Dein Brief hat mir große Freude gemacht, auch mir tut jedes verfehlte Wort leid und würgt mich noch lange. Wahrscheinlich können wir beide aus unserer stachligen Haut nicht raus. Und daß Du im nachhinein doch darüber lachen kannst, finde ich prima, und es zeigt mir, wie stark Du wirklich bist, und läßt mich hoffen, daß ich auch einmal so stark werde wie Du! Ich freu mich auch, daß sich alle unsere Lieben in Wien um Dich kümmern, dann sind meine Sorgen nicht so groß. Kitty ist inzwischen völlig in Ordnung und lernt sehr gut. Berti ist nicht bös auf Dich, wie kommst Du darauf, er ist einiges gewöhnt, auch von mir, hat ein dickes Fell, und außerdem hat er für sein Alter ein gutes Gespür für allerlei menschliche Schwächen! Daß Deine alte Freundin, die Frau Swoboda, gestorben ist, haben wir schon von Finni gehört, die mir ausführlich geschrieben hat, wie schlimm das war und wie Du jeden Tag zu ihr gelaufen bist. Es hat Dich sicher hart getroffen, obschon ja in diesem großen Gemeindehaus fast jede Woche jemand aus Eurer alten Sippe stirbt! Ich erinnere mich übrigens an Geschichten, die Du erzählt hast, wie ihr beiden als Dienstmädchen bei der gleichen Herrschaft angefangen habt. Du warst früher da, und wie die Swoboda-Leni eines Tages sich vorstellen kam, mit ihrer Mutter, und nur die Mutter hat

geredet, die Leni mußte den Mund halten! Die Hausfrau wollte die Leni nicht nehmen, sie sei zu schwächlich, habe sie gesagt, falls ich mich an Deine Worte erinnern kann. Und dann ist aber der Herr Kommerzialrat mit hinausgegangen und hat der Mutter Geld zugesteckt, weil *er* die Leni anstellen wollte! War das so? Die Leni hat geheult. Und die Mutter sollte sie überreden. Du mußt! hat die Mutter gesagt, und die Leni hat gekuscht. Na ja, weil die Mutter das Geld brauchte! Die Leni war sehr hübsch, hast Du erzählt. Und ich weiß noch, wie unser Vater an dieser Stelle geschmunzelt hat, und die Hausfrau hat die Leni nur deshalb nicht haben wollen! Aber der Herr Kommerzialrat hat gesiegt. Dem seine Augen haben geglänzt, hast Du erzählt. Aber Ihr beiden dummen Mädchen habt das alles erst viel später verstanden. Und dann sei es Euch in dem Haus des Wäschefabrikanten sehr gut gegangen. Und der Swoboda-Leni ist es noch besser gegangen, hast Du gesagt. Und an dieser Stelle hat unser Vater ziemlich unverschämt gelacht, und Du wurdest böse, aber nur zum Schein! – Aber vielleicht seh ich aus der Entfernung das alles falsch, und ich wärme ja diese Suppe nicht auf, um Dich zu ärgern, liebste Mama, im Gegenteil. Weil ich nämlich neugierig bin, das sind doch alles interessante Geschichten. Wie haben die jungen Mädchen vom Lande in der Stadt gelebt? Und was habt Ihr alles einstecken müssen! Kannst Du Dich nicht hinsetzen und mir einmal aus Deiner Jugend was erzählen? Ganz einfach, genauso wie Du Briefe schreibst. Und die Minnerltante hat mir auch versprochen, daß sie ihre Geschichten aufschreiben wird!

Ist die Swoboda also allein gestorben, keine Schwester, kein Bruder, hat sich denn niemand gemeldet? Du solltest ihre Sachen alle verschenken und nicht wieder Deine Schränke vollstopfen! Du kannst nix wegwerfen, ich weiß. Ich hab Dich trotzdem lieb, liebe Mama, das weißt Du eh, und um Verzeihung bitten hab ich nie gelernt!

24. 11. 67

Fred quält sich noch immer mit dem Gedanken rum: hierbleiben oder weggehen! Er kann sich von der Vorstellung nicht trennen, daß wir in Frankreich glücklicher sein könnten. Ich rede nicht gern darüber, weil es sowieso nicht ausführbar ist. Aber es bestimmt natürlich das häusliche Klima. Ich verurteile ihn nicht, im Gegenteil: ich verstehe ihn sehr gut, aber als Mutter wird man doch notgedrungen konservativ und bleibt, wo man ist. Denn was wir aufgeben würden, wissen wir. Was uns erwartet, wissen wir nicht.

Natürlich hat er recht, wenn er meint, daß wir hier in einer großen Käseglocke leben (in einem Naturschutzpark, sagen andere). Aber es ist doch ein Wagnis, die Kleinen in die »freie Wildbahn« zu bringen. Und ich selbst bin auch nicht mehr daran gewöhnt zu kämpfen. Hier fließt einem vieles zu, jedenfalls das Nötigste zum Leben, aber es ist entsetzlich langweilig und eng! Unsere Fähigkeiten, unsere Sinne verkümmern.

29. 1. 68

Lieber alter Jules,
ich muß sofort antworten, denn die Empörung wogt in mir – niemals hab ich nämlich einen Ikonenkalender von Dir bekommen! Bist Du sicher, daß Du ihn abgeschickt hast? Eine arge Schweinerei, die Post (hier oder drüben) hat Weihnachten gut abgestaubt, wie es scheint. Aber vielleicht kann sie die ungeheure Masse von Geschenken, die in dieses Land kommen, wirklich nicht bewältigen! Deine polnischen Nachdichtungen haben mir gut gefallen, es ist eine sehr lyrische Sprache. Machst Du auch eigene Gedichte? Und schickst Du mir welche? – Die weihnachtliche Heimsuchung durch zu viele liebe Menschen, wie Du sagst, kann ich gut nachempfinden. Ich

neige auch langsam dazu, etwas menschenscheu zu werden, besonders nach solchen Festen. Volle Häuser in Kleinmachnow, wie Du Dir denken kannst. Fred hat für sich eine brauchbare Philosophie gefunden: Man braucht immer alles, viele Menschen und dann wieder Einsamkeit. Man braucht den Tag, aber auch die Nacht. Den Trubel und die Ruhe, Lob und Tadel, Glück und Mißerfolge! (Einer seiner Leitsätze von Gorki: »Die Mißerfolge sind die Schutzengel der Schriftsteller!«) Eine praktische Einstellung, an die er sich wirklich hält. Nur – wie reguliert man die Sache, hm? Was macht man, wenn man 20 Gäste hat und eigentlich mal zwei Stunden allein sein will. Weißt Du, was Fred macht? Er verschwindet einfach. Und läßt mich in der Tinte sitzen. Und wie rette ich mich? Jemand muß doch den Laden im Auge behalten!

Wie kommt es, Jules, daß Du finanziell ständig benachteiligt wirst? Ist Dein Auftreten, Deine Bescheidenheit dran schuld? Mich ärgert es, wenn ich davon höre. Fred ist auch nicht gerade ein gewiefter Geschäftsmann, aber so viel Pech wie Du scheint er doch nicht zu haben. Geld interessiert ihn nicht sehr, und er besitzt auch wenig Ehrgeiz, aber seine Philosophie wiederum sagt ihm (so interpretiert er es), daß man Freunde haben muß. Und zwar die geeigneten Freunde! Er meint, daß es immer die Freunde sind, die ihm eine Arbeit oder auch einen größeren Auftrag zuschanzen. Wahrscheinlich stimmt es, denn er bewirbt sich fast nie um irgend etwas, läßt oft die besten Gelegenheiten sausen, weil er auch zu viele Ideen hat, die er dann nicht realisieren kann ... Ob Du mit alldem etwas anfangen kannst? Ich weiß nicht.

2. 2. 68

Oma,
Kitty wird also am Sonntag, dem 11. Februar, kommen. Holst Du sie ab? Ich gebe ihr nur ein Paar Schuhe mit,

am dringendsten braucht sie also Schuhe, ich schreibe Dir, was sie sonst alles braucht, aber nicht zuviel Geld ausgeben! Und vor allem soll Kitty nicht soviel Fressen mitbringen, außer einer Stange Wurst! (Süßigkeiten sind noch von Weihnachten da!) Wenig Zeit, mit Dir zu plaudern, aber das wird sich bald ändern. Brigitte ist seit gestern wieder daheim, aber sehr schwach und bettlägrig. Ich gehe mehrmals täglich hinüber, um nach ihr zu sehen. Hab sie heute zum Mittagessen eingeladen, der Abwasch war dementsprechend. Danach mußte ich einmal zum Friseur, ich sehe furchtbar aus! Morgen wasche ich Müllers kleine Wäsche und hole Tine von der Krippe ab. Ich kaufe ein und halte so gut sauber, als ich kann. Ich beklage mich nicht, sage es nur entschuldigend, weil ich keine Zeit für Dich habe. Die Kinder sind Gott sei Dank vergnügt und ziemlich normal. Kitty sagt fünfzigmal am Tag: »Freu ich mich! Ich freu mich so, ich halt's gar nicht mehr aus!« Na, ihr Zeugnis wird gut sein, und sie hat diese Reise wirklich verdient. Laß sie lang schlafen und zeig ihr nach Möglichkeit ein bissl was von Wien! Sie verkündet täglich: »Ich gehe alle besuchen, alle, alle, alle ...«

2. 2. 68

Hugo,
verzeih mir, daß ich Dir an Eurem Hochzeitstag die Ilse entführt habe, weißt Du, bei uns geht dieser Tag immer leise und unbemerkt vorüber, und so bin ich halt auch bei anderen gefühllos. (Meine Anpassung an Fred, er hält nix von Geburtstagen und Gedenktagen jeder Art, er ist ein Nomade, vastehst? Und Nomaden sind immer unterwegs, haben für solche Kinkerlitzchen keine Zeit!)

Und nun zu Dir, Ilse, Du bewunderst meine seelische Ausgeglichenheit, wie Du es nennst. Nun, damit Du siehst, wieweit es damit her ist, will ich Dir von meinem

Traum heute nacht erzählen. Aber ich hab ihn ja schon vergessen, und eigentlich läßt sich das Entsetzen der eigenen Träume sowieso keinem anderen Menschen mitteilen. Es war jedenfalls schrecklich. Ich machte Licht, ganz außer mir, ging ins Kinderzimmer, deckte sie alle zu, holte den Topf für die Buam, schloß mein Fenster fest zu und wagte nicht mehr einzuschlafen. Fred war auch nicht da! Ich weiß nur, es war ein großes Haus, voller Menschen, vielleicht ein Theater, die Scala möglicherweise, denn ich träume oft vom Scalatheater! Ein riesiges Haus voll ernster, schweigender Menschen, und aus allen Zimmern schauen sie auf mich, durch die Wände, und ich steh in einem großen Saal, lege die Hände schützend über den Kopf und sage: Der erste Mörder ist schon da! – Alle haben es gehört, alle glauben mir, aber keiner rührt sich, tut etwas für mich! Und dann senke ich den Kopf und sage: Der zweite Mörder ist auch da!

Zerbrich Dir nicht den Kopf, was dieses Traumfragment zu bedeuten hat. Wahrscheinlich gingen mir einige Ereignisse dieses Tages sehr nahe, und ich fühlte mich ohnmächtig, weil ich nicht helfen konnte. Dort eine Flutkatastrophe, da ein Massenmord, ein neuer Krieg, eine Revolte ... Wo sammeln wir eigentlich alle diese Bilder und Nachrichten, was machen wir damit? Wenn ich also eine Stunde lang ausgeglichen scheine, ist es nur eine dünne Maske!

16. 2. 68

Hallo Winnie,
Deine Bemerkungen über Eure Krise kannst Du Dir sparen, warum redest Du nicht offen mit mir? Ich habe in letzter Zeit viel über Euch nachgedacht. Deine sanften Andeutungen und das, was ich gelegentlich von meiner Mutter über Dich und Hans erfahre, vor allem, was die Leute angeblich reden, läßt mich aufhorchen. Ist es denn

wahr, daß Du Deinen Hans mit einer anderen Frau im Bett erwischt hast? (Na wenn schon!) Und ist es wahr, daß Du Dich in Deinem Beruf langweilst, aber weitermachen mußt, weil Ihr das Geld braucht? (Ein altes Lied!) Und sind Eure Kinder denn wirklich schon so erwachsen, ich kann das nicht glauben, daß sozusagen jeder seine eigenen Wege geht? Ich sage das alles so brutal, Winnie, um Dich aufzustacheln. Und jetzt bist Du wütend, und das ist doch ein sehr gesunder Vorgang, diese Wut kann heilsam sein, wenn man sie als Entlüfter einsetzt, an der richtigen Stelle! Ich finde nichts so schäbig, als wenn Menschen dasitzen und warten, bis etwas geschieht. Man muß die Dinge selber in die Hand nehmen! Und nun frag ich Dich nix mehr, weil die Antworten eh sinnlos wären und es in Wirklichkeit wahrscheinlich um ganz andere Fragen geht! Darüber würde ich gern stundenlang mit Dir reden. Aber um Dich zu besänftigen, schicke ich Dir eine meiner neuesten Geschichten . . .

18. 2. 68

Du weißt doch, daß ich seit längerer Zeit gelegentlich nach Potsdam zum Gericht fahre, um für unsere Provinzzeitung kurze Berichte zu schreiben. Die meist nicht gedruckt werden. Was mir aber wurscht ist, weil ich endlich drauf gekommen bin, was ich eigentlich will. Meist gehe ich zu den Scheidungsprozessen, und was man da über die Leute erfährt, über verkrachte Ehen, lausige Männer, saudumme Frauen, ist nicht wert, aufgeschrieben zu werden, soviel Verlogenheit und dieser ganze halbverfaulte, süßsaure Salat kleinbürgerlichen Alltags. Die sagen sich ungeheure Dinge vor dem Richter, ohne jegliche Scham und ohne Würde. Und nun ist etwas passiert, was einem Hoffnung machen kann:

Vor ungefähr drei Wochen kamen zwei kleine Mädchen mit dem Rad gefahren, brachten einen Brief für mich und einen Blumenstrauß. Da ich gerade einkaufen war, holte Fred sie herein und bewirtete sie mit Kuchen und Kakao. Die zwei Blondschöpfe, vielleicht vierzehn und fünfzehn Jahre alt, waren zunächst vor Ehrfurcht ganz steif, dann lockerten sie sich. Der Brief war von ihrer Mutter, Christine Wernicke, sie schrieb mir, daß sie mir zu großem Dank verpflichtet sei und mich um eine Unterredung bitte. Wer ist die Wernicke, dachte ich nach? Keine Ahnung! Und dann erinnerte ich mich – eine von den Frauen, aus einem dieser öden Prozesse. Als die Mädchen fort waren, holte ich meine Aufzeichnungen hervor, und dann wußte ich Bescheid. Ich hatte damals, vor etwa einem Jahr, versucht, nach der Verhandlung mit der Wernicke zu reden, aber sie wies mich ab. Ich nahm ein Taxi und richtete es so ein, daß ich die Frau bewegen konnte, mit mir zu fahren, da sie doch in unserer Nachbarschaft wohnte. Sie stieg ein und sagte nichts. Erst nachdem ich eine Weile geredet hatte, fing sie plötzlich zu schimpfen an. Es war einfach ein Ausbruch voll erstickter Wut. Und vielleicht gar nicht auf mich gemünzt. Ich mußte den Fahrer bitten, auf halbem Weg stehenzubleiben, um sie rauszulassen. Sie hat mir dann auch noch Schimpfworte nachgerufen, wie das sonst vielleicht nur Prostituierte tun. Dann hab ich nichts mehr von dieser Frau gehört, bis zu dem Tag, wo sie mir ihre Töchter schickte. Hier nun meine Aufzeichnungen:

Scheidungsverhandlung Wernicke gegen Wernicke, Mai 1967. Er, 29 Jahre alt, ein langer Blonder, wirkt ziemlich intelligent, aber maßlos eitel und egozentrisch. Wirft, wenn sie ihm Vorwürfe macht, den Kopf mit dem langen schönen Haar hochmütig zurück. Alles an ihm ist auf Effekt getrimmt. Sie, die Wernicke, sieben Jahre älter als der Mann, eine gepflegte Brünette, mit einer strengen, altmodischen Frisur, ruhig und bestimmt. Nur ihre Nasenflügel beben manchmal verdächtig stark, und am Hals flammen manchmal rote Flecke auf. Sie will keine Scheidung! Doch die Ehe scheint völlig zerrüttet. Der Mann lebt zur Zeit bei seiner Geliebten, ganz offen und zynisch. Doch die Wernicke will es trotzdem noch einmal mit ihm versuchen. Sie hat zwei Kinder aus ihrer ersten Ehe. Sie möchte, daß Hannes bleibt, weil sie weiß, daß er den Mädchen ein guter Vater sein kann und weil sie, trotz aller Kränkungen, noch immer eine große Zuneigung zu ihm besitzt. Er sagt, daß sie übertreibt, ihre Ehe wäre nie gut gewesen, zu viele Widersprüche und zuviel Krach. Er habe schon vor vier Jahren einmal die Klage eingereicht, sie aber wieder zurückgezogen, da auch er es damals noch einmal probieren wollte. Jetzt aber habe er es satt! Warum sie denn geheiratet hätten, möchte die Richterin wissen. Es sei eben ein Erlebnis gewesen, ein Jugendtraum! Und außerdem habe er den Zwang gefühlt, wegen der Schwangerschaft. Christine sei damals, gleich nach ihrem ersten Beisammensein, schwanger geworden, habe aber bald wieder das Kind verloren. Er arbeitet in einer staatlichen Spedition und verdient 800 Mark, nur vierhundert gab er zu Hause ab. Er besitzt ein Motorrad, mehrere Fotoapparate, spielt Gitarre, bastelt an Modellflugzeugen, beschäftigt sich vielseitig und ist selten zu Hause! Außerdem geht er fremd. Warum? Christine verweigert sich ihm, sagt er. Warum sie das tut, möchte die Richterin wissen, wenn sie ihn doch liebt. Das sei nicht so, wie er es erklärt, meint nach einigem Zögern die Wernicke, wenn er wirklich zärtlich wäre, würde sie sich nicht verweigern. So aber ist es, als bastelte er an einem Flugzeugmodell! So ungefähr hat sie sich ausgedrückt. Die neue Freundin ist sehr jung. Die Eltern des Mädchens waren anfangs dagegen, daß sie sich mit einem verheirateten Mann einließ. Dann aber sagt die Mutter des Mädchens, die als Zeugin geladen ist: »Er ist so von sich überzeugt und kann so charmant sein, na, da gibt man dann nach!« Und wie es denn nach der ersten Scheidungsklage weitergegangen sei, fragt die junge Richterin.

Christine sagt: »Nachher haben wir uns ausgesprochen, und er hat mir versprochen, daß keine andere Frau mehr sein wird. Und ich bin ja nicht nachtragend und versuche jeden Menschen zu verstehen!« Auch seine eigene Mutter war über sein Verhalten erstaunt, aber dann habe sie gesagt: »Der Vater war genauso, wenn es über ihn kommt, muß er losgehen!« – Nichts als Willensschwäche und Egoismus, stellt die Richterin fest und fragt nun die Wernicke, ob sie denn weiter gegen eine Scheidung sei, dieser Mann habe sie in Schulden gestürzt, habe die Kinder ungerecht behandelt, habe sie betrogen und ausgenutzt, ob sie es denn weiter mit ihm versuchen möchte? Die Wernicke bejaht, lehnt eine Scheidung hartnäckig ab und zeigt sich ganz unterwürfig und gefügig.

Am Nachhauseweg, im Taxi, sah ich sie mir dann genauer an. Eine hübsche Frau, wenn man sie nur dazu bewegen könnte, die Haare kurz zu schneiden und sich anders zu kleiden! Was ich damals wirklich gesagt habe und warum sie so wütend wurde, weiß ich heute nicht mehr genau. Ich glaube, ich habe einfach gesagt, was ich dachte: Jagen Sie diesen Vollidioten zum Teufel und versuchen Sie es einmal ohne Mann! Sie haben doch zwei hübsche Kinder, die werden aufblühen mit ihnen allein! Sie werden nicht nur finanziell in Ordnung kommen. Machen Sie alles ganz anders als bisher, krempeln Sie sich selbst vollständig um, bis Sie niemand mehr erkennt! Vor allem diese Frisur ... und kaufen Sie sich neue Kleider, von mir aus auf Pump, Sie sind doch eine ungewöhnlich begabte Frau! So ungefähr muß es geklungen haben. Vielleicht hab ich mich zu drastisch ausgedrückt. Und dann kam diese unerwartete Kanonade einer Beschimpfung. Die mir im Grunde imponiert hat. Verstehst Du das, Winnie? Stell Dir vor – natürlich war das, von wegen Begabung, reine Spekulation. Ich wußte ja nichts von dieser Frau, alles, was ich sagte, war instinktiv. Und doch hatte ich offenbar ins Schwarze getroffen. Jetzt, nach fast einem Jahr, seh ich die Wernicke wieder, und erkenne sie nicht mehr! Sie hat mich in ihre Wohnung eingeladen. Sie trägt kurze Haare und einen kurzen Rock, und schlanker ist sie auch geworden, eine auffallend hübsche Person. Als ich sie so anstaunte, fingen wir beide schallend zu lachen an. Das war schon ein guter Anfang für unser Gespräch. Sie hat diesen Typ zum Teufel gejagt, wie ich es ihr sagte, aber erst drei Monate später. Und dann hat sie alles so gemacht, nämlich ihr Leben umgestülpt! Sie arbeitet wieder als Lehrerin, was sie nun wirklich befriedigt, denn sie hatte damals drei Jahre lang unterbrochen und eine Stellung in einem Großbetrieb als Sekretärin angenommen, um mehr Geld zu verdienen und um diesen blöden Kerl zu finanzieren! No, Winnie, was meinst Du? Die drei Geschichten von den Frauen aus Paris hab ich zwanzigmal umgeschrieben, dann war die Suppe versalzen. Und nun frag ich mich, wozu Geschichten von Frauen aus Paris?

Weißt Du, bei diesen Scheidungsprozessen, wo sich Männer und Frauen vollständig entblößen – sie stehen dann noch nackter da als nackt – hab ich etwas begriffen. Soviel Schmutz, soviel Gemeinheit hast Du Dein Lebtag noch nicht gesehen. Aber ich hab gar nicht mehr hingehört. Ich schau mir diese Frauen an und manchmal auch die Männer. Und das ist genauso wie beim Mond. Du siehst immer nur die eine Seite! Und es wäre doch soviel interessanter zu erfahren, was sie denn noch anzubieten hätten? Wovon sie selber nichts wissen!

20. 2. 68

Liebe Mutter,
vielleicht hast Du von Gretl gehört, daß ich im Mai, falls Du wirklich kommen kannst, nach London fahren möchte. Und zwar in der Zeit, wenn Berti mit der Klasse an die Ostsee fährt. Da kann ich es vielleicht verantworten, Dich mit den Kindern (und Fred) alleine zu lassen. Aber das sage ich nur informativ, Du sollst Dich deswe-

gen in keiner Weise festgelegt fühlen. Ich bin noch jung genug, um warten zu können. Übrigens fällt mir gerade ein, daß Du in meinem Alter gerade unseren Herbert erwartet hast ... Danach ist viel geschehen. Und ich möchte nicht wissen, was uns – vor allem die Kinder – noch erwartet. So, jetzt stört mich Frau Vorpagel beim Aufräumen, und ich werde ihr lieber ein bissl helfen ...

Schwielowsee, Komponistenheim,
Sonntag, 10. 3. 68

Hallo Mamsch,
dieser Winter hört nie auf, heute morgen wieder grauer Himmel und rasch ziehende Wolken, dann kam wieder dicker Schnee herunter, alles ist weiß verpackt und still, aber vom Dach tropft es bereits! Und jetzt kommt gerade wieder die Sonne heraus, und der See vor meinem Fenster wird klar und blau. Ich hab Dir schon erzählt, daß Fred vorgestern, am Frauentag, nach Hause kam und ich nun die restlichen drei Tage sein Zimmer im Komponistenheim benützen kann. Zuerst wollte ich etwas schreiben, aber jetzt finde ich es doch vernünftiger, viel spazierenzugehen bei diesem herrlich schlechten Wetter oder viel zu lesen bei offenem Fenster ... Heut früh ruft Fred an und fragt mich lachend, ob ich denn schon einen Verehrer habe. Nicht nur einen, sage ich, sondern drei. Stimmt überhaupt nicht. Die hocken alle in ihren Buchten und arbeiten, manche singen leise oder spielen Klavier. Tatsächlich aber habe ich einen Verehrer gefunden. Es ist Kurt S., ein berühmter Dirigent, ein großer, imposant wirkender Mann, viel imposanter als Fred. Er ist der einzige Mensch außer mir, der spazierengeht. Weil er nämlich eine Partitur auswendig lernt, beim Gehen! Und plötzlich spricht er mich an. Wir sind drei Stunden lang marschiert, fast um den See herum. Er hat drei Stunden lang geredet. Von sich selbst. Sonst nix. Keine Frage etwa

an mich, wer ich bin und was ich mache. Und nicht die Spur von Flirt. Ungeheuer interessant. Reden viele von den großen Künstlern nur von sich? Aber vielleicht tu ich ihm unrecht. Er fand mich eben nicht bedeutend genug, um sich nach irgend etwas zu erkundigen.

Übrigens Kitty: Sie hat mir zum Frauentag das gemalte Tagebuch aus Wien geschenkt, es ist wirklich eine Überraschung. Im Zeichnen ist sie ja nun kein Genie, die Idee ist aber lieb und phantasievoll ausgeführt . . .

11. 3. 68

Liebe Rosi,
Dein Brief hat uns beide sehr beschäftigt, von Dir steht allerdings nichts drin, oder zwischen den Zeilen, nur über die Kinder . . . Ich hab diese spezielle Lebenskunst noch nicht erlernt, daß man sich auch bei Freunden nicht wie der Elefant im Porzellanladen benehmen darf, wozu ich immer noch neige! Daß die Menschen heute besonders eifrig Verdrängung üben müssen, wie Du sagst, bedrückt mich sehr. Und vielleicht ist es nur ein Zufall, aber auf meinem Tisch liegen heute nur Briefe, die von mir Zurückhaltung fordern und Taktgefühl und die mir verbieten, über das zu schreiben, was mich am meisten interessiert. Ich soll also nur an der Oberfläche kratzen, wenn ich nicht lügen oder heucheln will! Natürlich hat mein Kopf auch längst begriffen, daß niemand mit dem Kopf des anderen denken kann. Aber mein Gefühl sträubt sich dagegen, und so drängt es mich immer wieder, Ratschläge zu geben, zu helfen oder sogar noch andere einzuschalten, um einen Weg zu finden. In unserer engeren Bekanntschaft – nur kaputte Ehen! Und es muß doch einen Weg geben, den sie selbst nicht finden können, weil sie sich schon zu tief verirrt haben.

Weißt Du, es fasziniert und bewegt mich immer wieder, wenn ich sehe, wie die Menschen irgendwann in ihrem Leben eine falsche Entscheidung getroffen, sich geirrt haben, und von diesem Augenblick an ihr ganzes künftiges Leben festgefahren ist! Was du über Fred und mich sagst, stimmt alles und stimmt auch nicht. Daß mir die Auseinandersetzung mit der Wirklichkeit fehlt, mag sein, ist mir oft deutlich bewußt!

30. März 1968

Hallo Ernst,
ein strahlender Märztag wie noch nie, die Kinder halbnackt im Garten und ich armes Schwein mußte den halben Tag in der Dunkelkammer zubringen. Noch immer Bilder von Paris – wir machen Reportagen für ein Magazin, um Geld zu verdienen, was denn sonst! Und es ist fast so, als käme ich gerade aus Paris, und ein Schock, wenn ich aus der Waschküche wieder rauskomm. (Es schärft den Blick für das, was wir hier sehen. Vernebelt ihn vielleicht auch in gewisser Weise. Paris ist eben Paris. Und wer kann sich schon von den vielen Schleiern freimachen, die wir uns selber spinnen. Und die den Blick auch verzerren können. Kennst Du Dich noch aus?) Trotzdem möchte ich mich für mein Schweigen entschuldigen, die Tage liefen davon, angefüllt mit Arbeit. Freds 200-Seiten-Manuskript muß abgeschrieben und dabei gründlich bearbeitet werden, der Termin drängt. Einer unserer Freunde, auch ein Emigrant, der englisch schreibt, hat mir einige seiner Manuskripte probeweise zum Übersetzen gegeben, daneben die übliche Hausarbeit, die sich im Frühling noch wichtiger tut als sonst, mehr Dreck, mehr Verschleiß, und Berti, der in Mathematik zur Zeit täglich gefördert werden muß, dann die ungeladenen Gäste, das hört nie auf, die Arztbesuche mit den Kindern, weil ständig eins Halsweh hat oder Schnupfen, und dann schreibt mir meine beste Freundin Winnie, daß ich ein Glückspilz bin, in ihren Augen, weil

sich die Frau eines Schriftstellers besser selber bilden kann. Ja, Pustekuchen! Gestern war Tanja da, Tochter unserer Freunde, und hat schrecklich geweint, ihr Dackel Lumpi ist gestorben, und ich soll ihr erklären, was Leben und Tod bedeuten! Hat mich einen Nachmittag gekostet. Alle kommen zu mir, großer jüdischer Gott, wie Fred immer sagt. Warum sie zu mir kommen, mit all ihren Geschichten, weiß ich nicht. Und wo bin ich?

Heute kam Dein Verlaine-Bändchen und die Karte aus Rankweil. Jetzt bin ich müde, sehr müde und ein wenig traurig, und würde selbst einen guten Brief brauchen, von jemandem, der mich tröstet ...

Sonntag, 5. 5. 68

Hallo Ernst,
ich bin ganz betrunken von diesem herrlichen Sommerabend in unserem Garten. An solchen gesegneten Abenden kann man sogar in Preußen glücklich sein. Die Amsel singt auf dem Dachfirst, und auf unserer riesigen Platane (die morgen sterben muß ...) gurrt ein helles, anmutiges Taubenpaar, das irgendwo in unseren Büschen nistet. Kitty sitzt neben mir und ist in ihrem ›Don Quijote‹ versunken, begeistert! Sie kann ihn doch unmöglich verstehen! Sie hat sich Deine bunte Karte vom Goetheanum interessiert angeschaut: »Scheußlich! Da ändern auch die schönsten Blumen nichts daran. Wenn sich eine alte Hexe Girlanden umhängt, wird sie davon nicht schöner, im Gegenteil!« Solche Lebensweisheiten gibt sie jetzt ständig mit großer Bestimmtheit von sich. Ein komisches, reizendes Alter. Ich unterhalte mich gerne mit ihr, stundenlang nachts an ihrem Bett. (Berti hatte heute seinen 9. Geburtstag. Viel Kuchen, viele Gäste ...)

Dein Brief vom 28. kam heute, ich freue mich über ihn und werfe mir Lieblosigkeit und Trägheit vor, weil ich die Antwort von einem Tag auf den andern verschiebe.

Ich finde nicht, daß sich zwischen uns etwas totgelaufen hat, wie Du meinst, aber wenn Du kein Bedürfnis hast, Briefe zu schreiben, so zwing Dich nicht dazu... In Deinem letzten Brief sprichst Du allerdings von Bänden, die Du mir schreiben könntest, wenn nicht... Das sind doch Redensarten, Ernst, denn Du weißt, daß Deine Briefe mich nicht langweilen, sondern daß Du einfach keine Lust zum Schreiben hast. C'est tout!

Natürlich würde ich Dich lieber sehen. Ich lasse mir seit einigen Tagen diese komische Londonidee durch den Kopf gehen und würde gerne in Paris für ein oder zwei Tage aussteigen. Aber dann könnte ich nur 5 oder 6 Tage in London bleiben, und ich habe doch soviel vor. Wenn man einmal in dreißig Jahren nach London fährt... Es kam auch so plötzlich, sogar heute weiß ich den genauen Reisetermin noch nicht... Mein Reisebegleiter, der mich zu dieser Fahrt inspiriert hat, ist an diesen Termin gebunden (vor dem 12. Mai!), die Londoner Freunde, die mir Quartier geben, sind später nicht mehr daheim; Fred muß Ende Mai unbedingt zum Verlag nach Leipzig!

Das Abenteuer dieser Reise werde ich Dir später einmal erklären, wenn es geglückt ist und falls es Dich interessiert. Es fällt mir merkwürdigerweise nicht ganz leicht, Dir davon zu erzählen. Ob Du's verstehst? – Fred kommt erst in den nächsten Tagen aus Wien zurück, und dann fahre ich gleich weg, sobald alles erledigt ist... Spätestens 23. Mai bin ich wieder da, finde ich dann einen Brief von Dir, einen langen?

1. August 1968

Ich will wieder schreiben. Ich habe es oft erfahren, daß nur während der Arbeit Klarheit beginnt, daß das Feuer, das man entbehrt und aus Trägheit nicht mehr sucht, allmählich wieder aufflammt... Ich will schreiben, schreibend an die Dinge herankommen und über die

Dinge kommen, keine Angst vor der Verwirrung haben, vor dem Unvernünftigen, Banalen und Niedrigen. Und ich werde von Kittys Sterben erzählen:

Samstag, 4. Mai 1968, Fred ist seit einer Woche in Wien. Gerätewagen sind in unserer Straße abgestellt, und die Männer haben mit den Bauarbeiten für die Kanalisation in unserer Straße begonnen. Die Kinder freuen sich auf das Ereignis zum Abschluß der Ferienwoche. Sonntag früh werden wir ohne Ankündigung aus dem Schlaf gerissen, durch zwei Holzfäller, die unsere Pappel besteigen und vor unseren Fenstern zu sägen beginnen. Sie wollen den riesigen Baum in drei Teilen umlegen. Den ganzen Vormittag sind die begeisterten Kinder auf der Straße, Kitty baut sich in den Blätterbergen der Pappel, die auf dem Gehsteig liegen, eine Burg. Ich soll sie fotografieren, zur Erinnerung, sagt sie, und bitte farbig! Ich ermahne die beiden Großen immer wieder, auf Dani zu achten (er ist nicht ganz zwei Jahre alt), damit er nicht in den Graben fällt, den die Bauarbeiter zehn Meter von unserem Haus entfernt bereits ausgehoben haben. »Muß er sich unbedingt ein Bein brechen?« rufe ich besorgt. Die Baustelle wimmelt von Kindern, aber die Männer jagen sie nicht weg, sie wollen den Kleinen nicht dieses Abenteuer verderben. – Mittags fällt der mächtige Stamm der Pappel und zerschmettert die Steinplatten und die Treppe vor unserer Haustür. Ich sehe zu, wie der frische Saft aus dem Holz rinnt, und mir wird beinahe schlecht.

Während ich mit den Kindern in der Küche esse, geht ein heftiger Sommerregen nieder. Die Arbeiter flüchten aus dem Graben in unseren Flur, ich biete ihnen Suppe an, aber sie haben es eilig, wollen mittags zu Hause in Potsdam sein. Die letzten hundert Meter des zwei Meter tiefen Grabens bleiben offen und ungesichert zurück, keine Pölzung, keinerlei Warnung, auch keine Schnur zur Abgrenzung gespannt. Wir denken an keine Gefahr!

Nachmittags feiern wir Bertis Geburtstag, ich habe eine Torte gebacken, Kitty ruft begeistert: »Aus dir kann noch eine gute Köchin werden, Mutti, wirst sehen!« (Mittags hat sie zum erstenmal grünen Salat zubereitet und Rhabarberkompott!) Die Nachbarn feiern mit uns, und wir spielen vergnügt alle bekannten Kinderspiele. – Abendessen im Garten, während die beiden Großen baden und Dani schon im Bettchen liegt, sitze ich draußen und studiere ein Buch über England, weil ich in einer Woche nach London fahren möchte, alle Vorbereitungen sind schon getroffen. Kitty will noch ihren ›Don Quichotte‹ zu Ende lesen, wir holen uns die Stehlampe auf die Terrasse und genießen die Frühlingsnacht. (Morgen wird uns wieder das verliebte Taubenpärchen auf dem Telefonmast aus dem Schlaf gurren!) Als Don Quichotte gestorben ist, sitzt Kitty still da, betrachtet mich mit Rührung, dann sagt sie, daß sie nie zuvor ein so schönes Buch gelesen hat und nie wieder Kinderbücher lesen wird. »Und am Abend draußen sitzen, nur wir beide, das ist auch schön, das machen wir jetzt öfter, Mutti, nicht?« Später geh ich noch an ihr Bett, es ist ihre liebste Viertelstunde, und meist erzähl ich noch rasch eine kleine Geschichte. Ich sage ihr, wie gut mir ihr neues Mozart-Stück gefällt, sie strahlt und grübelt über ihren künftigen Beruf. »Weißt du, Mutti, Pianistin werde ich doch nicht, wenn ich jeden Tag vier bis sechs Stunden üben soll, dann bleibt mir doch keine Zeit zum Leben, und es gibt so vieles, was ich machen möchte ...«

Und jetzt küssen wir uns zum letztenmal, ich werde sie nie wieder ins Bett bringen und ihren braunen Kopf sehen, wie er kichernd unter der Decke verschwindet ... Nachts mache ich noch einen Rundgang durchs Haus, Dani liegt ganz abgestrampelt da, Kitty steckt wie immer bis zum Haarschopf unter der Decke, ich schnuppere an ihrem verschwitzten Kopf. Über den Bettrand baumelt ihr schmaler Fuß mit den langen Zehen.

Und nun der Montag darauf, es ist sehr schwül, Kitty hat ihren ersten Schultag nach einer Woche Ferien, sie kommt schon um 13 Uhr nach Hause und ißt Stohsuppe (aus Rahm und Kartoffeln), die sie sich in letzter Zeit oft gewünscht hat, und sie hat es sehr eilig – Claudia wartet schon, sie wollen draußen spielen, bevor Kitty zum Chor geht. Sie zieht Bertis Lederhose an, oben trägt sie den weinroten Pullover, viel zu warm. Aber meine Gedanken sind schon wieder in London, und ich blättere in einem Fotobuch. Ich bringe Daniel ins Bett, setze mich in den Garten vors Haus und rufe den Kindern nach: »Aber nicht zum Graben gehen, in einer Stunde seid ihr wieder da!«

Es ist kurz nach eins, ich lese, es ist ganz ruhig in unserer Grenzstraße, die Männer arbeiten nur zum Wochenende, der Graben – die Todesfalle – wird die ganze Woche warten! Ich höre die beiden Mädchen nicht, die vielleicht fünfzig Meter von mir entfernt sind. Dann kommt Claudia langsam, sehr langsam zu mir und sagt verwirrt: »Kitty ist ganz mit Erde bedeckt, sie kann nicht raus!« Ich lege das Buch weg, gehe zum Graben, noch ahnungslos und schimpfend ... Kitty ist unten im Graben und bis zum Hals verschüttet. Sie ist bewußtlos, der Kopf zur Seite gefallen, das Gesicht blau, Blut sickert aus Nase und Mund, die Augen weit geöffnet und starr ...

Ich renne zu Brigitte, sie sitzt im Wohnzimmer und schreibt. »Hol schnell eine Schaufel, schnell!«

Ich grabe inzwischen mit den Händen, aber der Lehm ist naß und schwer. Es ist sinnlos. Ich sehe, daß sie stirbt, daß keine Hilfe kommt. Ich schreie, schreie: »Hilfe, sie stirbt!«

Später werfe ich mir vor, daß sie es gehört haben könnte! Es könnte ihren Schock vertieft haben!

Niemand kommt. Die Menschen sitzen in ihren Häusern oder sind bei der Arbeit. Niemals hab ich eine solche lastende Stille erlebt. Todesstille.

Brigitte ruft die Rettung an, sie ist genauso konfus wie ich.

Endlich zwei Männer mit Schaufeln. Sie graben, und ich halte Kittys Kopf in meinen Händen. Das werde ich später in allen meinen Träumen tun! Es dauert lange, bis die Brust frei von Erde ist, und dann die Beine, vielleicht zehn Minuten, vielleicht länger, ich habe kein Gefühl für Zeit. Wir ziehen sie heraus, ihre Schuhe bleiben im Morast stecken, meine Hausschuhe auch.

Endlich der Rettungswagen. Brigitte und ich fahren mit. Im Krankenhaus Kleinmachnow zieht man sie aus, sie stöhnt entsetzlich, röchelt schwer. Wir müssen draußen warten. Warum? Damals hab ich mich nicht gefragt, warum. Sie konnten alles mit mir machen. Dr. F. wird geholt. Die Schwestern laufen, Apparate werden geschoben, Röntgen, Sauerstoff, Kochsalzlösung. Dann Dr. F. barsch zu mir: »Schwerer Schock, Lungenquetschung. Genaues weiß ich nicht. Wir müssen sie ins Bezirkskrankenhaus bringen.«

Etwa 15.20 Uhr im Bezirkskrankenhaus. Ich versuche so unauffällig wie möglich zu sein, nur nicht stören. Aber mein Herz hämmert: Macht schnell, macht schnell, irrt euch nicht, holt die besten Ärzte, rettet sie!

Vielleicht eine Stunde vor dem Operationssaal. Wie ein Taubenschlag. Schwestern, Ärzte, kein Mensch beachtet mich. Ich bin nicht mehr Maxie Wander, ich bin eine reglose Masse, die am Fenster steht und die Tür zum OP anstarrt.

Gegen Abend braucht man meine Unterschrift für eine Bauchoperation. Ich höre, daß sie noch einige Stunden im OP bleiben wird.

20 oder 21 Uhr. Kitty ist noch immer im OP. Dann rollt man ihre Bahre vorbei. Sie liegt weiß und mit geschlossenen Augen da, eine Kanüle am Hals, Luftröhrenschnitt. Sonst keine Operation. Was bedeutet das?

Dr. R.: »Wir müssen zuerst die Atmung stabilisieren. Eine leichte Besserung ist eingetreten, aber schwere innere Verletzungen. Vorläufige Beobachtung.«

Ich möchte die Nacht bei ihr verbringen oder wenigstens in ihrer Nähe. Ich frage, ob man mir ein Bett oder einen Stuhl geben kann.

»Das ist nicht nötig. Sie werden Ihre Kräfte in den nächsten Wochen dringend benötigen.«

Ich ziehe mich sofort an dieser Hoffnung hoch. »Aber ich möchte nicht zu spät kommen, Herr Doktor. Sind Sie sicher, daß ich *morgen* nicht zu spät komme?«

Garantien kann er keine übernehmen, aber er rät mir sehr, nach Hause zu fahren. Das versteh ich nicht. Ich sage, für *ihn* wird es vielleicht besser sein, wenn ich fahre, aber für *mich?* Er antwortet, offensichtlich verstimmt und kurz angebunden: »Wir ziehen jetzt alle am gleichen Strang. Mehr kann ich Ihnen nicht sagen.«

Ich gebe nicht nach, schließlich verspricht er mir, sofort anzurufen, wenn es Kitty schlechtergeht.

Etwa 22 Uhr. Die Schwestern sagen: »Sie können bleiben, wenn Sie unbedingt wollen, aber es ist besser für Sie, wenn Sie sich ausruhen. – Zu spät kommen? Wie meinen Sie das? Ach, diese Gefahr besteht nicht. Sie haben bestimmt Zeit, wenn Sie morgen kommen. Jetzt schläft sie, und Sie können ihr nicht helfen. Vorhin hat sie sogar auf die Toilette verlangt, sie ist wieder zu sich gekommen. Na, sehen Sie . . .«, und der junge Arzthelfer sagt lächelnd vor Optimismus: »Aber Frau Wander, so etwas dürfen Sie gar nicht denken! Lassen Sie das Nachthemd hier und den Stoffhund. Wenn Ihre Tochter morgen aufwacht, wird sie sich über ihn freuen.«

Morgen werde ich wiederkommen und bleiben. Morgen wird Fred dasein, und alles wird gut werden!

Dienstag, 7. Mai. Morgens versorge ich die Kinder, schicke Berti in die Schule und rufe um 7 Uhr im Schwesternzimmer an. »Unverändert. Sie können beruhigt später kommen, zu Mittag!«

Knapp nach 8 Uhr. Ich weiß alles, noch bevor ich den Telefonhörer abnehme. Eine Frauenstimme sagt, daß ich sofort kommen soll. Ich frage nicht. Ich rufe Christa an, die ich schon vorher um ihren Wagen gebeten habe. Es wird die längste Fahrt meines Lebens.

8.30 Uhr. Ich renne den Irrweg zu Kitty hinauf, über

Stiegen und lange gewundene Gänge. Ich sehe von weitem, daß die Tür des Arztzimmers geschlossen ist. Ich öffne sie – werde zurückgeworfen: Ein Laken ist über das Kind gebreitet! Keine Apparate mehr, keine Menschenseele ...*

24. 8. 68

Liebe Rosi,
die Sommerferien sind fast vorbei, und nun hoffe ich wieder auf Nachricht von Dir. Ein paar Zeilen wenigstens! Ich weiß, Liesl war mit ihren Kindern bei Dir ... Ich habe auch von Mama erfahren, welche Sorgen Du mit Erni hast. Ist sie zurückgekommen? Dauert die Liebe zu ihrem Studenten an?

Ich hätte Dir soviel zu sagen, aber jetzt merke ich, daß es unmöglich ist, ich werde immer ungeschickter im Umgang mit Worten. Ein merkwürdiger Prozeß. Manchmal fürchte ich, ich hätte mich nicht mehr in der Hand, ich könnte überschnappen! Es gibt so viele Probleme, mit denen ich nicht mehr fertig werde. Aber darüber will ich nicht schreiben. Am besten gar nicht erst anfangen.

Ich habe einige Librium-Tabletten bekommen, aber ich kann Deine Begeisterung darüber nicht teilen. Sie dämpfen mich nur, machen mich irgendwie ruhiger, sogar schläfrig, aber nicht einen Augenblick lang weicht dieser entsetzliche Druck von mir. Wahrscheinlich gibt es überhaupt kein Medikament und keine Hilfe, wenn man ein Kind verliert! Die Nervenärztin hat mir abscheuliche Tabletten verschrieben, nach denen ich erst richtig ver-

* Kitty ist am 7. Mai um 7.40 Uhr im Potsdamer Krankenhaus an inneren Verletzungen und einem schweren Schock gestorben. »Dieser Bericht muß bearbeitet oder gekürzt werden!« schrieb Maxie über ihre Aufzeichnungen. Dies ist eine gekürzte Fassung. F. W.

rückt wurde, ich mußte mich bezwingen, um nicht laut zu schreien. Nun meide ich die Ärzte, gehe nur demnächst zum autogenen Training, weil ich hoffe, damit die Herzbeschwerden und alle möglichen nervösen Krämpfe loszuwerden. Ich erschrecke jedesmal, wenn ich in den Spiegel schaue! Aber daran werde ich mich auch gewöhnen. Ich belächle ein wenig die Leute, die uns in bester Absicht trösten wollen: »Es geht vorbei, das Leben ist stärker, Ihr werdet Euch daran gewöhnen ...« Ich zweifle nicht daran, daß wir uns daran gewöhnen werden, jedenfalls nach außen hin. Ich hasse diese widerwärtige menschliche Eigenschaft!

Ich habe Angst, daß ich meinem Dani eine sterile, langweilige, alte Mutter werde. Ich fühle mich leer und öde. Meine Gedanken drehen sich pausenlos um mein Kind, um nichts sonst. Nur die Ereignisse in Prag bewegen uns sehr, diese Tragödie! Ich habe das Bedürfnis, mit Dir darüber zu reden. Hier wird man immer heimatloser ... Und welch eine Ironie – nun bekommen wir also unser langersehntes Quartier außerhalb des Grenzgebietes! Am 1. September ziehen wir um ... Fünf Zimmer, ein schöner Garten. Aber mich interessiert dieses Haus jetzt nur als Arbeitstherapie, die ich mir verschrieben habe, es wird Wochen und Monate dauern, es herzurichten. Keinerlei Freude mehr darüber. Zu spät! Ich packe, schleppe, laufe ... Aber kein Mitleid mit mir, beklage mich nicht, beklage nur das Kind! Und Daniel, der diese kostbare Gefährtin verloren hat. Und Fred, der soviel gelitten hat, so viele Menschen schon verloren ...

25. 8. 68

Hallo Rosi,
ich wurde gestern von Besuchern unterbrochen. Heut ist es sehr still hier, Fred besorgt Verpackungsmaterial. Ich

bin oft sehr einsam, ganz in mich zurückgezogen, fühle mich wie tot. Nicht einen Satz bringe ich zustande, in den sich nicht ein Gedanke an Kitty einschleicht. Und das wird schlimmer mit der Zeit, weil die Kraftreserven schwinden und die Sehnsucht unerträglich wird. Bald vier Monate! Das ist zu lang, und es soll für immer sein? Wir betrügen uns manchmal mit der Sorge um ihr Grab, wir haben einen Stein ausgesucht und lassen ihren Namen eingravieren. Jetzt verstehe ich alle diese merkwürdigen Sitten, verstehe auch die Neigung mancher Leute, ein großes christliches Begräbnis zu wünschen, sogar Geisterbeschwörung verstehe ich ... All das entspringt einem starken menschlichen Bedürfnis ... Du hast mir geschrieben: über das Bewußtsein bewältigen! Das ist leicht gesagt. Ich will es ja gar nicht bewältigen! Ich will sie am Leben erhalten, irgendwie, wenn es auch verrückt scheint! Abends, wenn ich manchmal allein spazierengehe, rede ich mit ihr, ruhig und vernünftig. Ich weiß, daß sie mich nicht mehr hören kann. Aber ich sehne mich danach, irgendeine Verbindung herzustellen. Ich könnte hundert Seiten lang erzählen, wirr, ohne Ende. Verzeih! Offenbar kann der Mensch es ganz alleine doch nicht tragen. Menschliche Sympathie ist doch eine Hilfe. Man organisiert sich die kleinen, kargen Freuden, die geblieben sind, Briefe öffnen und lesen, von Freunden zu hören, mit dem geliebten Mann beisammen sein, Dani betrachten ... Mehr bleibt nicht! Man versucht, an den »Seufzer lang« zu denken, den unser kleines Leben noch währt. Versucht an die Millionen unglücklicher Menschen zu denken, die Hungernden in Afrika oder Asien, die Sterbenden – ist man weniger unglücklich, wenn auch die anderen leiden? Ach, Rosi, ich nehme schon wieder etwas, fordere schon wieder etwas von Dir, ohne Dir etwas geben zu können. Nur Zuneigung! Ich zeige mich hier sehr verschlossen, keine Tränen, keine Erklärungen. Die Leute verstehen das nicht, ich merke, wie auch die Freunde manchmal verletzt sind, wenn ich ihre Tröstungen scheinbar kühl übergehe, sie können es nicht verstehen! Hast Du noch Lust zu kommen, wie wir es geplant hatten, als alles noch anders war? Was machen die Eplers? Ich wollte von ihnen das Geheimnis erfahren, wie sie weiterleben konnten, als sie ihre kleine Tochter verloren? Ich weiß, es gibt kein Geheimnis! Einfach weiterleben. Von einem Tag zum andern, und froh sein, wenn wieder eine Woche vergangen ist, ein Monat ... Und tätig sein! Ich werde bald wieder arbeiten gehen ...

27. 8. 68

Ich rede hier mit niemandem über Kitty, nur mit Fred und Dani. Niemand sonst erträgt es. Unsere Freunde weigern sich sogar, auf den Friedhof zu gehen, weil sie so zart besaitet sind und »es nicht ertragen würden«! Nur wir Rindviecher halten es aus. Gewohnheit. Und weißt Du, was es noch ist – das Gesetz der Trägheit! Oder wie man es sonst bezeichnen will; dieses menschliche Phänomen beschäftigt mich sehr. Wir können die Leiden anderer so lange nicht begreifen, ehe wir sie nicht selbst erfahren, und den Tod begreifen wir wahrscheinlich nie! Ob das vielleicht aber gleichzeitig unsere Rettung ist? Weitermachen, heißt es ganz brutal!

Ich habe das große Bedürfnis, noch lange zu Dir zu reden oder zu einem Stück Papier, das irgendeiner einmal lesen wird! Man muß das einfach alles sagen können, obwohl es wahrscheinlich überhaupt nicht hilft. Ich finde es unerträglich, wie freundlich und nachsichtig die Leute sind und wie sie uns schonen! (Aber im Grunde verschonen sie ja nur sich selbst!) Niemand will es wirklich wissen. Niemand will darüber reden. Zum Beispiel über die Frage der Schuld! – Mir ekelt vor dem angeblichen Recht der Lebenden und vor dem abscheulichen Satz »Den Toten kannst du doch nicht mehr helfen. Das ist vorbei!« Daß es nicht vorbei ist und niemals vorbei sein kann, begreifen offenbar nur wir, die es wirklich betrifft, daß ihre Leiden niemals von der Zeit aufgehoben werden können – auch nicht unsere Schuld!

Hab eben ein paar Zeilen von Rosa Luxemburg entdeckt, ein Brief aus Wronke, im Gefängnis, vom 19. 4. 1917: »So ist eben das Leben, seit jeher, alles gehört dazu: Leid und Trennung und Sehnsucht. Man muß es immer mit allem nehmen und alles schön und gut finden. Ich tue es wenigstens so. Nicht durch ausgeklügelte Weisheit, sondern einfach so aus meiner Natur. Ich fühle instinktiv, daß es die einzige richtige Art ist, das Leben zu nehmen, und fühle mich deshalb wirklich glücklich in jeder Lage. Ich möchte auch *nichts* aus meinem Leben missen und nichts anderes haben, als es war und ist.«

Sie schreibt das im Gefängnis. Und man müßte sehr stark sein, und ich weiß nicht wie weit entfernt von den Dingen ... Und man darf nicht mit sich allein und seinem Schmerz leben. Wie macht man das?

Hab heute wieder zu arbeiten begonnen. Sobald alles in Ordnung ist und ich tagsüber allein bin, glaube ich, wird es rasch weitergehen. Die Erinnerungen drängen, und ich habe viel zu erzählen ...

1. 9. 68

Ob sich in diesem Land, unter diesen Bedingungen, eine Persönlichkeit entwickeln kann? Der Besuch heute bei Frau H., der Psychologin, die mir das autogene Training beibringen wird, war enttäuschend.

Ich hoffe noch immer auf einen Menschen, der mit mir trauert, der mir durch Mitleiden hilft oder wenigstens durch Verstehen! Aber von überall höre ich billige, wohlmeinende Trostworte, logische, rationale Erwägungen. Heute also: »Das ist doch irreal, Frau Wander, und kostet Ihre ganze Kraft. Es ist keine Treulosigkeit, wenn Sie versuchen, Ihre Tochter zu vergessen.«

Man möchte auf eine Almhütte! Wie sie mich anwidert, diese »vernünftige« Welt der Lebenden, in der nur der Nutzen einer Sache zählt und nur die Lebenden ihre Rechte haben!

Ich bin ohne irgendwelche Mühen immer mehr auf Kitty eingestellt, sie ist mir näher, viel näher und wirklicher als alle die Lebenden, deren Treiben ich befremdet registriere. Wie unwirklich! Ich schreibe aber wieder Tagebuch! Der Drang zu schreiben ist gewaltiger und beruhigender, als ich dachte. Ich dachte: Nie wieder, vorbei dieser eitle Unsinn! – Und dann lockt mich wieder das weiße Papier, die Tasten, ein Bleistift ... *Für wen aber?* Ich habe doch nur für Kitty geschrieben, für meine Zukunft, mein besseres Wesen, meine ganze Hoffnung, auch die Tagebücher und Briefe. Sie hätte alles verstanden und sich für alles interessiert, bald schon! In ihrer Lade hab ich eine meiner Geschichten gefunden, die sie versteckt hat, und alle meine Briefe an sie (es waren nicht viele).

Jetzt sucht sich die verwundete, betrogene Seele eine neue Hoffnung, eine neue Fata Morgana, wieder einen Bezugspunkt, ohne den man offensichtlich nicht leben, nicht einmal schreiben kann. Dani! Solange man einen Menschen hat, den man liebt und der einen braucht, hat man noch ein wenig Zukunft. Wie vielen Menschen ist nichts geblieben, niemand?!

5. September 1968

Es ist ein herrlicher Tag, ein Sommertag, und fast ist die Luft voller Frühling und einem starken, betäubenden Duft. Ich war mit Dani im Park von Sanssouci ... Fred hatte einiges zu erledigen, ließ uns für zwei Stunden allein. Die Blätter fallen bereits, ein alter Mann mit einem kranken Hund rührte uns sehr. Daniel weinte beinahe vor Mitleid mit dem kleinen Hinkebein. Die Tauben flogen hinter uns her, weil sie Futter erwarteten. Dani juchzte vor Freude. Und plötzlich überkommt mich ein tiefes Staunen – die Welt ist schön! Und ich empfinde Mitleid mit den Geschöpfen dieser Erde. Ist das ein Zeichen, daß ich noch nicht verloren bin?

Quellennachweis

I

Tagebuch	14. 5. 64
Brief an die Eltern, Wien	29. 6. 64
Brief an Winnie – ein von Maxie Wander erfundener Spitzname; gemeint ist ihre Freundin Elfi L. in Wien	12. 7. 64
Tagebuch	16. 7. 64
Brief an die Cousine Rosl Großmann-Breuer, Wien	18. 7. 64
Tagebuch	19. 7. 64
Brief an Winnie	20. 7. 64
Tagebuch	20. 7. 64
Tagebuch	21. 7. 64
Brief an die Eltern	24. 7. 64
Tagebuch	ohne Datum, 24. 7. 64?
Brief an die Freundin Grete Brakl, Wien – wahrscheinlich nicht abgeschickt*	28. 7. 64
Tagebuch	29. 7. 64
Brief an Renate Rosenberger, Paris	30. 7. 64
Brief an die Cousine Liesl Musil, Wien, die Zwillingsschwester von Rosl Großmann-Breuer	30. 7. 64
Tagebuch	6. 8. 64
Tagebuch	10. 8. 64
Brief an den Bruder Herbert Brunner und seine Frau, Wien	3. 9. 64
Postskriptum zu dem Brief an Herbert	5. 9. 64
Ein weiteres Postskriptum zu dem Brief an Herbert	12. 9. 64
Tagebuch – an den Bruder Herbert gerichtet	15. 9. 64
Brief an die Eltern	16. 10. 64
Tagebuch	10. 11. 64
Brief an Winnie	10. 11. 64
Bericht aus dem Gerichtssaal	19. 11. 64
Brief an Leo und Grete Brakl, Wien	22. 2. 65
Brief an Leo und Grete Brakl	23. 2. 65
Brief an die Eltern	4. 3. 65
Tagebuch	12. 3. 65

* Es kam oft vor, daß Maxie Wander Briefe schrieb, die sie dann nicht abschickte und als Ergänzung zu ihrem Tagebuch legte. Manchmal schickte sie eine zweite gekürzte Fassung ab.

Brief an Grete und Leo Brakl – nicht abgeschickt	ohne Datum
Tagebuch	ohne Datum
Brief an die Eltern	25. 3. 65
›Eine Frau und ein kleiner Heiliger‹, Kurzgeschichte	ohne Datum
Tagebuch	5. 4. 65
Tagebuch	6. 4. 65
Tagebuch	8. 4. 65
Tagebuch	9. 4. 65
Brief an die Eltern	16. 4. 65
Tagebuch	17. 4. 65
Brief an die Eltern	18. 4. 65
Tagebuch	19. 4. 65
Brief an die Eltern	22. 4. 65
Brief an Winnie – nicht abgeschickt	23. 4. 65
Brief an Winnie	24. 4. 65
Tagebuch	25. 4. 65
›Eine Sommernacht‹, Kurzgeschichte	ohne Datum
Brief an Winnie	26. 4. 65
Tagebuch	26. 4. 65
Tagebuch	27. 4. 65
Tagebuch	19. 6. 65
Tagebuch	20. 6. 65
Brief an Renate und Ernest Rosenberger, Paris	21. 7. 65
Brief an Winnie	22. 7. 65
Brief an den Bruder Herbert und seine Frau	15. 11. 65
Brief an die Eltern	6. 12. 65

II

Brief an Christa Wolf, Berlin	3. 2. 66
Brief an den Freund Jules von L., Graz	6. 2. 66
Tagebuch	16. 2. 66
Brief an die Eltern	23. 3. 66
Brief an den Vater	13. 4. 66
Brief an den Vater	14. 4. 66
Brief an die Eltern	15. 4. 66
Brief an die Eltern	22. 4. 66
Tagebuch	25. 4. 66
Tagebuch	26. 4. 66
Tagebuch	ohne Datum
Tagebuch	27. 4. 66
Brief an die Mutter	3. 5. 66
Brief an den Vater	20. 5. 66

III

Tagebuch	20. 7. 67
Brief an Eveline Wander, Wien, Tochter von Fred Wander	2. 8. 67
Brief an Winnie	16. 8. 67
Tagebuch	17. 8. 67
Brief an die Tante Finni und an Grete Brakl, Wien	20. 8. 67
Brief an den Bruder Herbert	31. 8. 67
Brief an Winnie	21. 10. 67
Brief an Ilse und Hugo H., Berlin	22. 10. 67
Tagebuch	23. 10. 67
Brief an die Mutter	8. 11. 67
Tagebuch	24. 11. 67
Brief an Jules v. L., Graz	29. 1. 68
Brief an die Mutter	2. 2. 68
Brief an Hugo H., Berlin	2. 2. 68
Brief an Winnie	16. 2. 68
Tagebuch – als Brief an den Bruder Herbert konzipiert	18. 2. 68
Brief an die Mutter	20. 2. 68
Brief an die Mutter	10. 3. 68
Brief an die Cousine Rosl Großmann-Breuer	11. 3. 68
Brief an Ernest Rosenberger	30. 3. 68
Brief an Ernest Rosenberger	5. 5. 68
Tagebuch	1. 8. 68
Brief an die Cousine Rosl Großmann-Breuer	24. 8. 68
Brief an die Cousine Rosl Großmann-Breuer	25. 8. 68
Tagebuch	27. 8. 68
Tagebuch	1. 9. 68
Tagebuch	5. 9. 68

Maxie Wander im dtv

»Mich interessiert, wie Frauen ihre Geschichte erleben, wie sie sich ihre Geschichte vorstellen.«

Guten Morgen, du Schöne
Protokolle nach Tonband
dtv 11761

19 Frauen erzählen von sich und ihren Gefühlen, ihrer Familie, ihrer Arbeit, ihren Männern, sie äußern sich über Liebe und Sexualität, über Politik, über ihre Ansicht von der »richtigen« Art zu leben. Ein Kultbuch der Frauenliteratur.

»Das Erstaunlichste in diesen Berichten ist der Witz, die Lustigkeit, die Ironie und Selbstironie – allerdeutlichstes Zeichen einer Selbstbefreiung.« (Kyra Stromberg) – »Ein aufregendes Buch, hier und drüben, und für jedermann, gleich, welchen Geschlechts.« (Manfred Jäger)

Leben wär' eine prima Alternative
Tagebücher und Briefe
Herausgegeben von Fred Wander
dtv 11877

»So, als wollten wir Zwiesprache halten mit dieser phantasiereichen, temperamentvollen und mutigen Frau, die bis zu ihrem Tod nicht nur gegen die Krankheit ankämpfte, sondern auch gegen die eigene Unzulänglichkeit, blättern wir in ihren Aufzeichnungen.« (Barbara Gräfe)

Ein Leben ist nicht genug
Tagebuchaufzeichnungen und Briefe
Herausgegeben von Fred Wander
dtv 12159

Aus diesen ganz privaten Aufzeichnungen von einer Parisreise, aus Tagebuchnotizen und Briefen an Freunde entsteht das Bild einer klugen, neugierigen, mutigen Frau, die immer auf der Suche nach dem Leben war und diese Suche schöpferisch verarbeitet hat.

Christa Wolf im dtv

»Grelle Töne sind Christa Wolfs Sache nie gewesen; nicht als Autorin, nicht als Zeitgenossin hat sie je zur Lautstärke geneigt, und doch hat sie nie Zweifel an ihrer Haltung gelassen.«
Heinrich Böll

Der geteilte Himmel
Erzählung
dtv 915

Nachdenken über Christa T.
dtv 11834

Kassandra
Erzählung · dtv 11870

Voraussetzungen einer Erzählung: Kassandra
Frankfurter Poetik-Vorlesungen
dtv 11871

Kindheitsmuster
Roman · dtv 11927

Kein Ort. Nirgends
dtv 11928
Fiktive Begegnung zwischen Karoline von Günderrode und Heinrich von Kleist.

Was bleibt
Erzählung · dtv 11929

Störfall
Nachrichten eines Tages
dtv 11930

Im Dialog
dtv 11932

Sommerstück
dtv 12003

Unter den Linden
Erzählung
dtv 12066

Gesammelte Erzählungen
dtv 12099

Auf dem Weg nach Tabou
Texte 1990–1994
dtv 12181

Medea. Stimmen
Roman
dtv 12444

Die Dimension des Autors
Essays und Aufsätze, Reden und Gespräche 1959–1985
SL 61891

Christa Wolf/Gerhard Wolf:
Till Eulenspiegel
dtv 11931

Angelika Schrobsdorff im dtv

»Die Schrobsdorff hat ihr Leben lang nur wahre Sätze geschrieben.«
Johannes Mario Simmel

Die Reise nach Sofia
dtv 10539
Sofia und Paris – ein Bild zweier Welten: Beobachtungen über Konsum und Liebe, Freiheit und Glück in Ost und West.

Die Herren
Roman
dtv 10894
Ein psychologisch-erotischer Roman, dessen Erstveröffentlichung 1961 als skandalös empfunden wurde.

Jerusalem war immer eine schwere Adresse
dtv 11442
Ein Bericht über den Aufstand der Palästinenser, ein sehr persönliches, menschliches Zeugnis für Versöhnung und Toleranz.

Der Geliebte
Roman
dtv 11546

Der schöne Mann und andere Erzählungen
dtv 11637

Die kurze Stunde zwischen Tag und Nacht
Roman · dtv 11697

»Du bist nicht so wie andre Mütter«
Die Geschichte einer leidenschaftlichen Frau
dtv 11916

Spuren
Roman
dtv 11951
Ein Tag aus dem Leben einer jungen Frau, die mit ihrem achtjährigen Sohn in München lebt.

Jericho
Eine Liebesgeschichte
dtv 12317

Grandhotel Bulgaria
Heimkehr in die Vergangenheit
dtv 24115
Eine Reise nach Sofia heute.

Von der Erinnerung geweckt
dtv 24153
Ein Leben in fünfzehn Geschichten.

Marlen Haushofer im dtv

»Was das Werk der Österreicherin prägt und es so faszinierend macht, ist bei all seiner Klarheit sanfte Güte und menschliche Nachsicht für die ganz alltäglichen Dämonen in uns allen.«
Juliane Sattler in der ›Hessischen Allgemeinen‹

Die Frau mit den interessanten Träumen
Erzählungen
dtv 11206

Wir töten Stella und andere Erzählungen
dtv 11293
»Marlen Haushofer schreibt über die abgeschatteten Seiten unseres Ichs, aber sie tut es ohne Anklage, Schadenfreude und Moralisierung.« (Hessische Allgemeine)

Schreckliche Treue
Erzählungen
dtv 11294
»... Sie beschreibt nicht nur Frauenschicksale im Sinne des heutigen Feminismus, sie nimmt sich auch der oft übersehenen Emanzipation der Männer an...« (Geno Hartlaub)

Die Tapetentür
Roman
dtv 11361
Eine berufstätige junge Frau lebt allein in der Großstadt. Die Distanz zur Umwelt wächst, begleitet von einem Gefühl der Leere und Verlorenheit. Als sie sich verliebt, scheint die Flucht in ein »normales« Leben gelungen...

Eine Handvoll Leben
Roman
dtv 11474
Eine Frau stellt sich ihrer Vergangenheit.

Die Wand
Roman
dtv 12597
Marlen Haushofers Hauptwerk und eines der Bücher, »für deren Existenz man ein Leben lang dankbar ist«. (Eva Demski)

Die Mansarde
Roman
dtv 12598

Himmel, der nirgendwo endet
Roman
dtv 12599
Ein autobiographischer Kindheitsroman.

Marie Luise Kaschnitz im dtv

»Was immer sie schrieb – ob Lyrik oder Prosa, ob Erinnerungen oder Tagebücher –, es zeichnet sich durch kammermusikalische Intimität aus. Sie war eine leise Autorin. Gleichwohl ging von ihren besten Büchern eine geradezu alarmierende Wirkung aus.«
Marcel Reich-Ranicki

Der alte Garten
Ein Märchen
dtv 11216
Mitten in einer großen Stadt liegt ein verwilderter Garten, den zwei Kinder voll Neugier und Abenteuerlust für ihre Spiele erobern. Aber die Natur wehrt sich gegen die ungestümen Eindringlinge ... Ein literarisches Gleichnis für den sorglosen Umgang mit unserer Welt.

Griechische Mythen
dtv 11758
Bekannte und weniger bekannte Mythen hat Marie Luise Kaschnitz in diesen frühen, sehr persönlich gefärbten Nacherzählungen dargestellt.

Lange Schatten
Erzählungen
dtv 11941

Wohin denn ich
Aufzeichnungen
dtv 11947

Überallnie
Gedichte
dtv 12015

Das Haus der Kindheit
dtv 12021
Eine faszinierende Reise in die Kindheit. »Eine unheimliche Erzählung, eine Fabel nach der Tradition bester Spukgeschichten, spannend und schön erzählt, und auch an Kafka mag man denken, bei aller Existenzangst und allen Daseinszweifeln unserer Gegenwart.« (Wolfgang Koeppen)

Engelsbrücke
Römische Betrachtungen
dtv 12116
»Das Rom-Buch inspiziert eine Stadt unter dem Deckmantel der Verschwiegenheit ... Die scheinbar lose zusammengesetzten Prosastücke bilden ein Mosaik der Selbstbefragung.«
(Hanns-Josef Ortheil)

Herbert Rosendorfer im dtv

»Er ist der Buster Keaton der Literatur.«
Friedrich Torberg

Das Zwergenschloß und sieben andere Erzählungen
dtv 10310

Vorstadt-Miniaturen
dtv 10354

Briefe in die chinesische Vergangenheit
Roman
dtv 10541 und
dtv großdruck 25044
Ein chinesischer Mandarin aus dem 10. Jahrhundert gelangt mittels Zeitmaschine in das heutige München und sieht sich mit dem völlig anderen Leben der »Ba Yan« konfrontiert ...

Stephanie und das vorige Leben
Roman · dtv 10895

Königlich bayerisches Sportbrevier
dtv 10954

Die Frau seines Lebens und andere Geschichten
dtv 10987

Ball bei Thod
Erzählungen
dtv 11077

Vier Jahreszeiten im Yrwental
dtv 11145

Eichkatzelried
dtv 11247

Das Messingherz oder Die kurzen Beine der Wahrheit
Roman · dtv 11292
Der Dichter Albin Kessel wird eines Tages vom Bundesnachrichtendienst angeworben. Allerdings muß er immer an Julia denken ...

Bayreuth für Anfänger
dtv 11386

Der Ruinenbaumeister
Roman
dtv 11391
Schutz vor dem Weltuntergang: Friedrich der Große, Don Giovanni, Faust und der Ruinenbaumeister F. Weckenbarth suchen Zuflucht.

Herbert Rosendorfer im dtv

Der Prinz von Homburg
Biographie
dtv 11448
Gescheit, anschaulich, genau, dennoch amüsant und unterhaltend schreibt Rosendorfer über diese für Preußen und Deutschland wichtige Zeit.

Ballmanns Leiden oder Lehrbuch für Konkursrecht
Roman
dtv 11486

Die Nacht der Amazonen
Roman
dtv 11544
Die Geschichte Christian Webers, Pferdeknecht aus Polsingen, »alter Kämpfer« und Duzfreund Adolf Hitlers, ist das Satyrspiel zur Apokalypse der Nazizeit.

Herkulesbad/Skaumo
dtv 11616

Über das Küssen der Erde
dtv 11649

Mitteilungen aus dem poetischen Chaos
dtv 11689

Die Erfindung des SommerWinters
dtv 11782

... ich geh zu Fuß nach Bozen und andere persönliche Geschichten
dtv 11800

Die Goldenen Heiligen oder Columbus entdeckt Europa
Roman · dtv 11967
Östlich von Paderborn: Außerirdische landen in Deutschland, und unaufhaltsam bricht die Zivilisation, unterwandert von der Heilssüchtigkeit der Menschen, zusammen.

Der Traum des Intendanten
dtv 12055

Ein Liebhaber ungerader Zahlen
Roman · dtv 12307 und dtv großdruck 25152

Don Ottavio erinnert sich
Unterhaltungen über die richtige Musik
dtv 12362

Ruth Klüger im dtv

»Jeder Tag ist wie ein Tor, das sich hinter mir schließt
und mich ausstößt.«
Ruth Klüger

weiter leben
Ein Jugend · dtv 12261
dtv großdruck 25106

»Mir ist keine vergleichbare Biographie bekannt, in der mit solcher kritischen Offenheit und mit einer dichterisch zu nennenden Subtilität auch die Nuancen extremer Gefühle vergegenwärtigt werden.« (Paul Michael Lützeler in der ›Neuen Zürcher Zeitung‹)

Frauen lesen anders
Essays · dtv 12276

Frauen lesen anders als Männer, weil sie anders leben. Daher kann der weibliche Blick, in der Literatur wie im Leben, manches entdecken, woran der männliche vorübersieht. Ruth Klüger beweist dies in elf ebenso ungewöhnlichen wie klugen Essays. Deutsche Literatur in anderer Beleuchtung.

Katastrophen
Essays · dtv 12364

»Ein sehr empfehlenswertes Buch, es sollte, muß aber nicht, im Anschluß an ›weiter leben‹ gelesen werden, und es spricht nicht nur zu den Fachwissenschaftlern, sondern zu allen, die, und vollkommen zu Recht, von der Literatur Aufschluß über die Katastrophen der Gegenwart erhoffen.«
(Burkhard Spinnen in der ›Frankfurter Allgemeinen Zeitung‹)

»Ruth Klüger stellt ganz einfach andere Fragen an Texte, eine Methode, die zu ebenso plausiblen wie spannenden Antworten führt, manchmal auch zu süffisant amüsanten.«
(Barbara von Becker in der ›Süddeutschen Zeitung‹)

Volker Hage

Alles erfunden

Porträts deutscher und amerikanischer Autoren

dtv 19032

Wenn uns ein Autor gefangen hat, entwickeln wir, die Leser, häufig eine gewaltige Neugier, mehr über ihn zu erfahren. Im Zentrum dieser Porträtsammlung steht »der Schriftsteller, der einzelne mit seinen Geschichten: jenen, die er in Büchern erfindet, und jenen, die er über sich und sein Leben erzählt. Und immer wieder ist die Frage, wie das eine mit dem anderen zusammenhängt.« Begegnungen des heutigen ›Spiegel‹-Redakteurs mit Günther Anders, Jurek Becker, Wolf Biermann, Harold Brodkey, Richard Ford, Max Frisch, Joseph Heller, John Irving, Ernst Jandl, Wolfgang Koeppen, Joyce Carol Oates, Philip Roth, Gerold Späth, Botho Strauß, John Updike, Martin Walser – Begegnungen, die uns manches besser verstehen lassen und unsere Bekanntschaft mit dem Autor vertiefen.

»Es ist ihm gelungen, ausnahmslos interessante Autoren zu befragen, darunter auch solche (Philip Roth, Botho Strauß), die für gewöhnlich keine Interviews geben, und er hat eine vertrauensvolle Atmosphäre schaffen können, in denen sie gern erzählen möchten: von sich und ihren Büchern.«

Süddeutsche Zeitung

»Seine Porträts erzählen Geschichten, sind also schon wieder Literatur.«

Norddeutscher Rundfunk

»Leicht und unkompliziert formuliert, zeichnen sich lebendige Ansichten ab, die durch ausführliche Werkzitate ergänzt werden.«

Rheinischer Merkur